KB008721

한국
현대
소설
이야기

한국
현대
소설
이야기

1판 1쇄 발행 2018년 6월 15일
1판 9쇄 발행 2024년 5월 20일

지은이 채호석, 안주영
펴낸이 박찬영
편집 김솔지
디자인 박민정, 이재호
마케팅 조병훈, 박민규, 최진주, 김도언

발행처 리베르
주소 서울특별시 성동구 왕십리로 58 서울숲포휴 11층
등록신고번호 제2013-17호
전화 02-790-0587, 0588
팩스 02-790-0589
홈페이지 www.liber.site
커뮤니티 blog.naver.com/liber_book(블로그)
e-mail skyblue7410@hanmail.net

ISBN 978-89-6582-246-2(44810)

리베르(Liber 전원의 신)는 자유와 지성을 상징합니다.

중고생이 꼭 알아야 할

한국 현대 소설 이야기

채호석 · 안주영 지음

리베르

머리말

우리는 다양한 방식으로 소통합니다. 손짓 하나, 눈짓 하나로도 다양한 뜻과 감정을 전달할 수 있지요. 여러 의사소통 수단 중 우리가 일상생활에서 가장 많이 사용하는 것은 말과 글, 즉 언어입니다. 언어는 인간과 동물의 결정적 차이점 중 하나인 동시에, 인간이 문화를 이룩하는 바탕이기도 합니다.

물론 동물도 저마다의 의사소통 방식을 가지고 있습니다. 지구상의 여러 동물들은 몸짓이나 냄새, 소리 등을 이용해 서로 의사소통을 합니다. 하지만 인간의 언어와 같이 발달된 의사소통 방식은 아직 발견되지 않았습니다. 우리가 사용하는 언어는 '분절성'이라는 고유한 특성을 지니고 있습니다. 분절성이란 어떤 단위를 기준으로 나누어 구분할 수 있다는 것입니다. 인간의 언어는 음소, 음절, 단어, 문장 등 다양한 기준을 두고 나누거나 합칠 수 있습니다. 그래서 우리가 복잡한 구조의 언어를 구사하고 이해할 수 있는 것이지요. 그 결과 우리는 각양각색의 삶을 언어로 표현할 수 있게 되었고, 언어로 표현할 수 있는 범위가 넓어지면서 언어가 더욱 발달할 수 있었습니다.

문학은 언어를 매체로 하는 인간의 자기표현 양식입니다. 인간은 문학을 통해 자신과 자신이 살고 있는 세계를 그려 내고, 자신과 세계가 맺고 있는 관계를 탐구합니다. 문학에는 사람들이 살아가면서 갖는 질문들과 그 답이 담겨 있습니다. 때때로 문학은 답을 찾는 데 멈추지 않고 새로운 질문을 던지기도 하지요. 오랜 시간 동안 인간과 삶에 대한 질문을 주고받은 끝에 문학은 인간의 삶 깊숙이 자리 잡았습니다.

삶이 복잡해질수록 질문이 많아지고, 그만큼 문학도 다채로워집니다. 어떤 문학은 문학 자체의 내면으로 깊게 파고들며 사색합니다. 어떤 문학은 특정한 이념이나 사상에 종속되기도 하지요. 각각의 문학 작품은 저마다 다른 의미와 방향을 가지고 읽는 이와 세상을 향해 질문을 던지고, 답을 합니다. 우리는 그 질문과 답을 다양하게 평가할 수 있습니다. 하지만 내가 생각하는 답과 다르다고 해서 그 존재를 부정할 수는 없습니다.

문학의 매체인 언어에는 한계가 있습니다. 언어만으로는 쓰는 이의 뜻

이나 감정을 있는 그대로 전할 수 없지요. 언어는 현실 세계를 똑같이 재현해 내지도 못합니다. 이는 언어의 한계이자 문학의 한계입니다. 표현하고자 하는 것을 모두 담아 낼 수 없기 때문에 빈틈이 생기지요. 문학은 이 한계를 뛰어 넘고자 부단히 노력해 오고 있습니다. 언어의 한계, 언어의 빈틈은 문학이 성장하는 원동력이기도 합니다.

문학은 언어를 넘어 음악을 꿈꾸고, 회화를 지향하며, 행동을 대신하고자 합니다. 우리가 문학 작품을 읽을 때 귓가에 음악이 들리는 것 같고, 눈앞에 그림이 펼쳐지는 것 같고, 어떤 행동을 한 것처럼 감동이나 깨달음을 얻는 것이 바로 이 때문이지요. 문학은 언어의 빈틈 속에서 새로운 세계를 지향합니다.

이 책은 한국 현대 소설의 다양한 모습들을 일곱 개의 시기로 나누어 살펴봅니다. 문학의 사조나 경향을 개괄한 후 작품 하나하나에 관심을 기울였습니다. 시기별로 중요한 의미를 지닌 작품들을 세심하게 훑어 나갑니다. 그 과정에서 한국 현대 소설에 던져졌던 질문들과 그에 대한 문학

적 답변을 살펴보고, 나아가 문학이 각 시대와 그 시대를 살아가는 인간의 삶에 던졌던 물음이 어떤 것이었는지 짚어 봅니다. 한국 현대 문학에서 제기되었던 흥미로운 문제들은 '문학 깊이 읽기'에 담아냈습니다.

물론 이 책에 한국 현대 소설의 '모든 것'이 담겨 있지는 않지만 '모든 것'에 대해 짚어 보고자 했습니다. 독자들은 이 책을 통해 우리 현대 소설에 좀 더 쉽게 다가갈 수 있을 것입니다. 또한 우리 현대 문학이 지녔던 고민을 이해하고, 문학이 품었던 꿈을 같이 꿀 수 있으리라 생각합니다.

채호석 · 안주영 씀

차례

머리말 4

❶ '새로운' 소설이 탄생하다 | 개화기~1910년대 12

• 지금까지의 고전 소설은 잊어라! - 이인직의 「혈의 누」
• 인간의 악행을 신랄하게 비판하다 - 안국선의 「금수회의록」
• 지식인 여성들의 밤샘 토론회 - 이해조의 「자유종」
• 자유연애와 계몽을 소설에 담다 - 이광수의 「무정」

문학 깊이 읽기 - **한국 현대 문학은 언제 시작되었을까?**

❷ 단편 소설, 전성기를 누리다 | 1920년대 34

• 조선말로 된 최초의 단편 소설 - 김동인의 「배따라기」
• "조선은 무덤이고 우리는 모두 구더기다!" - 염상섭의 「만세전」
• 유학파 지식인들은 왜 점점 무기력해졌을까 - 현진건의 「술 권하는 사회」
• 사랑으로 신분의 벽을 넘다 - 나도향의 「벙어리 삼룡이」
• "우리는 여태까지 속아 살았다." - 최서해의 「탈출기」

문학 깊이 읽기 - **일제 강점기 문학은 '한국' 문학일까?**

❸ 풍요로움과 다양성을 일구다 | 1930년대~1945년 58

• 동상이몽(同床異夢) 세 가족 – 염상섭의 「삼대」

• 교활함 속에 숨겨져 있었던 민족애 – 김동인의 「붉은 산」

• 소외된 인물을 가만히 쓰다듬다 – 이태준의 「달밤」

• “이 다리에는 우리 가족의 역사가 담겨 있단다.” – 이태준의 「돌다리」

• 눈앞에서 벌어진 일을 그대로 노트에 적다 – 박태원의 「소설가 구보 씨의 일일」

• ‘북적북적’ 청계천 변 시민들의 일상사 – 박태원의 「천변 풍경」

• 내년 봄에도 장인님과 몸싸움을 하게 될까 – 김유정의 「봄·봄」

• 가혹한 농촌 현실이 만들어 낸 ‘막된 사람들’ – 김유정의 「만무방」

• 지금이면 쉽게 이루어졌을 두 사람의 사랑 – 주요섭의 「사랑손님과 어머니」

• “한 번만 더 날아 보자꾸나!” – 이상의 「날개」

• 고향과 아버지에 대한 마음을 소설에 담다 – 이효석의 「메밀꽃 필 무렵」

• 일제 강점기에 등장한 ‘놀부’ – 채만식의 「태평천하」

문학 깊이 읽기 – 고통과 문학적 성과는 함께 가는 것일까?

❹ 혼란과 상처의 기록 | 1946년~1950년대 112

• 방삼복은 '개천에서 난 용'이었을까? - 채만식의 「미스터 방」

• "전통적인 민족 정서가 섬진강처럼 흐르는 소설" - 김동리의 「역마」

• "언제나 비에 젖어 있는 인생들" - 손창섭의 「비 오는 날」

• 죽음까지 남은 시간은 '단 한 시간' - 오상원의 「유예」

• 6·25 전쟁 중에도 꺼지지 않은 휴머니즘 - 황순원의 「너와 나만의 시간」

문학 깊이 읽기 - **왜 어떤 작가들은 문학사에서 사라졌을까?**

❺ 진정한 '민주화'를 위한 몸부림 | 1960~1970년대 138

• '광장다운 광장'은 결국 없었다 - 최인훈의 「광장」

• 1960년대 한국 시민의 자화상 - 김승옥의 「서울, 1964년 겨울」

• 수난의 현대사가 낳은 한국 대표 소설 - 박경리의 「토지」

• 전쟁이 세상을 질펀하게 적시다 - 윤흥길의 「장마」

• 고향으로의 '탈출'을 꿈꾸다 - 황석영의 「삼포 가는 길」

• 1970년대 사회에 관한 문학적 보고서 - 조세희의 『난쟁이가 쏘아 올린 작은 공』

문학 깊이 읽기 - **문학은 지식인들만이 했을까?**

❻ '민중'이 중심에 우뚝 서다 | 1980년대 176

• 막차, 그리고 희망을 기다리는 사람들 - 임철우의 「사평역」

• 생명보다 소중한 것이 있을까 - 박완서의 「해산 바가지」

• 탄탄했던 '독재 왕국'은 왜 무너졌을까 - 이문열의 「우리들의 일그러진 영웅」

• 소외된 소시민의 삶을 들여다보다 - 양귀자의 「일용할 양식」

문학 깊이 읽기 - **문학은 혁명을 꿈꾸는 것일까?**

❼ 다양성을 보듬어 안다 | 1990년대 이후 204

• 성인군자 못지않은 제 친구를 소개합니다 - 이문구의 「유자소전」

• 짜디짠, 지구에서 생존하기 - 박민규의 「그렇습니까? 기린입니다」

• '나'에서 '우리'로 건너가다 - 김려령의 「완득이」

문학 깊이 읽기 - **우리 문학에 노벨 문학상이 필요할까?**

사진으로 보는 문학의 현장 225

사진 제공처 272

'새로운' 소설이 탄생하다 | 개화기~1910년대

외국과의 통상 수교를 거부했던 흥선 대원군이 물러나고 개항이 되면서 조선에는 서양 문물이 쏟아져 들어왔습니다. 당시 카메라를 처음 본 사람들은 '아이들의 눈알을 빼서 만든 건가?'라고 생각하며 신기해했어요. 조선은 개항 이후 서양 문물의 영향을 받아 봉건 질서를 타파하고 근대적 사회로 바뀌어 갔지요. 갑오개혁이 일어났던 1894년부터 1910년에 이르는 이 시기를 개화기라고 해요.

개화기에는 일본을 비롯한 서구 열강이 우리나라에서 치열하게 세력 다툼을 벌였어요. 외세의 침탈에 맞서기 위해 전국 곳곳에서 독립 의병 운동이 전개되었지요. 당시 지식인들은 안으로는 근대적 개혁에 관해, 밖으로는 민족의 생존에 관해 고민해야 했습니다. 이러한 시대적 과제를 안고 새로운 문학 양식이 등장했어요. 개화기는 고전 문학에서 현대 문학으로 넘어가는 시기로, 자주독립, 애국, 개화, 계몽 등이 다루어졌지요.

이 시기에는 이인직의 「혈의 누」를 시작으로 신소설이 등장했어요. 신소설은 고전 소설과 현대 소설을 연결하는 징검다리 역할을 하며 새로운 내용과 형식을 보였어요. 사람들은 역사상 영웅을 다룬 역사 전기 소설을 읽으며 암울한 시대를 극복할 수 있다는 희망을 품었지요. 또한 사회 문제를 대화로 표현한 토론체 소설도 발표되었어요.

1910년 한일 병합 조약이 체결되면서 일제 강점기가 시작되었습니다. 일제는 우리 민족의 말과 글자를 사실상 쓰지 못하게 했어요. 우리말을 사용한 신문과 잡지가 강제로 폐간되었지요. 지식인들은 조국 독립에 대한 의지와 근대화에 대한 고민을 문학 작품 속에 담았어요. 서구의 새로운 문예 사조가 소개되면서 문학 양식에 관한 관심과 안목이 확대되기도 했답니다. 1917년에는 이광수의 「무정」이 발표되었습니다. 이 소설은 개화와 계몽이라는 주제를 담아 국문학 사상 최초의 근대적 장편 소설로 평가받지요.

지금까지의 고전 소설은 잊어라!
- 이인직의 「혈의 누」

"여기 신문에 실린 이 이야기 좀 읽어 보게."

"어디 보자……. 어라? 이거 지금까지 봤던 이야기와는 완전히 다른걸?"

고전 소설이 대중의 인기를 누리며 번창하던 시기에 〈만세보〉를 펼쳐 든 사람들이 웅성거리기 시작했습니다. 언론인이자 문화 운동가였던 이인직이 1906년 〈만세보〉에 발표한 소설 때문이었지요. 이 소설이 바로 '우리나라 최초의 신소설'이라는 명예를 차지한 「혈의 누」예요. 「혈의 누」는 연재와 동시에 사람들의 주목을 받았답니다. 그 이유는 무엇일까요?

일청 전쟁(日淸戰爭)의 총소리는 평양 일경이 떠나가는 듯하더니, 그 총소리가 그치매 사람의 자취는 끊어지고 산과 들에 비린 티끌뿐이라.

萬歲報

〈만세보(萬歲報)〉
1906년 6월 17일, 천도교 교주인 손병희가 창간한 국한문 혼용의 일간 신문이다. 경영난으로 어려움을 겪자 1907년 이인직이 인수해 '대한신문'으로 이름을 바꾸었다.

청·일 전쟁 당시의 일본군

청·일 전쟁은 조선의 지배권을 놓고 청과 일본이 벌인 전쟁으로, 1894년 6월에 시작되어 1895년 4월까지 이어졌다. 일본은 이 전쟁에서 승리해 동아시아 패권을 잡게 되었다.

평양성의 모란봉에 떨어지는 저녁볕은 뉘엿뉘엿 넘어가는데, 저 햇빛을 붙들어 매고 싶은 마음에 붙들어 매지는 못하고 숨이 턱에 닿은 듯이 갈팡질팡하는 한 부인이 나이 삼십이 될락 말락 하고, 얼굴은 분을 따고 넣은 듯이 흰 얼굴이나 인정 없이 뜨겁게 내리쪼이는 가을볕에 얼굴이 익어서 선앵둣빛이 되고, 걸음걸이는 허둥지둥하는데 옷은 흘러내려서 젖가슴이 다 드러나고 치맛자락은 땅에 질질 끌려서 걸음을 걷는 대로 치마가 밟히니, 그 부인은 아무리 급한 걸음걸이를 하더라도 멀리 가지는 못하고 허둥거리기만 한다.

-이인직, 「혈의 누」 부분

이인직(1862~1916)
우리나라 최초의 신소설 작가로, 한국 소설이 근대 소설로 나아가는 데 큰 역할을 했다. 하지만 이완용의 비서로 일하는 등 친일 행동을 해 많은 비판을 받았다.

앞글을 통해 알 수 있듯이 「혈의 누」는 청·일 전쟁이 끝난 직후의 평양 거리를 배경으로 하고 있습니다. 전쟁으로 김관일과 그의 아내, 딸 옥련은 평양에서 뿔뿔이 흩어지게 돼요. 앞글에서 묘사된 부인이 김관일의 아내예요.

신소설은 고전 소설과 현대 소설 사이에 있어 과도기적 성격을 지닙니다. 이러한 성격은 「혈의 누」에도 잘 담겨 있지요. 우선 고전 소설과 비슷한 요소는 어떤 것이 있을까요? 전쟁으로 부모님과 헤어진 옥련은 피란길에 상처를 입지만, 일본 군의관 이노우에의 도움을 받게 됩니다. 이노우에가 죽고 혼자가 된 옥련은 구완서라는 청년을 만나 미국으로 가게 돼요. 옥련은 미국에서 아버지를 만나게 되고 구완서와 약혼하지요. 즉, 주인공인 옥련은 위기 때마다 도움을 주는 사람을 만나 결국 행복한 결말을 이룹니다.

이러한 옥련의 일생은 고전 소설에 등장하는 인물의 일생과 비슷해요. 설명적인 묘사가 과도하거나 우연에 의존해 사건이 전개되는 점 등도 고전 소설 쪽에 가깝지요.

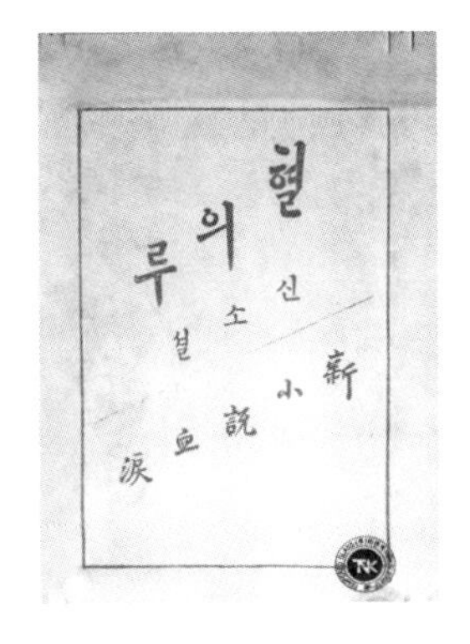

「혈의 누」
1907년 광학서포에서 간행했다. 1906년 7월 22일부터 10월 11일까지 〈만세보〉에 연재된 「혈의 누」를 단행본으로 엮은 것이다.

하지만 「혈의 누」에는 고전 소설에서 한 걸음 나아간 요소가 많습니다. 옥련의 일생을 일본, 미국 등 외국의 문물과 관련지어 근대적인 성향을 부각한 점, 문명개화(文明開化, 낡은 폐습을 타파하고 발달된 문명을 받아들여 발전함)와 신교육 등 새로운 주제를 제시한 점, 구체적이고 현실감 있는 배경을 제시한 점, 언문일치(言文一致, 실제로 쓰는 말과 그 말을 적은 글이 일치함)가 이루어진 점, 구어체 문장을 사용한 점 등을 꼽을 수 있어요. 앞글의 첫 문장만 봐도 구어체가 쓰였음을 알 수 있지요.

이렇듯 이인직은 구어체와 묘사체 문장을 새롭게 사용한 작가였어요. 이렇게 작가로서 뛰어난 점만 문학사에 남겼다면 얼마나 좋았을까요? 이인직은 1900년부터 일본 유학을 했고, 러·일 전쟁(1904년 한반도와 만주에 대한 지배권을 둘러싸고 러시아와 일본 사이에 일어난 전쟁) 시기에는 일본군 통역관으로 활동했습니다. 그는 강국인 러시아를 상대로 이긴 일본의 국력에 감탄했어요. 이인직은 1910년 국권 피탈 때 일제의 편에 섰던 이완용을 도우며 친일 행동을 해 비난의 대상이 되기도 했답니다.

인간의 악행을 신랄하게 비판하다 - 안국선의 「금수회의록」

1898년 10월 29일, 정부 대신들과 각종 계층의 사람 1만여 명이 종로에 몰렸습니다. 독립 협회(1896년 7월 서재필, 이상재, 윤치호 등이 우리나라의 자주독립과 내정 개혁을 위해 조직한 정치·사회 단체)가 개최한 민중 대회인 만민 공동회 중에서 최대 규모로 열린 관민 공동회였지요. 한 남자가 엄숙한 표정으로 개막 연설을 하기 위해 연단에 올랐습니다. 그는 당시 가장 천대받던 계층인 백정 출신의 박성춘이었어요. 박성춘은 군중을 둘러보며 천천히 연설을 시작했습니다.

"나는 대한의 가장 천한 사람이고 무지몰각(無知沒覺, 지각이나 상식이

관민 공동회

독립 협회의 주도로 개최된 만민 공동회에 정부 대신들이 참여해 열린 집회다. 관민 공동회에서 개혁안인 헌의 6조를 결의하고, 이를 고종에게 건의했다.

도무지 없음)합니다. 그러나 충군애국(忠君愛國, 임금에게 충성을 다하고 나라를 사랑함)의 뜻은 대강 알고 있습니다. 이에 이국편민(利國便民, 나라를 이롭게 하고 백성을 편안하게 함)의 길인즉, 관민이 합심한 연후에야 가하다고 생각합니다. 저 차일(遮日, 햇볕을 가리기 위해 치는 포장)에 비유하건대, 한 개의 장대(대나무나 나무로 다듬어 만든 긴 막대기)로 받친즉 역부족이나, 많은 장대를 합한즉 그 힘이 공고합니다. 원컨대 관민이 합심해 우리 황제의 성덕에 보답하고, 국운이 만만세 이어지게 합시다."

연설이 끝나자 군중은 힘찬 박수를 보냈어요. 이렇듯 관민 공동회는 누구든지 자유롭게 자신의 정치적 의견을 발표할 수 있는 자리였습니다. 한편 개화기에는 '연설'이 자신의 의사를 표현하는 가장 대표적인 방식이었어요.

신소설 작가이자 애국 계몽 운동에 적극적으로 참여했던 안국선은 이러한 사회상을 반영한 소설을 썼습니다. 그 소설은 1908년 황성서적조합에서 발간한 「금수회의록」이지요. 「금수회의록」은 제목 그대로 금수(禽獸), 즉 동물들이 회의하는 형식으로 구성된 소설입니다. 여덟 동물이 등장해 박성춘 못지않은 연설을 펼치지요. 이 소설은 여러분이 잘 알고 있는 『이솝 우화』처럼 동물들이 인간의 악행을 비판하고 풍자하는 우화 소설이랍니다.

자, 이제 「금수회의록」의 내용을 살펴보도록 해요. 관찰자인 '나'는 꿈속에서 동물들의 회의장인 '금수회의소'에 들어가게 됩니다. 동물들은 저마다 자신과 관련 있는 고사성어를 들면서 인간을 비판하지요.

예를 들어, '반포지효(反哺之孝)'는 까마귀 새끼가 자란 후 늙은 부모에

『금수회의록』
1908년 황성서적조합에서 간행한 안국선의 우화 소설이다. 일제가 시행한 언론 출판 규제법에 의해 1909년 금서로 분류되었다.

게 먹이를 물어다 주는 모습에서 비롯된 말이에요. 까마귀는 이 반포지효를 강조하며 인간의 불효를 비난하지요.

여우는 '호가호위(狐假虎威)'를 언급합니다. 이는 여우가 호랑이의 권세를 빌려 으스대는 것을 뜻하는 말이에요. 여우는 외세에 의존하는 인간들의 모습이 자신보다 더 간사하다며 비판하지요.

파리는 앵앵거리며 바쁘게 날아다니는 자신의 모습을 '영영지극(營營之極)'이라고 부르는 것에 대해 말합니다. 그러면서 세력이나 이익을 얻기 위해 이리저리 옮겨 다니고, 동포끼리 서로 싸우는 인간의 이기심을 꾸짖어요. 이외에도 개구리, 벌, 게, 호랑이, 원앙 등이 인간의 악행을 낱낱이 지적하지요.

마지막으로 사회자가 나와서 인간이라는 동물이 세상에서 제일 어리석고 더럽다는 결론을 내립니다. 이 말을 들은 '나'는 인간으로서 어떤 기분이 들었을까요? '나'는 수치심을 느끼며 인간을 구할 방법에 관해 생각해요.

다른 신소설과 비교했을 때 「금수회의록」이 돋보이는 점은 현실 비판적인 주제 의식을 뚜렷하게 드러냈다는 것입니다. 안국선은 인간 사회의 여러 문제점을 고발해 당시의 잘못된 사상을 바로잡으려는 의지를 작품에 담았지요. 이런 소설이었으니 당시 독자들은 고개를 끄덕끄덕하면서 읽었을 거예요. 하지만 현실 비판이 너무 강했기 때문이었을까요? 「금수회의록」은 1909년 사회 질서를 해친다는 이유로 우리나라 최초의 판매 금지 소설이 되었답니다.

슬프다. 여러 짐승의 연설을 듣고 가만히 생각하여 보니, 세상에 불쌍한 것은 사람이로다.

(중략)

여러 짐승이 연설할 때 나는 사람을 위하여 변명 연설을 하리라 몇 번이나 생각하여 본즉 무슨 말로 변명할 수가 없고, 반대를 하려 하나 현하지변(懸河之辯, 급한 경사를 따라 흐르는 물처럼 거침없이 말을 잘함)을 가졌더라도 쓸데가 없도다. 사람이 떨어져서 짐승의 아래가 되고, 짐승이 도리어 사람보다 상등(上等, 정도나 수준이 높거나 우월한 것)이 되었으니, 어찌하면 좋을꼬. 예수 씨의 말씀을 들으니 하나님이 아직도 사람을 사랑하신다 하니, 사람들이 악한 일을 많이 하였을지라도 회개하면 구원 얻는 길도 있다 하였으니, 이 세상에 있는 여러 형제자매는 깊이깊이 생각하시오.

–안국선, 「금수회의록」 부분

「금수회의록」의 아쉬운 점은 결말 부분에 숨어 있어요. 앞글을 보면 '나'는 여덟 동물의 연설을 통해 제기되었던 문제들을 기독교에 의존해 쉽게 해결하려 하고 있습니다. 인간이 악한 일을 많이 저질러도 회개하면 구원을 얻는 길이 있다고 말하고 있으니까요. 이렇듯 「금수회의록」에는 당대의 부조리와 인간의 비리에 관한 현실적인 개혁 방안이 빠져 있습니다. 이 점은 다음에 소개할 「자유종」에서도 아쉬운 부분이에요.

한성 감옥에 수감된 안국선

1903년 한성 감옥에 수감되어 있던 사람들의 모습이다. 안국선은 1899년부터 1904년까지 한성 감옥에서 수감 생활을 했다. 뒷줄 오른쪽에서 두 번째가 안국선이고, 가장 왼쪽은 대한민국 초대 대통령이 되는 이승만이다.

지식인 여성들의 밤샘 토론회 - 이해조의 「자유종」

여러분은 TV에서 방영하는 시사 토론 프로그램을 본 적이 있나요? 여러 계층의 사람들이 모여 토론하는 시사 토론 프로그램은 현시대에 닥친 여러 문제를 논제로 삼는 경우가 많습니다. 문제 자체에 초점을 맞추어 이야기를 나누기도 하지만, 토론을 통해 사회를 비판하거나 정치적 입장을 강조하기도 해요.

TV 프로그램이 없었던 개화기에는 앞에서 살펴본 관민 공동회처럼 연설을 통해 자신의 의견을 발표하거나 삼삼오오 모여서 토론의 장을 펼쳤어요. 이들 역시 당시 사회의 여러 문제를 토론의 주제로 삼았지요. 그래서인지 개화기에는 연설체나 토론체를 사용한 문학 작품이 많이 발표되었답니다.

20세기 초 우리나라 정세는 급박하게 돌아가고 있었어요. 을사늑약(1905년 을사년에 러·일 전쟁에서 승리한 일본이 대한 제국의 외교권을 빼앗기 위해 강제적으로 체결한 조약)이 체결되자, 고종은 1907년 을사늑약의 부당성과 일제의 침략성을 알리기 위해 네덜란드 헤이그에 특사를 파견합니다. 이 사건을 계기로 일제는 고종을 강제로 퇴위하게 하고 순종을 즉위시키지요. 이어 일제는 한·일 신협약을 체결해 대한 제국의 군대까지 해산시켰어요. 당시 상황이 이러했으니 지식인들의 애국정신이 높아질 수밖에 없었겠지요?

이인직과 함께 신소설의 대표 작가로 꼽히는 이해조는 자신의 계몽 의

『자유종』
1910년 광학서포에서 간행한 이해조의 소설이다. '신소설'이라는 표제가 눈에 띈다.

식을 고스란히 소설에 담았어요. 그는 신소설 작가 가운데 가장 많은 작품을 남겨 신소설의 대중화에 크게 이바지했답니다. 1910년 광학서포(1906년 4월 윤치호, 이상설 등이 민족의식 고취를 목적으로 설립한 출판사)에서 출간한 「자유종」은 이해조의 대표작이에요. 토론 소설이자 정치 소설인 「자유종」은 부인들의 대화로만 이어지는 특이한 소설이지요.

1908년 음력 1월 16일 밤, 이매경 여사의 생일잔치가 열렸습니다. 잔치에 초대된 신설헌, 홍국란, 강금운 등의 부인들이 신설헌 부인의 사회로 토론을 시작해요.

「자유종」은 크게 토론부와 꿈부로 나눌 수 있습니다. 토론부에서는 당대 사회의 여러 문제에 관한 부인들의 비판과 대안이 제시돼요. "남자가 절대 지배권을 행사하는 잘못된 풍습을 바로잡아야 한다.", "교육은 부국강병과 새 사회 건설에 꼭 필요하다.", "형식에 치우치는 관혼상제(冠婚喪祭, 관례, 혼례, 상례, 제례를 아울러 이르는 말)의 폐단을 고쳐야 한다." 등의 주장이 나오지요.

부인들은 토론을 마치고 지난밤에 꾸었던 신기한 꿈에 관해 이야기합니다. 이 부분이 꿈부예요. 그들은 대한 제국이 자주독립할 꿈, 대한 제국이 개명(開明, 지혜가 계발되고 문화가 발달해 새로운 사상, 문물 따위를 가지게 됨)할 꿈, 대한 제국이 영원히 안녕할 꿈을 비롯해 이상 사회에 관해 이야기를 나누지요. 이렇듯 강한 정치적 성향과 진보적인 여성관을 드러낸 「자유종」은 발표 당시 일제에 의해 판매가 금지되기도 했답니다.

여러분이 알고 있는 토론의 개념은 무엇인가요? 토론이란 의견을 나누어 각자의 의견을 말하고 상대방의 의견을 반박하면서 자기의 주장이 옳음을 밝혀 나가는 형식입니다. 토론하는 양쪽은 반드시 의견 차이가 있어야 하지요. 하지만 「자유종」에서 나타나는 토론은 약간의 의견 차이만 있을 뿐 비슷한 주제가 반복되거나 열거되고 있어요. 마치 한사람의 주장을 듣는 것 같지요.

"나는 어젯밤에 대한 제국의 독립할 꿈을 꾸었소. 오뚝이라는 것은 조그마하게 아이를 만들어 집어던지면 드러눕지 아니하고 오뚝오뚝 일어서는 고로 이름을 오뚝이라 지었으니, 한문으로 쓰려면 나 오 자, 홀로 독 자, 설 립 자 세 글자를 모아 부르면 오독립이니, 내가 독립하겠다는 의미가 있고 또 오뚝이의 사적을 들으니 옛날 조그마한 동자로 정신이 숙오(夙悟, 두드러지게 뛰어남)하여 일찍 일어선 아이라. 그런고로 후세 사람들이 아이를 낳아 시 혹 더디 일어설까 염려하여 오뚝이 모양을 만들어 희롱감으로 아이들을 주니 그 정신이 오뚝이와 같이 오뚝오뚝 일어서라는 의사라."

-이해조, 「자유종」 부분

20세기 초 조선의 여성
20세기 초 조선의 여성은 남성에 비해 많은 억압과 차별을 받았다. 「자유종」에서는 이러한 사회상을 토론 주제 중 하나로 다루었으며, 진보적인 여성관을 드러냈다.

앞글의 꿈부에서는 자주독립에 대한 염원이 잘 드러나 있습니다. 이해조는 부인의 입을 빌려 대한 제국이 오뚝이처럼 다시 일어나 자주독립하고, 오랜 세월 안녕하기를 바라고 있어요. 「자유종」의 후반부에는 이러한 간절한 바람이 담겨 있지만, 토론이 이야기 자체로 끝나고 현실적인 실천 내용이 빠져 있습니다. 「금수회의록」처럼 아쉬운 결말이지요.

이러한 결점에도 「자유종」을 중요한 신소설로 꼽는 이유는 강한 시대정신 때문입니다. 개화기 때 우리나라는 반봉건과 근대화, 반외세와 자주독립, 주체성 확립이라는 과제를 안고 있었어요. 「자유종」에는 이를 이루고자 하는 정신이 큰 줄기를 이루고 있답니다.

자유연애와 계몽을 소설에 담다
- 이광수의 「무정」

'조선의 세 천재'가 있었습니다. 바로 소설가 이광수와 홍명희, 그리고 시인 최남선이었지요. 언제부터 이들이 천재라고 불렸는지는 분명히 밝혀지지 않았어요. 하지만 〈소년〉(1908년 11월에 최남선이 창간한 우리나라 최초의 종합 월간지)에 세 사람의 글이 실리면서 '조선 삼재(三才)' 즉 조선의 세 천재라는 칭호가 따라다녔다고 해요. 당시 홍명희는 22세, 최남선은 20세, 이광수는 18세였답니다.

최남선은 〈소년〉을 창간한 다음 해인 1909년 일본으로 건너가는데, 이때 일본에서 홍명희의 소개로 이광수와 처음 만났어요. 당시 이광수는 일본에 유학하고 있던, 이름이 널리 알려지지 않은 청년이었지요. 천재 눈에는 천재가 보이는 것일까요? 최남선은 이광수를 보자마자 우리 문단에 꼭 필요한 인재라고 생각했습니다. 이렇게 해서 세 사람의 인연이 시작되었어요.

이광수(1892~1950)
평북 정주에서 태어난 이광수는 일본 유학 중이던 1909년부터 본격적인 작품 활동을 시작했다. 한때 조국 독립을 위해 노력했으나, 변절한 뒤 친일의 길을 걸었다.

〈매일신보〉에 실린 「무정」
이광수의 대표작인 「무정」은 1917년 1월부터 6월까지 〈매일신보〉에 연재되었다. 사진은 1917년 1월 1일 자 〈매일신보〉에 실린 「무정」 첫 회다.

이광수는 1917년 신소설의 틀에서 과감히 벗어난 소설을 126회에 걸쳐 〈매일신보〉(1910년 8월 조선 총독부의 기관지로 발행된 일간 신문)에 연재합니다. 이 소설이 바로 우리나라 최초의 근대 장편 소설로 꼽히는 「무정」이랍니다. 「무정」은 수많은 젊은이를 열광시켰어요. 젊은이들은 어디를 가나 「무정」의 세 주인공인 형식과 영채, 선형의 이야기에 열을 올렸답니다. 도대체 어떤 내용이었기에 젊은이들의 인기를 한 몸에 받은 것일까요?

「무정」의 인기 비결 가운데 하나는 바로 주인공들의 삼각관계였습니다. 남자 주인공인 이형식은 경성 학교의 영어 교사로, 미국 유학을 앞두고 있던 김선형에게 영어를 가르쳐요. 형식은 점점 선형에게 사랑의 감정을 느끼게 되지요.

이 무렵 형식과 어린 시절에 정혼한 박영채가 나타나 형식에게 사랑을 고백합니다. 어린 시절 형식은 영채의 아버지로부터 도움을 받아 공부했어요. 하지만 형식은 영채와의 결혼을 망설입니다. 시간이 흐르는 동안 영채는 기생이 되어 있었기 때문이지요. 형식은 영채에 대한 죄책감과 선형에 대한 사랑 사이에서 갈등해요. 여기까지만 봐도 「무정」이 자유연애 사상을 적극적으로 반영한 소설이라는 것을 알 수 있어요.

하지만 「무정」에는 '자유연애'라는 주제 의식만 담겨 있는 것이 아닙니다. 사실 이광수는 작가가 아닌 정치가가 되고자 했어요. 하지만 을사늑약이 체결되자 꿈을 바꾸어 문장과 교육으로 동포를 깨우쳐야겠다고 결심하지요.

이광수가 이러한 계몽 의식을 갖기까지는 도산 안창호의 영향이 컸습니다. 안창호가 창건한 신민회(1907년 안창호가 이승훈, 양기탁, 이회영 등과 함께 국권 회복을 목적으로 조직한 항일 비밀 결사 단체)는 수십 개의 학교를 설립하고, 계몽 강연을 통해 국권 회복과 조선 민족의 실력 양성을 강조했어요. 이러한 사상은 「무정」에 고스란히 녹아 들어갔지요.

「무정」에서 이광수의 계몽 의식을 대변하는 인물은 바로 형식과 병욱입니다. 작품의 마지막 부분에 이런 생각이 잘 드러나 있어요.

「무정」

이광수가 〈매일신보〉에 연재한 것을 묶어 펴낸 것으로, 1918년 광익서관에서 처음 간행했다. 사진은 회동서관에서 1925년에 간행한 제6판 표지다. 「무정」은 일제 강점기에만 무려 여덟 번에 걸쳐 간행된 베스트셀러였다.

"그러면 어떻게 해야 저들을 — 저들이 아니라 우리들이외다. — 구제할까요?"

하고 형식은 병욱을 본다. 영채와 선형은 형식과 병욱의 얼굴을 번갈아 본다. 병욱은 자신 있는 듯이,

"힘을 주어야지요! 문명을 주어야지요."

"그리하려면?"

"가르쳐야지요. 인도해야지요."

"어떻게요?"

"교육으로, 실행으로."

영채와 선형은 이 문답의 뜻을 자세히는 모른다. 물론 자기네가 아는 줄 믿지마는 형식이와 병욱이가 아는 이만큼 절실하게, 단단하게 알지는 못한다. 그러나 방금 눈에 보는 사실이 그네에게 산 교훈을 주었다. 그것은 학교에서도 배우지 못할 것이요, 큰 웅변에서도 배우지 못할 것이었다.

–이광수, 「무정」 부분

영채는 경성 학교 배 학감에게 순결을 잃은 후 유서를 남기고 자살하려고 합니다. 하지만 병욱의 도움으로 자살을 단념하고 동경(도쿄) 유학길에 오르게 되지요. 병욱은 동경(도쿄)에서 유학한 신여성이에요. 영채와 병욱은 형식과 선형을 같은 기차 안에서 만납니다. 네 사람은 수재민 구호 활동을 하면서 민족이 처한 현실을 깨닫게 되지요. 윗글을 보면 형식은 수재민, 즉 어려움에 부닥친 우리 민족에게 필요한 것이 무엇이냐고 병욱에게 묻습니다. 병욱은 힘과 문명이 필요하다고 대답하고는 민족을

구할 방법으로 교육과 실행을 꼽지요. 신교육을 받았으면서도 투철한 계몽 의식을 갖추지 못했던 선형과 보수적인 가치관을 지니고 있었던 영채는 민족의 실상을 목격하면서 점점 민족의식을 깨닫기 시작해요.

하지만 안타깝게도 이광수는 '진정한 계몽'의 의미를 놓치고 맙니다. 아무리 남이 발달한 문명을 지니고 있더라도 자기 것을 버리고 무조건 남의 것을 따라가는 것은 진정한 계몽이 아니에요. 진정한 계몽주의자라면 조선 민중 스스로가 근대화된 문물을 추구할 수 있도록 도와주어야 맞는 거지요. 하지만 이광수는 일본과 하나가 되어 근대 사회를 이루고자 했습니다. 이로 말미암아 나중에는 친일의 길로 들어서지요.

「무정」은 문명개화 지식을 일방적으로 전달하고, 계몽사상을 주입하려 하며, 지나치게 설교적이라는 점에서 비판받기도 했어요. 하지만 근대적 인물의 등장, 적절한 심리 묘사와 구어체의 사용, 소재의 현실성 등에서 신소설의 한계를 극복해 소설의 새로운 지평을 열었다는 평가도 받았지요. 이러한 점이 당시 많은 젊은이의 마음을 사로잡은 비결이었을 거예요.

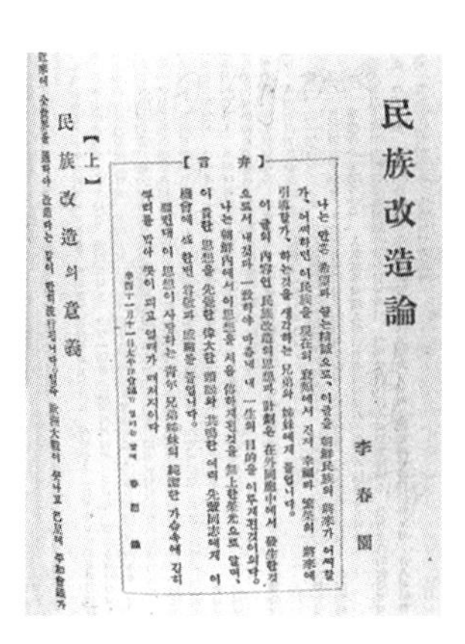
民族改造論

李春園

【弁言】

【上】

民族改造의 意義

「민족개조론」

1922년 이광수가 〈개벽〉에 발표한 논설이다. 이 글에서 이광수는 우리나라는 민족의 성격적 결함 때문에 일제의 지배를 받게 된 것이며, 광복을 위해 투쟁하는 대신 민족성을 개조하는 데 힘써야 한다고 주장했다.

한국 현대 문학은 언제 시작되었을까?

지금은 좀 덜하지만 예전에는 교과서에 "최초의 현대 시", "최초의 현대 소설" 같은 말이 자주 나왔습니다. 그런데 '최초'의 현대 문학 작품이 어느 날 갑자기 '짠!' 하고 등장한 것은 아니겠지요?

특정한 작품 한두 가지를 살펴보는 것만으로는 현대 문학이 언제 시작되었는지 알 수 없어요. 현대 문학의 시작을 알려면 먼저 문학 전반의 흐름과 변화를 이해해야 합니다. 문학의 변화는 사회의 변화와 연결되어 있어요. 한국 사회가 현대 사회로 변해 가는 과정 속에서 한국 문학도 현대 문학의 특성을 지니게 된 것이지요.

한국 사회가 언제부터 현대 사회로 변하기 시작했는지, 사회의 변화가 문학에 어떤 영향을 주었는지에 대해서는 다양한 견해가 있어요. 이 중 한국 현대 문학의 시작에 관한 논의들을 '기점론'이라고 한답니다.

기점론 중에서는 한국 현대 문학이 개화기에 시작되었다는 '개화기설'이 오랫동안 가장 많은 지지를 받았습니다. 개화기에 한국 사회는 아주 큰 변화를 겪었어요. 그 영향을 받아 한국 문학에도 다양한 변화가 일어났지요. 이 시기에는 개화가사처럼 낡은 양식에 새로운 내용을 담기도 했고, 새로운 내용을 잘 담기 위해 연설이나 문답과 같은 새로운 형식을 실험하기도 했어요.

하지만 개화기설이 완벽한 것은 아니랍니다. 개화기는 우리나라가 주체적으로 이룬 것이 아니라 외세에 의한 개방으로 시작된 것이었어요. 그래서 개화기설에는 자주성이 부족하다는 지적이 있었지요.

개화기설의 문제가 제기된 뒤, 외부의 영향으로 일어난 변화가 아닌 우리나라 내부로부터 변화가 일어난 시기를 찾으려는 연구가 이루어졌어요. 내부로부터 주체적인 변화가 일어난 시기를 기점으로 삼는다면 개화기설의 문제를 보완할 수 있기 때문이지요.

이때 학자들의 눈에 17~18세기가 들어왔습니다. 이 시기는 실용성을 강조하는 새로운 학문인 실학이 발전한 시기예요. 상업이 활발해지면서 자본주의적 관계가 나타나기 시작한 때이기도 하고요. 이뿐만 아니라 문학에서도 이전에 없던 형식이 등장했답니다. 박지원의 한문 단편 소설, 노래와 이야기가 뒤섞인 판소리 등이 대표적인 예지요.

하지만 '17~18세기설'에도 약점이 있어요. 17~18세기를 '현대'라고 부르기에는 무리가 있다는 거예요. 과연 이 시기에 나온 작품들을 '현대 문학'이라고 할 수 있을까요? 아무래도 고개가 갸우뚱해집니다.

현재 가장 널리 받아들여지고 있는 견해는 3·1 운동 전후를 기점으로 현대 문학이 시작되었다는 '1919년설'입니다. 주장을 뒷받침할 문학적 근거가 많은 견해랍니다. 이광수의 「무정」, 주요한의 「불놀이」처럼 이전의 문학 작품과는 다른 작품이 발표된 것이 이 시기예요. 염상섭, 김동인의 소설도 마찬가지지요. 〈창조〉, 〈폐허〉, 〈백조〉 같은 대표적인 동인지들이 발간되며 문학 작품의 창작과 발표, 교류가 활발해진 시기이기도 합니다.

그런데 1919년을 기점으로 하자니, 그에 앞서 일어난 문학의 다양한 변화를 설명하기가 어려워졌어요. 그래서 '이행기설'이 등장했습니다. 문학에서 현대적 특성이 나타나기 시작하는 시점부터 현대 문학이 문학의 흐름을 주도하게 되는 시점까지를 현대 문학으로 변해 가는 시기로 보는 거예요.

이행기를 설정하면 1919년 이전에 일어난 문학의 변화를 설명할 수 있어요. 본격적인 현대 문학의 시작이라고 하기에는 조금 부족한 변화들을 현대 문학으로 향하는 과정으로 이해하는 것이지요. 다만 이행기의 시작을 언제로 하느냐에 대해서는 학자에 따라 의견이 조금씩 다르답니다.

여러분은 어떤 '설'이 가장 그럴듯한 것 같나요? 한국 현대 문학의 시작은 과연 언제일까요?

책을
들고
사람을
다

단편 소설, 전성기를 누리다 | 1920년대

우리 민족의 독립 의지를 전 세계에 알렸던 3·1 운동은 일제의 총칼로 말미암아 실패로 끝나고 말았습니다. 1920년대에 접어들자 후유증이 생겼어요. 사회 전반에 패배 의식과 허무주의가 널리 퍼졌지요. 하지만 문학 활동은 3·1 운동을 계기로 활발해졌습니다. 여러 신문과 잡지를 통해 많은 작품이 발표되었고, 서구 문학도 본격적으로 소개되었어요. 이에 따라 우리나라 문학은 큰 전환점을 맞게 되지요.

이 시기에는 낭만주의, 자연주의, 사실주의, 상징주의 등의 서구 문예 사조가 소개되었어요. 이 영향으로 우리나라에서는 다양한 경향을 실험하고 새로운 기법을 시도한 문학 작품들이 탄생했답니다. 시는 1920년대 초반에 낭만주의 시가 주류를 이루다가 중반 이후 저항시와 경향시 등이 발표되었어요. 수필은 주로 지식인들이 발표했고, 희곡에서는 서구의 표현주의를 받아들인 근대 희곡이 확립되었답니다.

소설에서는 사실주의 경향의 작품이 많이 등장했습니다. 1920년대에는 문예지나 동인지 등이 활발하게 발간되어 소설 창작의 든든한 밑바탕이 되었어요. 이 시기에는 특히 주옥같은 단편 소설이 많이 발표되었지요. 1920년대 초반에는 암울한 시대 상황을 반영해 감상적이고 퇴폐적인 경향의 '낭만주의 소설'이 등장했어요.

하지만 이 시기에 가장 많이 창작된 것은 식민지 현실에 대한 비판적 인식을 바탕으로 한 '사실주의 소설'이었습니다. 대표적인 작품으로 염상섭의 「만세전」, 현진건의 「술 권하는 사회」 등을 꼽을 수 있지요. 1920년대 중반 이후에는 러시아 혁명의 영향으로 카프(KAPF, 조선 프롤레타리아 예술가 동맹)가 결성되어 사회주의 사상이 지식인들 사이에 전파되었습니다. 이러한 카프의 영향을 받아 '경향 소설'이 등장했어요. 경향 소설의 소재는 가난, 사회적 불평등 문제 등이었지요.

조선말로 된 최초의 단편 소설
- 김동인의 「배따라기」

김동인은 턱을 괴고 깊은 생각에 잠겼습니다.

'지금 우리나라에는 이광수의 소설처럼 계몽적인 문학 작품이 너무 많아. 문학은 문학 자체의 아름다움이 있어야 하는데……. 이런 소설이 없다면, 내가 직접 써 보자.'

이런 고민 끝에 김동인은 많은 단편 소설을 발표했습니다. 김동인은 1919년 20세의 나이에 주요한, 전영택 등과 함께 최초의 문예 동인지인 〈창조〉를 창간하기도 했지요. 1921년 〈창조〉를 통해 발표한 「배따라기」는 액자 소설의 형식을 갖춘 작품이에요.

액자를 보면, 사방으로 틀이 있고 가운데에 그림이나 사진 등이 들어가 있습니다. 사방의 틀은 겉에 있고, 그림이나 사진은 안에 들어가 있지요. 이와 마찬가지로 액자 소설에는 바깥 이야기(외화)와 안 이야기(내화)가 있어요. 액자에서 틀보다 그림이나 사진이 중요하듯이 액자 소설에서도 내화가 핵심이랍니다.

〈창조(創造)〉
일본 도쿄에서 유학 중이던 김동인, 주요한, 전영택 등이 모여 창간한 우리나라 최초의 문예 동인지다. 1919년 2월에 창간호를 발행했으며, 1921년 5월 제9호를 마지막으로 더 이상 발행되지 않았다.

제목인 '배따라기'의 뜻이 궁금하다고요? 평안도 민요인 '배따라기'는 '배 떠나기'의 방언이에요. 뱃사람들의 고달픈 생활을 노래한 배따라기가 외화와 내화를 연결해 주지요. 외화는 서술자인 '나'의 이야기이고, 내화는 어떤 사내인 '그'의 이야기입니다. '나'가 '그'의 이야기까지 전달하지요. 지금부터 '나'가 들려주는 이야기에 주목해 볼까요?

'나'는 봄 경치를 구경하러 대동강에 갔다가 영유(평남 평원 지역의 옛 지명) 배따라기의 애절한 가락을 듣게 됩니다. 소리가 들리는 곳으로 가 보니 어떤 사내가 있었어요. '그'는 '나'에게 고향에 가지 않고 떠돌게 된 사연을 이야기합니다. 여기까지가 외화의 내용이에요.

내화는 '그'의 이야기로 채워져 있습니다. '그'는 작은 어촌에 살았지만 부자였고 배따라기를 잘 불렀어요. 잘생기고 늠름한 '그'의 동생도 배따라기를 잘 불렀지요. 형제는 모두 결혼했고 서로 사이가 좋았어요.

'그'는 아내를 사랑했지만 질투심이 많았습니다. 아내가 동생에게 친절한 것도 시기할 정도였으니까요. 그러던 어느 날, 동생과 아내는 쥐를 잡느라 옷매무새가 흐트러졌습니다. 집에 돌아와 이 모습을 본 '그'는 두 사람을 오해해요. '그'는 아내를 때리고는 동생과 함께 내쫓지요.

성격이 밝은 아내였지만 누구보다 마음의 상처가 컸을 거예요. 안타깝게도 아내는 그다음 날 시체로 발견되지요. 아내의 장사를 지낸 이튿날 동생은 자취를 감춥니다. 자신의 옹졸한 행동을 깨달은 '그'는 뱃사람이 되어 동생을 찾아 나서지요. 그로부터 10년이 지난 어느 날, '그'는 극적으로 동생을 만나게 됩니다. '그'는 배가 난파하는 바람에 물 위를 떠돌고 있었어요. 정신을 차려 보니 곁에서 동생이 자신을 간호하고 있었지요.

그가 겨우 정신을 차린 때는 밤이었다. 그리고 어느덧 그는 뭍에 올라와 있었고 그를 말리느라고 새빨갛게 피워 놓은 불빛으로 자기를 간호하는 아우를 보았다.

그는 이상히도 놀라지도 않고 천연(天然, 시치미를 뚝 떼어 겉으로는 아무렇지 아니한 듯함)하게 물었다.

"너, 어떻게 여기 완?"

아우는 잠자코 한참 있다가 겨우 대답하였다.

"형님, 거저 다 운명이외다."

따뜻한 불기운에 깜빡 잠이 들려다가 그는 화닥닥 깨면서 또 말했다.

"십 년 동안에 되게 파랬구나."

"형님, 나두 변했거니와 형님두 뭅시 늙으셨쉐다."

–김동인, 「배따라기」 부분

10년 만에 만난 형제의 대화로 보기에는 너무 무덤덤하지요? "형님, 거저 다 운명이외다."라는 동생의 말에는 「배따라기」의 주제 의식이 담겨 있습니다. '그'만 봐도 자신의 기구한 처지를 운명으로 받아들이고, 뱃사람이 되어 바다를 떠돌아다녀요. 우연히 동생을 만났지만 동생은 '그'를 간호하고는 훌쩍 떠나 버립니다. '그'는 이후 동생을 만나지 못하지요. 이렇게 해서 '그'의 슬픈 사연인 내화가 끝났네요.

다시 외화로 나갑니다. '그'는 다시 한번 '나'를 위해 배따라기를 불러요. '그'의 이야기를 듣고 난 이후였으니 배따라기가 얼마나 슬프게 들렸을까요? '나'는 집에 와서도 '그'의 숙명적인 경험담을 계속 생각합니다.

배따라기가 들릴 때마다 그곳으로 찾아가지만 '그'는 보이지 않아요.

이처럼 「배따라기」는 구성상으로 액자 소설의 형태를 띱니다. 내용상으로는 서구 자연주의의 영향을 많이 받았고요. 자연주의자들은 인간을 자연의 질서에 종속된 존재로 보았어요. 따라서 인간의 성격과 운명은 환경이나 유전적 요소에 의해 결정된다고 생각했지요. 특히 인간을 배고픔이나 성적 본능 등에 지배당하는 존재로 파악했어요. 이렇게 본다면 '그'의 성격 때문에 벌어진 비극적 결말은 자연주의의 영향을 받은 결과라고 할 수 있습니다.

또한 「배따라기」는 한자와 한글이 뒤섞여 사용된 기존 소설과는 달리 대부분 한글로 집필되었어요. 시제도 철저히 구분해서 외화는 현재 시제로, 내화는 과거 시제로 썼고요. 이 정도면 김동인이 고민한 것처럼 '문학 자체의 아름다움'을 잘 보여 준 소설이라고 할 수 있겠지요? 김동인은 「배따라기」에 관해 "나에게 있어서 최초의 단편 소설인 동시에 조선에 있어서 조선 글, 조선말로 된 최초의 단편 소설일 것이다."라고 말했답니다.

김동인(1900~1951)
평남 평양에서 태어나 1914년부터 일본에서 유학하다가 3·1 운동 직후에 귀국했다. 3·1 운동의 격문을 쓴 것이 발각되어 구속되었다가 풀려난 후 「배따라기」, 「감자」, 「운현궁의 봄」 등 여러 작품을 발표했다. 1930년대 후반부터 내선일체와 황국 신민화를 주장하는 글을 쓰는 등 친일 활동을 했다.

"조선은 무덤이고 우리는 모두 구더기다!"
– 염상섭의 「만세전」

서울 종로구에 있는 교보 문고 출입구 앞에는 소설가 염상섭의 동상이 있습니다. 이곳에 동상이 세워진 이유는 두 가지예요. 첫 번째 이유는 염상섭 생가가 경복궁 서쪽인 종로구 체부동에 있었기 때문이고, 두 번째 이유는 염상섭이 광화문 사거리 근처에서 작품을 많이 집필했기 때문이랍니다.

염상섭 동상은 한쪽 팔을 벤치에 걸치고 다리를 꼰 채 느긋한 모습을 하고 있어요. 하지만 바쁘게 오가는 사람들을 바라보는 눈빛은 예사롭지 않아 보이네요.

염상섭은 자연주의 및 사실주의 문학을 개척한 작가로 꼽힙니다. 그는 세심한 조사를 바탕으로 당대 현실을 사실적으로 드러낸 작품을 주로 썼어요. 염상섭의 시대 인식과 날카로운 시선은 일제 강점기 때부터 기자

염상섭 동상(서울 종로구)
염상섭을 기리기 위해 만든 동상으로, 염상섭의 생가가 있던 서울 종로구 종묘 공원에 처음 세워졌다. 2009년 종묘 공원을 정비하면서 삼청 공원으로 옮겨졌다가, 2014년 현재 위치인 광화문 교보생명 건물 앞에 자리 잡았다.

생활을 했던 이력 덕분입니다. 그는 1920년 〈동아일보〉 창간과 함께 기자로 활동했고, 광복 후에는 〈경향신문〉의 편집국장을 맡기도 했어요.

1922년 〈신생활〉(1922년에 창간된 우리나라 최초의 순간 잡지)에 발표된 「만세전」은 염상섭의 대표적인 사실주의 소설로 꼽힙니다. 「만세전(萬歲前)」은 제목에서 알 수 있듯이 '만세를 부르기 전', 즉 3·1 운동 직전인 1918년 겨울을 배경으로 하고 있어요.

주인공인 '나'는 동경(도쿄) 유학생입니다. 세상 물정을 잘 모르고 조선의 현실에도 관심이 없는 개인적인 인물이지요. 어느 날 '나'는 아내가 위독하다는 전보(電報, 전신을 이용한 통신이나 통보)를 받습니다. 13세라는 어린 나이에 강제로 결혼한 '나'는 아내에게 애정이 없었어요. 그래서 마지못해 학기 말 시험을 포기하고 귀국하지요. 이렇게 해서 동경(도쿄)에서 부산을 거쳐 서울로 향하는 '나'의 여정(旅程, 여행의 과정이나 일정)이 시작됩니다.

'나'는 귀국하는 동안 많은 사건을 겪어요. 시모노세키역에서는 일본 헌병에게 검문을 당하고, 부산으로 가는 배 안에서는 일본 형사들에게 시달림을 당합니다. 또 같은 배에 탄 조선 노동자들을 경멸하는 일본인들의 대화를 들으면서 나라 없는 설움과 동포에 대한 연민을 느끼지요. '나'는 부산항에 내려서도 조선인 순사보와 일본인 헌병 보조원에게 괴롭힘을 당해요. 이런 과정을 통해 '나'는 조금씩 조선의 비참한 현실을 인식하지요.

나는 여기까지 듣고 깜짝 놀랐다. 그 불쌍한 조선 노동자들이 속아서 지상의 지옥 같은 일본 각지의 공장과 광산으로 몸이 팔리어 가는 것이, 모두 이

부관 연락선
조선 부산항과 일본 시모노세키항을 오가던 국제 여객선으로, 1905년부터 운행되었다. 「만세전」의 주인공인 '나'가 탄 배가 부관 연락선이다. 사진 속 배는 1922년에 운항을 시작한 게이후쿠마루호다.

런 도적놈 같은 협잡 부랑배의 술중(術中, 남의 꾀 속)에 빠져서 속아 넘어가는구나 하는 생각을 하며, 나는 다시 한번 그자의 상판때기를 치어다보지 않을 수 없었다.

(중략)

일 년 열두 달 죽도록 농사를 지어야 반년 짝은 시래기로 목숨을 이어 나가지 않으면 안 되겠으니까……. 하는 말을 들을 제, 그것이 과연 사실일까 하는 의심이 날 만큼 나의 귀가 번쩍하리만큼 조선의 현실을 몰랐다. 나도 열 살 전까지는 부모의 고향인 충청도 촌 속에서 자라났고, 그 후에도 일 년에 한두 번씩은 촌락에 발을 들여놓아 보았지만, 설마 그렇게까지 소작인의 생활이 참혹하리라고는 꿈에도 생각해 본 일이 없었다.

-염상섭, 「만세전」 부분

「만세전」에 드러난 당시 조선의 실상은 아주 구체적이고 사실적입니다. 소설을 읽다 보면 '나'처럼 "무덤이다! 구더기가 끓는 무덤이다!"라고 외칠지도 몰라요. 이 구절은 「만세전」의 이전 제목인 '묘지'를 떠올리게 합니다. 염상섭은 친일 지식인들과 현실에 무지한 민중이 들끓는 조선의 모습을 '묘지'라는 제목을 통해 나타낸 것이지요. 염상섭이 현재 서울의 모습을 관찰한 후 소설을 썼다면 어떤 제목을 붙였을지 궁금해지네요.

한편 '나'의 아내는 현대 의술로 충분히 고칠 수 있는 병에 걸렸는데, 부친의 고집 때문에 재래식 의술로만 치료받아요. 그 결과 '나'가 도착했을 때 아내는 이미 빈사 상태에 이르렀고, 결국 세상을 떠나지요. 순종적인 여인이었지만 남편의 사랑을 받지 못하고 결국 사망해 공동묘지로 가게 된 아내는 조선의 암울한 현실을 상징해요.

'나'는 죽어 가는 아내를 보면서도 동정심 외에 별다른 감정을 느끼지 못합니다. 아내가 죽고 나서도 눈물조차 흘리지 않아요. 결국 '나'는 아내의 장례를 치른 후 다시 학업을 계속하기 위해 동경(도쿄)으로 떠나지요.

'나'는 조선의 현실을 목격하고 분노하면서도 현실을 바꾸려고 노력하지는 않습니다. 즉, 적극적으로 행동하는 실천적 지식인은 아니지요. 하지만 '나'라는 인물은 분명히 달라졌습니다. 민족의 현실을 깨닫고 새로운 자아를 발견했으니까요. 이런 점에서 '나'에게는 '따뜻한 봄'이 조금 더 가까워졌다고 할 수 있어요. 마찬가지로 당시 조선의 현실은 무덤처럼 암울하고 비참했지만, 미래까지 절망적인 것은 아니었습니다. 이런 이유로 염상섭은 작품 제목을 '묘지'에서 '만세전'으로 바꾼 것이 아닐까요?

유학파 지식인들은 왜 점점 무기력해졌을까
- 현진건의 「술 권하는 사회」

'왜 1920년대 초기 소설들의 주인공은 지식인이 많을까?'

이 시기의 단편 소설들을 자주 접하다 보면 이런 의문이 생길 수도 있습니다. 앞에서 살펴본 「만세전」을 비롯해 대부분의 소설이 지식인을 주인공으로 삼고 있거든요. 작가들이 다양한 계층을 두고 굳이 지식인을 주인공으로 내세운 이유는 무엇일까요?

첫 번째 이유는 당시 신인 작가 대부분이 일본 유학생 출신이었기 때문입니다. 이들은 유학을 통해 근대 의식을 높이고자 했어요. 작품을 통해 자기 생각을 표현하려면 아무래도 같은 처지인 지식인이 등장하는 게 유리했겠지요?

또 다른 이유는 당시 지식인이 새로운 계층으로 떠올랐기 때문입니다. 작가들뿐 아니라 많은 젊은이가 근대적 교육을 통해 신분 상승을 하고자 했어요. 유학을 다녀오면 높은 지위를 얻는 데 유리했거든요. 이렇듯 지

현진건(1900~1943)
대구에서 태어난 현진건은 일본 도쿄와 중국 상하이에서 유학 생활을 하고 1919년 귀국했다. 1920년 〈개벽〉에 「희생화」를 발표하며 등단했다. 〈조선일보〉, 〈동아일보〉 등에서 기자로 일하기도 했다.

〈개벽(開闢)〉
1920년 6월 천도교의 후원을 받아 창간된 월간 종합 잡지다. 일제가 가혹한 언론 정책을 시행하던 시기에 간행되어 창간호부터 많은 탄압을 받았다. 하지만 열악한 상황임에도 민족정신과 독립 의지를 고취시키는 내용을 담고자 했다.

식인이 새로운 계층으로 주목받자, 사실주의 작가들은 이들을 작품 안으로 끌어들인 것이지요.

하지만 당시 지식인들이 전부 바람직한 삶을 산 것은 아니었어요. 일부 지식인은 신분 상승에 눈이 멀어 일제와 타협하기도 했지요. 사회 개혁을 바라던 지식인들은 만만치 않은 현실 앞에 좌절했어요.

이들은 점점 나약해지면서 소극적인 성격으로 변하고, 사회의 주변부로 밀려났습니다. 경제적으로도 무능했어요. 현실적인 어려움에 부닥친 지식인들은 사회를 탓하며 술 등에 의존하게 되었지요. 1921년 〈개벽〉에 발표된 현진건의 「술 권하는 사회」를 보면 이러한 지식인이 등장한답니다.

현진건은 염상섭과 함께 사실주의를 개척한 작가로 평가받고 있습니다. 현진건 역시 일본과 중국에서 공부한 지식인이었어요. 그는 귀국 후 어렵게 생활하면서 「술 권하는 사회」를 썼습니다. 그런 점에서 이 작품은 현진건의 체험이 담긴 자전적 소설이라고 할 수 있어요.

청년 회의소 기념사진

1919년경 대구 노동 학교 춘기 청년 회의소(청년 단체) 기념사진이다. 맨 앞줄의 왼쪽 네 번째가 현진건이고, 그 뒷줄의 왼쪽 세 번째가 시인 이상화다.

「술 권하는 사회」에는 남편과 아내가 등장합니다. 남편은 일본 유학을 다녀온 후 뭔가 바빠 보여요. 어딘가를 열심히 돌아다니다가 집에 오면 책을 보거나 밤새도록 무엇을 씁니다. 항상 얼굴에는 근심이 가득하고, 한숨을 쉬는 습관이 생겼고요. 집에 있을 때는 화를 자주 내고, 밖에 나가면 술에 취해 돌아오는 날이 많지요. 남편은 왜 이러는 것일까요?

남편은 유학을 다녀왔지만 막상 조국에 오니 뜻을 펼칠 만한 곳이 없었습니다. 그래서 술에 의존해 울분을 달래지요. 이것은 개인의 한계보다는 일제의 식민 통치로 말미암은 구조적 모순 때문에 일어난 상황이에요. 당시 조선의 지식인들은 「술 권하는 사회」의 남편과 같이 부조리한 현실을 바꾸지 못해 무기력해져 있었습니다. 현진건은 소설을 통해 조선 지식인 사회의 실상을 보여 줌으로써 일제 식민 정책을 간접적으로 비판한 거예요.

남편과 다르게 교육을 받지 못한 아내는 남편이 무엇 때문에 괴로워하는지 모릅니다. 이 점은 다음 글을 보면 파악할 수 있어요.

안해(아내)에게는 그 말이 너무 어려웠다. 고만 묵묵히 입을 다물었다. 눈에 보이지 않는 무슨 벽이 자기와 남편 사이에 깔리는 듯하였다. 남편과 말이 길어질 때마다 안해는 이런 쓰디쓴 경험을 맛보았다. 이런 일은 한두 번이 아니었다. 이윽고 남편은 기막힌 듯이 웃는다.

"흥, 또 못 알아듣는군. 묻는 내가 그르지. 마누라야 그런 말을 알 수 있겠소. 내가 설명을 해 드리지. 자세히 들어요. 내게 술을 권하는 것은, 화증도 아니고 하이칼라(high collar, 서양식 유행을 따르는 사람)도 아니요, 이 사회란 것이 내게 술을 권한다오. 이 조선 사회란 것이, 내게 술을 권한다오. 알았소? 팔자가 좋아서 조선에 태어났지, 딴 나라에 났더면 술이나 얻어먹을 수 있나……."

사회란 것이 무엇인가? 안해는 또 알 수가 없었다. 어찌하였든 딴 나라에는 없고 조선에만 있는 요릿집 이름이어니 한다.

-현진건, 「술 권하는 사회」 부분

"사회란 것이 내게 술을 권한다오."라는 남편의 말에 아내는 '사회'를 '요릿집 이름'이라고 생각합니다. 사회의 구조적 모순을 전혀 이해하지 못하는 거예요. 아내와 함께 있는 것에 답답함을 느낀 남편은 결국 집을 나가지요. 아내는 절망스럽게 "그 몹쓸 사회가, 왜 술을 권하는고!"라고 중얼거려요. 「술 권하는 사회」는 아내의 이 혼잣말로 끝난답니다.

아내로서도 남편이 아주 답답했을 거예요. 아내는 남편이 유학을 갔다 오면 경제적으로 풍요로운 생활을 할 수 있을 거라 기대했습니다. 남편은 유학을 통해 사회 개혁을 이룰 수 있을 거라 기대했지만, 아내는 경제적

안정을 바란 거예요. 그래서 아내는 남편이 돈벌이하지 않고, 오히려 돈을 쓰며 술을 마시는 이유를 이해하지 못해요.

「술 권하는 사회」에 나타난 남편과 아내의 갈등은 단지 부부 사이의 갈등이 아닙니다. 남편이 상징하는 근대적 가치관과 아내가 상징하는 봉건적 질서 사이의 갈등이라고 볼 수 있어요. 따라서 남편이 집 밖으로 나가는 것은 봉건적 질서의 바깥, 즉 근대적 사회로 나가고자 하는 욕망을 나타낸답니다.

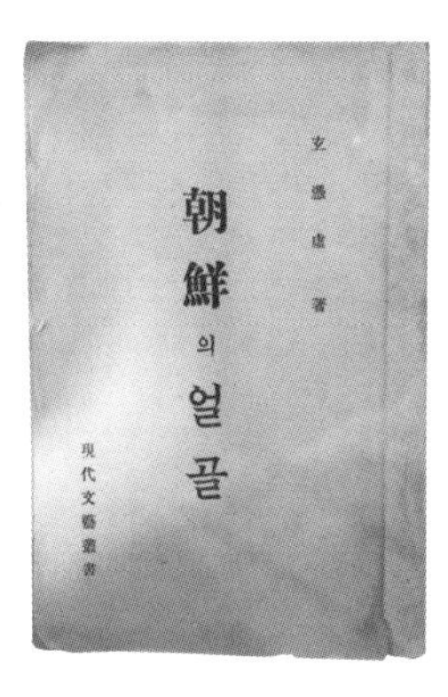

『조선의 얼골』
1926년 글벗집에서 간행한 현진건의 소설집이다. 「운수 좋은 날」, 「B사감과 러브 레터」, 「고향」 등 단편 소설 11편이 실려 있다.

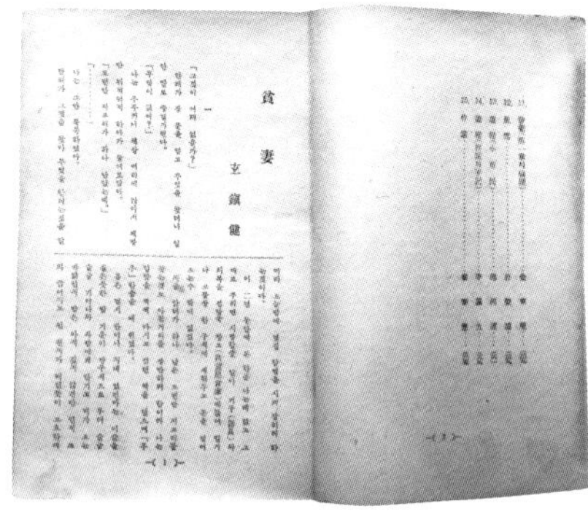
貧妻

玄鎭健

「빈처」
1921년 〈개벽〉에 발표한 현진건의 두 번째 소설이자, 자전적 소설이다. 이 작품으로 현진건은 문단의 주목을 받기 시작했다.

사랑으로 신분의 벽을 넘다
- 나도향의 「벙어리 삼룡이」

이상화, 현진건, 박종화 등과 함께 〈백조〉(1922년 1월에 창간된 문예 동인지) 동인(同人, 어떤 일에 뜻을 같이해 모인 사람)으로 참가한 한 작가가 있었습니다. 그는 1922년 〈동아일보〉에 장편 소설 「환희」를 연재해 주목을 받았지요. 하지만 작가로서 능숙한 경지에 들려 할 때 폐병이 그를 덮치고 말아요. 결국 그는 25세의 젊은 나이에 세상을 떠나고 말지요. 이 작가가 바로 「벙어리 삼룡이」, 「물레방아」, 「뽕」 등 20여 편의 주옥같은 단편 소설을 남긴 나도향이에요.

「벙어리 삼룡이」는 1925년 〈여명〉(1925년 7월에 창간된 종합 잡지)에 발표된 단편 소설입니다. 나도향이 1926년에 세상을 떠났으니 죽음을 눈앞에 둔 시기에 집필한 작품이지요. 「벙어리 삼룡이」에는 헌신적인 하인인 벙어리 삼룡과 그의 주인인 오 생원이 등장합니다. 오 생원의 버릇없는 아들과 그의 새색시인 주인아씨도요.

여러분도 잘 알다시피 우리나라에는 아주 오래전부터 신분 제도가 있었습니다. 신분 제도는 1894년 갑오개혁 때 완전히 폐지되었어요. 하지만 계급 간의 갈등은 여전히 남아 있었지요. 「벙어리 삼룡이」에는 계급 차이로 고통받던 사람들의 모습이 사실적으로 나타나 있답니다.

삼룡의 주인인 오 생원은 마을 사람들로부터 존경을 받는 인물이었습니다. 오 생원은 삼룡을 극진히 아꼈지요. 문제는 오 생원의 아들이었어요. 오 생원의 아들은 삼룡을 심하게 학대하고, 심지어 아름답고 착한 새

부시쌈지
부싯돌 등을 넣어 가지고 다닐 수 있도록 만든 작은 쌈지다.

색시까지 괴롭히기 시작하지요. 삼룡은 점점 주인아씨를 동정하게 됩니다. 주인아씨는 삼룡의 충직한 마음에 감동해 비단 헝겊으로 부시쌈지 하나를 만들어 주지요.

삼룡은 양반과 천민 사이의 높은 벽을 인식하면서도 주인아씨를 사랑하게 됩니다. 신분적인 제약이 삼룡의 사랑을 더욱 극적으로 만들지요. 삼룡의 사랑은 순수했지만, 당시 사람들의 봉건적인 사고로는 이해하기 어려운 일이었어요. 부시쌈지를 보고 삼룡과 주인아씨의 관계를 오해한 오 생원의 아들은 삼룡을 때린 후 집 밖으로 내쫓아요.

그날 밤, 오 생원의 집은 화염에 휩싸입니다. 먼저 주인을 구한 삼룡은 주인아씨를 찾으러 불길 속으로 뛰어들지요. 삼룡과 주인아씨는 무사히 불길에서 나올 수 있었을까요?

그는 색시를 안았다. 그러고는 길을 찾았다. 그러나 나갈 곳이 없었다. 그는 하는 수 없이 지붕으로 올라갔다. 그는 비로소 자기의 몸이 자유롭지 못한 것을 알았다. 그러나 그는 자기가 여태까지 맛보지 못한 즐거운 쾌감을 자기의 가슴에 느끼는 것을 알았다. 색시를 자기 가슴에 안았을 때 그는 이제 처음으로 살아난 듯하였다. 그는 자기의 목숨이 다한 줄 알았을 때, 그 색시를 내려놓을 때는 그는 벌써 목숨이 끊어진 뒤였다. 집은 모조리 타고 벙어리는 색시를 무릎에 뉘고 있었다. 그의 울분은 그 불과 함께 사라졌을는지! 평화롭고 행복스러운 웃음이 그의 입 가장자리에 엷게 나타났을 뿐이다.

–나도향, 「벙어리 삼룡이」 부분

윗글은 「벙어리 삼룡이」의 결말 부분이에요. 삼룡은 결국 불길 속에서 나가지 못하고 주인아씨를 품에 안은 채 죽습니다. 오 생원의 집에 난 불을 누가 질렀는지 확실하게 나와 있지 않아요. 삼룡이 질렀을 수 있고, 주인아씨가 질렀을 수도 있으며, 다른 누군가가 질렀을 수도 있지요. 삼룡이 불을 질렀다고 치면, 그것은 그동안 자신이 당했던 부당한 억압에 대한 복수이자, 주인아씨에 대한 사랑을 승화시킨 행위라고 볼 수 있습니다.

결말 내용만 보면 삼룡과 주인아씨가 모두 죽으니 비극적이라고 생각하기 쉽습니다. 하지만 윗글을 다시 한번 자세히 읽어 보세요. 삼룡은 점점 죽어 가지만 역설적으로 "처음으로 살아난 듯"한 기분을 느낍니다. 그래서 "평화롭고 행복스러운 웃음이 그의 입 가장자리에" 나타나는 것이지요. 삼룡의 죽음에서는 일반적으로 느끼는 고통 대신 사랑이 완성되는 희열의 순간을 엿볼 수 있습니다. 삼룡의 사랑이 안타까우면서도 낭만적으로 느껴지지 않나요?

"우리는 여태까지 속아 살았다."
- 최서해의 「탈출기」

여러분이 잘 알다시피 편지는 보내는 사람과 받는 사람이 지극히 사적인 교감을 나누는 의사소통 수단이에요. 편지 형식으로 소설을 쓴다면 상대에게 친근감을 드러내며 서술자의 내면 심리를 설득력 있게 전달할 수 있겠지요? 이러한 소설을 서간체 소설이라고 합니다. 편지를 다른 말로 서간(書簡)이라고 하기 때문이지요.

최서해의 「탈출기」는 서간체 소설의 특징을 잘 살린 작품입니다. 이 소설은 1925년 〈조선문단〉(1924년 10월에 창간된 문예 잡지)에 발표되었어요. 최서해는 소설의 허구성보다는 편지의 사실성에 중점을 두어 주제를 전달하고 있습니다. 「탈출기」는 다음과 같이 박 군과 김 군의 편지로 시작해요.

1

김 군! 수삼 차(두서너 번) 편지는 반갑게 받았다. 그러나 나는 한 번도 회답하지 못하였다. 물론 군의 충정에는 나도 감사를 드리지만 그 충정을 나는 받을 수 없다.

박 군! 나는 군의 탈가(脫家, 일정한 조건이나 환경, 구속 따위에서 벗어나기 위해 자기 집에서 나감)를 찬성할 수 없다. 음험한 이역(異域, 다른 나라의 땅)에 늙은 어머니와 어린 처자를 버리고 나선 군의 행동을 나는 찬성할 수 없다.

(중략)

김 군! 나도 사람이다. 정애(情愛, 따뜻한 사랑)가 있는 사람이다. 나의 목숨 같은 내 가족이 유린받는 것을 내 어찌 생각지 않으랴? 나의 고통을 제삼자로서는 반분의 일이라도 느낄 수 없을 것이다.

나는 이제 나의 탈가한 이유를 군에게 말하고자 한다.

-최서해, 「탈출기」 부분

박 군과 김 군은 친구 사이입니다. 윗글을 보니 박 군이 집을 나간 상황이네요. 김 군은 가족을 생각해서라도 어서 집으로 돌아가라는 내용의 편지를 박 군에게 보냅니다. 박 군은 답신을 통해 김 군의 충정을 받아들일

간도 주민의 가을 타작
1910년대 간도에 거주하던 한국인이 가을을 맞아 타작하는 모습이다. 일제 강점기 전후, 국내의 삶을 견딜 수 없어 간도로 이주하는 한국인이 급격히 증가했다.

수 없다고 말하지요. 늙은 어머니와 처자를 버리면서까지 집을 나갈 수밖에 없었던 박 군의 사정은 무엇이었을까요? 지금부터 박 군이 우리에게 보낸 편지를 읽는다고 생각하면서 박 군('나')의 이야기를 들어 보아요.

이 편지의 시대적 배경은 암울했던 일제 강점기입니다. 일제는 1920년부터 자국의 부족한 식량을 보충하기 위해 조선에서 쌀 생산량을 늘리려는 정책(산미 증식 계획)을 시행했어요. 일제는 쌀 생산량이 목표만큼 늘어나지 않았는데도 훨씬 더 많은 쌀을 가져갔습니다. 식량 부족에 허덕이게 된 조선 농민들은 새로운 삶의 터전을 찾아 일본이나 만주·간도 등으로 이주했어요.

'나' 역시 이러한 이유로 어머니와 아내를 데리고 간도로 이주합니다. '나'의 꿈은 농사를 지어 배불리 먹고, 깨끗한 초가에서 글을 읽으며 무지한 농민들을 가르치는 것이었어요. 하지만 '나'의 꿈은 물거품이 됩니다. '나'는 농사를 지으려고 밭을 구하지만 빈 땅이 없어요. 일자리를 얻지 못한 '나'는 닥치는 대로 아무 일이나 합니다. 어머니와 아내도 삯방아(돈이나 물건을 받고 곡식 따위를 찧거나 빻아 줌)를 하고, 강가에서 나뭇개비를 주워 목숨을 겨우 이어 가지요.

일거리를 찾아 헤매다가 집에 돌아온 '나'는 임신한 아내가 부엌에서 무엇인가 먹고 있는 모습을 봅니다. '나'는 어머니보다 자신을 먼저 생각하는 아내의 행동에 배신감을 느껴요. 하지만 아내가 뛰쳐나간 뒤 아궁이를 뒤지다가 잇자국이 난 귤껍질을 발견하고는 눈물을 흘리지요.

겨울이 깊어 가지만 여전히 일자리는 없습니다. '나'는 사회 제도의 희생자로 살아온 삶을 생각하니 분노가 치솟아 올라요. 그러면서 아무리 충실하게 살아도 가난에서 절대 벗어날 수 없다는 사실을 깨닫지요. '나'는 사회적 모순을 바로잡겠다는 생각으로 어머니와 아내를 버리고 사회주의 결사 단체인 ××단에 가입합니다. 이러한 이유로 '나'는 김 군의 충정을 받아들이지 못한 거예요.

「탈출기」를 읽은 당시 문인들은 큰 충격을 받았습니다. 유학생 출신의 엘리트 작가들이 경험할 수 없었던 '생생한 체험'이 「탈출기」에 고스란히 담겨 있었기 때문이지요. 이 작품이 더욱 사실성을 지닐 수 있었던 이유는 최서해의 삶과 밀접한 관련이 있답니다.

최서해의 학력은 3년 정도 보통학교(일제 강점기에 우리나라 사람들에게 초등 교육을 하던 학교)에 다닌 것이 전부예요. 불우한 가정에서 태어난 그는 어려서부터 각지로 전전하며 밑바닥 생활을 뼈저리게 체험했습니다. 「탈출기」의 '나'처럼 1918년 간도로 이주해 궁핍한 생활을 한 적도 있고요. 이러한 체험이 토대가 된 「탈출기」는 신경향파 문학(1920년대에 등장한 사회주의 경향의 새로운 문학 사조)의 대표작으로 평가받고 있어요.

「탈출기」는 문단에서 많은 호평을 받았지만, 최서해는 여전히 가난했습니다. 그는 생계를 잇기 위해서라면 문인 모두가 꺼리던, 기생들의 잡지를 만드는 일도 마다하지 않았어요. 평생을 가난에서 탈출하지 못하면서도, 최서해는 악착같이 작품을 쓰며 문학적 업적을 쌓았습니다. 하지만 안타깝게도 32세의 젊은 나이에 생을 마감했지요.

일제 강점기 문학은 '한국' 문학일까?

일제 강점기의 문학은 '한국' 문학일까요? 조선의 문학이나 고려의 문학, 삼국의 문학, 고조선의 문학은 어떨까요? "당연히 한국 문학이지!"라는 대답이 바로 나올 수도 있겠네요. 그런데 이 문제는 그렇게 단순하지 않답니다.

예를 하나 들어 볼까요? 일제 강점기에는 우리 문학을 말할 때 '한국 문학'이라고 하지 않고 '조선 문학'이라고 했어요. 1919년에 대한민국 임시 정부가 세워졌지만 당시 사람들은 스스로를 '조선인'이라고 생각했던 거지요. 즉, 일제 강점기 사람들을 '조선인'이라고 인식한다면 일제 강점기의 문학이 조선 문학이 되는 것이고, '한국인'이라고 인식한다면 일제 강점기 문학이 한국 문학이 되는 것이랍니다. 조선 시대나 그 이전 시대의 문학도 마찬가지예요.

그런데 조선 시대의 사람, 고려 시대의 사람, 삼국 시대의 사람을 '한국인'으로 볼 수 있을까요? 같은 민족이니까 모두 한국인일까요? 역사 시간에 배운 내용을 떠올려 보아요. 먼 옛날에 예족과 맥족, 한(韓)족 등이 나라를 세웠다고 해요. 그때의 나라는 하나의 '민족'으로 이루어진 나라가 아닌 거예요. 역사적으로는 신라가 삼국을 통일한 뒤에 단일 민족 국가가 성립되었다고 볼 수 있어요. 그렇다면 고조선과 삼국 시대의 사람은 '한국인'이 아닌 걸까요? 살고 있는 땅이나 혈통, 언어 등을 기준으로 해서는 이 문제에 답을 내리기가 쉽지 않습니다. 그보다는 현재의 우리가 누구를 우리의 조상으로 생각하는지, 과거의 어떤 나라를 우리나라로 여기는지가 중요하지요.

발해를 떠올려 봅시다. 우리는 역사 교과서에서 발해를 배우지요. 또, 삼국 시대 이후의 시대를 통일 신라와 발해의 시대라는 의미에서 '남북국 시대'라고 부르고요. 하지만 예전에는 이 시대를 통일 신라 시대라고 했어요. 발해를 우리 역사로 여기지 않았기 때문이에요. 발해는 고구려의 유민 대조영이 세운 나라입니다. 발해인의 대부분은 그 지역의 토착 민족인 말갈족이었어요. 일부 지배 계층만 고구려인의 후손이었고요. 그래서 발해를 우리나라로 보는 견해와 보지 않는 견해가 있어요.

중요한 것은 '지금 우리'가 발해를 어떻게 바라보고 있느냐예요. 역사는 현재를 살아가는 사람들의 입장에서 기록되고 해석됩니다. 지금 우리가 일제 강점기의 사람들을 한국인이라고 생각한다면 일제 강점기의 문학도 한국 문학이 되지요.

일제 강점기 문학과 관련된 문제가 한 가지 더 있어요. 바로 언어 문제예요. 1940년대 말에는 많은 조선 문인들이 일본어로 작품을 쓰고 발표했습니다. 김사량이나 장혁주 같이 일본에서 일본어로 작품을 써서 일본 문단에 등단을 한 문인도 있지요. 이런 작품들은 일본어로 썼으니 한국 문학이 아닌 걸까요?

답을 내리기 전에 과거로 되돌아가 봅시다. 신라의 학자인 최치원은 중국의 당에 가서 과거를 보고 당의 관리가 되었어요. 그렇다면 최치원이 당에 있을 때 쓴 시들은 당의 문학일까요? 아니면 신라 문학일까요? 최치원이 살던 시대에는 한글이 없었기 때문에 한자로만 글을 써야 했습니다. 일제 강점기에도 한글로 글을 쓰는 것이 무척 어려웠지요. 최치원이 당에서 쓴 작품과 일제 강점기에 일본어로 쓴 작품은 우리말을 쓸 수 없는 상황에서 다른 언어로 쓴 작품이라는 공통점이 있는 거예요. 이 점을 고려할 때, 일제 강점기에 우리나라 사람이 일본어로 쓴 문학 작품은 한국 문학이 아니라고 단정 지을 수 있을까요?

문학사, 나아가 역사를 대할 때 가장 중요한 것은 현재의 우리가 과거를 바라보는 관점입니다. 일제 강점기의 문학을 한국 문학으로 볼지 말지는 여러분이 그 시대를 바라보는 관점에 따라 달라져요. 물론 자신의 관점을 뒷받침할 타당한 이유가 필요하겠지요.

자, 이제 맨 처음 질문으로 돌아가 보아요. 일제 강점기의 문학은 한국 문학일까요? 여러분은 어떤 관점으로 일제 강점기와 그 시대의 문학을 바라볼지 궁금해지네요.

SHINSEGAE

풍요로움과 다양성을 일구다 | 1930년대~1945년

1938년 3월, 일제는 중등학교 교과목에서 '조선어' 과목을 폐지합니다. 이는 1930년대에 이르러 일제의 식민지 사상 탄압이 더욱 심해졌음을 보여 주는 사건이에요. 이로 말미암아 해외로 이주하는 사람이 많아지면서 민족 공동체가 붕괴되는 현상까지 나타났지요. 하지만 암울한 상황에서도 우리나라 문학은 한층 성숙해졌답니다. 순수시와 모더니즘 시가 등장했고, 항일 의지를 담은 작품도 탄생했지요. 전문적인 수필가가 등장해 수필이 독자적인 갈래로 자리 잡기도 했어요. 이때부터 사실주의 희곡도 본격적으로 창작되었지요.

소설에서는 도시에서의 삶을 다룬 세태 소설, 풍속 소설이 창작되었습니다. 농촌을 소재로 한 농촌 소설도 등장했지요. 1930년대 중반에는 서구 모더니즘의 영향을 받은 소설도 발표되었어요. 이외에도 역사 소설, 가족사 소설 등이 활발하게 창작되었답니다.

1930년대에 일제는 현실 비판적인 소설을 가만히 놓아두지 않았어요. 일제가 소설 창작을 탄압하자 소설가들은 이념이나 사회 계몽이 아닌, 다양한 주제와 소재를 다룬 작품을 발표했습니다. 대표적으로 박태원의 「소설가 구보 씨의 일일」이나 이상의 「날개」 같은 모더니즘 소설, 김유정의 「동백꽃」이나 심훈의 「상록수」 같은 농촌 소설, 염상섭의 「삼대」나 채만식의 「태평천하」 같은 가족사 소설, 김동인의 「운현궁의 봄」 같은 역사 소설 등이 등장했지요. 이 시기에는 일제의 탄압에도 작가와 작품 수가 눈에 띄게 늘어났고, 작품 수준도 상당히 높아졌어요.

하지만 1941년 태평양 전쟁이 일어나면서 우리나라 소설은 암흑기로 접어듭니다. 1940년대에 우리나라 소설은 일제의 강한 탄압을 받게 돼요. 이로 말미암아 한글로 된 소설이 거의 발표되지 못했어요.

동상이몽(同床異夢) 세 가족
- 염상섭의 「삼대」

때는 1920~1930년대, 서울 중구 수하동에 한 중산층 집안이 있었습니다. 이 집안은 할아버지, 아버지, 아들로 이어지는 삼대(三代)가 함께 살았어요.

이 세 가족은 각각 개성이 뚜렷했습니다. 우선 할아버지는 구한말(舊韓末, 조선 말기에서 대한 제국까지의 시기) 세대를 대표하는 조 의관으로, 돈과 이익밖에 모르는 현실주의자예요. 양반 행세를 하기 위해 족보를 사들이고 서원(書院, 조선 시대에 지방에 세워진 사립 교육 기관)에 투자하는 등 명분과 형식을 중시하는 인물이기도 하지요. 조 의관의 아들인 조상훈은 아버지와 전혀 다릅니다. 개화기 세대를 대표하는 조상훈은 미국 유학 생활을 하고 기독교와 신문물을 받아들인 인물이에요. 다양한 사회사업에 몰두하지만 방탕한 생활을 하며 타락하지요. 조상훈의 아들이자 조 의관의 손자인 조덕기는 식민지 세대를 대표하는 인물입니다. 집안의 세대 갈등과 친구인 김병화와의 이념 갈등에서 중립을 지키며 자기가 할 일에 관해 고민해요.

지금까지 소개한 조 의관, 조상훈, 조덕기는 염상섭의 「삼대」에 등장하는 주인공들입니다. 「삼대」는 1931년 〈조선일보〉에 연재되었어요. 염상섭은 「만세전」과 마찬가지로 이 작품에서도 식민지 현실을 사실적으로 드러냈습니다. 「삼대」에서는 세대 간 가치관의 갈등과 이념 간 갈등이 흥미진진하게 전개되지요.

三代 (1)
廉想涉 作
安夕影 畵
두친구 (一)

〈조선일보〉에 실린 「삼대」
「삼대」는 1931년 1월부터 9월까지 〈조선일보〉에 연재되었다. 사진은 1931년 1월 1일 자 〈조선일보〉에 실린 「삼대」 첫 회다.

"아버님께서는 너무 심한 말씀을 하십니다마는, 어쨌든 세상에 좀 할 일이 많습니까? 교육 사업, 도서관 사업, 그 외 지금 조선이 자진 퇴찬히 는 데……."

상훈이는 조심도 하려니와 기를 누이어서 자근자근히 이왕 시사 말이 나왔으니 할 말은 다 하겠다는 듯이 말을 이어 나가려니까 또 벼락이 내렸다.

"듣기 싫다! 누가 네게 그따위 설교를 듣자든? 어서 가거라."

"하여간에 말씀입니다. 지난 일은 어쨌든, 지금 이 판에 별안간 치산(治山, 산소를 매만져서 다듬음)이란 당한 일입니까? 치산만 한대도 모르겠습니다마는, 서원을 짓고 유생들을 몰아다 놓으시렵니까? 본도 본이거니와 지금 시대에 당한 일입니까?"

상훈이는 아까보다 좀 어기(語氣, 말하는 기세)를 높여서 반대를 하였다.

"잔소리 마라! 그놈, 나가라니까 점점 더하고 섰고나. 내가 무얼 하든 네가 총찰(總察, 모든 일을 맡아 총괄해 살핌)이란 말이냐? 내가 죽으면 동전 한 닢이라도 너를 남겨 줄 테니 걱정이란 말이냐? 너는 이후로는 아무리 굶어 죽는

다 하여도 한 푼 막무가내다. 너는 없는 셈만 칠 것이니까……, 너희들도 다 아 들어 두어라."

-염상섭, 「삼대」 부분

윗글을 보니 아버지와 아들의 대화라고 보기에는 분위기가 살벌하지요? 조 의관은 돈을 들여 의관 벼슬을 사고 족보를 새로 만들었어요. 조상훈은 이런 아버지를 못마땅하게 생각했지요. 그래서 족보를 만드는 일을 둘러싸고 다툼이 벌어진 거예요.

그런데 조 의관은 조선 시대도 아닌 일제 강점기에 왜 그리 족보 제작에 열을 올린 것일까요? 1894년 갑오개혁으로 신분제는 사라졌지만 일제 강점기 때 족보 제작이 유행했어요. 제도는 바뀌었어도 소수 양반이 누렸던 특권 의식은 쉽게 사라지지 않았기 때문이지요. 족보를 위조하면 누구나 양반이 될 수 있었어요.

하지만 조상훈은 조 의관을 이해하지 못합니다. 신문물을 받아들인 조상훈은 족보보다는 교육 사업, 도서관 사업, 조선어 자전 편찬 등에 돈을 쓰기를 바라지요. 이처럼 조상훈은 사회사업에 관심이 많았지만, 3·1 운동이 실패한 후 허무주의에 빠지고 맙니다. 조 의관은 방탕한 생활을 일삼는 아들을 한심하게 생각하며 손자인 조덕기에게 재산의 반을 물려주겠다고 선언하지요.

일본 유학생인 조덕기는 방학 때 잠깐 귀국했다가 다시 일본으로 가기 위해 짐을 쌉니다. 이때 친구인 김병화가 찾아오지요. 김병화는 가난한 생활을 하지만, 사회의 부조리에 저항하며 새로운 세상을 꿈꿉니다. 사회주의 사상을 실천으로 옮기는 인물이에요. 김병화는 조덕기를 만날 때마다 '부르주아(bourgeois, 근대 사회에서 자본가 계급에 속하는 사람)'라고 부르고, 조덕기는 이 소리를 듣기 싫어합니다. 조덕기는 자신의 집안이 중산층인 게 다행이라고 생각하지만, '부르주아'는 자신을 비꼬는 말이라고 생각하지요. 조덕기와 김병화를 통해 당시 계층 간에 있었던 갈등을 엿볼 수 있어요.

「삼대」에서 가장 중요한 소재는 '돈'입니다. 조 의관과 조상훈은 돈의 쓰임에 관해서 가치관의 차이를 보였지요? 하지만 두 사람 모두 돈을 중요하게 여깁니다. 더불어 이 소설의 사건 전개에서 가장 중요한 부분은 조 의관의 재산 상속 문제예요. 조 의관이 죽자 재산 상속 문제에 불이 붙고, 주변 인물들이 하나둘씩 추악함을 드러내기 시작해요. 조 의관의 첩인 수원댁과 둘을 소개해 준 최 참봉 등은 조 의관의 재산을 빼돌리기 위해 몰래 유서를 고치지요. 하지만 조덕기가 재산을 관리하면서 수원댁의 계획은 실패로 돌아가요. 집안의 재산을 맡게 된 조덕기는 앞으로 어떻게 살아야 할 것인가에 관해 고민하지요.

지금까지 살펴본 것처럼 염상섭은 한 가족사를 통해 당시 사회상을 생생하게 드러냈습니다. 염상섭의 다른 작품도 뛰어나지만, 「삼대」는 더 섬세한 문학적 성취를 이루었다는 평가를 받고 있어요. 당시 풍속과 세대 간의 갈등을 세밀하게 묘사했기 때문이지요.

교활함 속에 숨겨져 있었던 민족애
- 김동인의 「붉은 산」

"수로 공사는 절대 안 된다!"

"얼른 헐어 내라!"

1931년 7월 2일이었어요. 중국 지린성 만보산 지역에서 조선 농민과 중국 농민 사이에 충돌이 일어났습니다. 조선 농민은 가뭄이 계속되자 송화강에서 물을 끌어오는 수로 공사를 진행했어요. 그러자 인근의 중국 농민이 물을 끌어들이면 콩밭이 망가진다면서 반대한 것이지요.

조선 농민과 중국 농민은 말다툼하다가 멱살을 잡기도 했어요. 하지만 중국 관리들과 조선인 대표가 수습해 큰 싸움으로 번지지는 않았지요. 문제는 일본이 일으켰습니다. 만주를 노리던 일본은 이 사건을 과장해서 조선의 한 신문에 다음과 같은 거짓 기사를 내보냈어요.

'지금 만보산에서 조선인이 중국인에게 봉변을 당하고 있다. 이미 많은 사상자가 발생했다.'

이 기사가 퍼지자 화가 난 조선인들은 중국인을 배척했어요. 중국인만 보면 때리거나 심지어 죽이기까지 했지요. 조선에 사는 중국인들은 두려움에 떨 수밖에 없었어요. 중국인에 대한 조선인의 폭력 행위는 중국 본토에도 알려졌고, 중국인들은 분노했습니다. 결국 중국인들은 많은 조선인이 이주해 살던 만주 지방을 중심으로 복수를 시작했어요. 한 마을은 100명에 가까운 조선인 전원이 몰살당하기도 했지요. 이 사건을 '만보산 사건'이라고 해요.

평양의 화교 거리(1931)
일본의 거짓 보도로 조선 내에서 중국인 배척 운동이 일어났다. 사진은 1931년 7월 중국인 배척 운동으로 파괴된 평남 평양의 화교 거리 모습이다.

만보산 사건은 많은 조선 지식인에게 울분과 자극을 주었습니다. 김동인은 이 사건을 토대로 1932년 〈삼천리〉에 「붉은 산」이라는 소설을 발표하지요. 「배따라기」를 통해 단편 소설의 미학을 보여 주었던 김동인은 「붉은 산」을 통해 무엇을 말하고자 했을까요?

「붉은 산」은 독특하게도 한 의사의 수기(手記, 자기의 생활이나 체험을 직접 쓴 기록) 형식으로 구성되어 있어요. '여(余, '나'를 뜻하는 1인칭 대명사)'는 만주의 풍속을 살피고 그곳에 퍼져 있는 병도 조사할 겸 만주를 돌아봅니다. 이때 ××촌에서 겪은 일을 기록하지요.

××촌에는 정직하고 글깨나 읽었다는 조선인 소작인들이 20여 호 모

여 삽니다. 어느 날, 이 마을에 '삵(살쾡이)'이라 불리는 정익호가 찾아들어요. 그는 왜 '삵'이라고 불렸을까요?

> 생김생김으로 보아서 얼굴이 쥐와 같고 날카로운 이빨이 있으며 눈에는 교활함과 독한 기운이 늘 나타나 있으며 바룩한(밖으로 벌어져 있는) 코에는 코털이 밖으로까지 보이도록 길게 났고 몸집은 작으나 민첩하게 되었고 나이는 스물다섯에서 사십까지 임의로 볼 수가 있으며 그 몸이나 얼굴 생김이 어디로 보든 남에게 미움을 사고 근접지 못할 놈이라는 느낌을 갖게 한다.
>
> -김동인, 「붉은 산」 부분

윗글은 정익호의 외양을 묘사한 부분입니다. 이를 통해 정익호의 성격을 짐작할 수 있어요. 실제로 정익호는 트집을 잘 잡고 싸움도 잘합니다. 그래서 그가 아무리 행패를 부려도 마을 사람들은 함부로 대들지 못해요. 마을 사람들은 정익호를 꺼리고 미워해 쫓아내려고 합니다. 하지만 정작 나서는 사람이 없어 그는 별 탈 없이 동네에 머무르지요.

이렇듯 「붉은 산」의 전반부에서 정익호는 싸움 잘하고 트집 잘 잡고 칼부림 잘하고 색시에게 덤벼들기를 잘하는 '암종(癌腫, 악성 종양)'으로 묘사됩니다. 하지만 후반부에서 정익호는 극적으로 성격이 바뀌어요. 계기가 된 사건은 송 첨지(僉知, 나이 많은 남자를 낮잡아 이르는 말)의 죽음이었습니다.

'여'가 ××촌을 떠나기 전날이었어요. 송 첨지는 그해 소출(所出, 논밭에서 나는 곡식)을 나귀에 싣고 만주인 지주 집에 갑니다. 그는 소출이 좋지 못하다는 이유로 두들겨 맞고 초주검이 되어 돌아와요. 그러고는 끝내 죽고 말지요. ××촌 젊은이들은 흥분하지만, 누구 하나 앞장서서 따지려고 하지 않아요.

'여'는 송 첨지의 시체를 부검하고 돌아오는 길에 정익호, 즉 '삵'과 마주칩니다. '여'는 '삵'에게 송 첨지의 죽음을 알리지요. 이튿날 '삵'은 허리가 기역 자로 부러진 채로 동구 밖에서 발견됩니다. 지주에게 반항하다가 맞은 거예요.

'여'는 쓰러진 '삵'을 응급조치합니다. '삵'은 '여'에게 애국가를 불러 달라고 간청해요. '삵'의 죽음을 애도하는 노래가 엄숙하게 울려 퍼지는 가운데 '삵'의 몸은 점점 식어 가지요.

마을의 골칫덩어리였던 '삵'은 왜 갑자기 민족주의자로 변한 것일까요? 이는 조국과 민족에 대한 애정이라는 주제 의식을 부각하기 위한 장치입니다. 하지만 변화를 가져온 실마리나 개연성(蓋然性, 그럴듯하다고 수긍할 수 있는 성질)이 제시되지 않아 감상적이고 작위적(作爲的, 꾸며서 하는 것이 두드러지게 눈에 띄는 것)이라는 지적을 받기도 하지요.

앞에서 살펴본 것처럼 「붉은 산」에는 혹사당하는 조선인 소작농과 가혹한 만주인 지주 간의 갈등이 잘 드러나 있습니다. 이 소설은 '만보산 사건'의 영향을 받았으므로 중국인에 대한 적개심이 담겼다는 점은 이해가 가지요? 하지만 갈등의 원인을 제공한 일제가 빠지고 모든 책임을 중국인에게 넘긴 것은 「붉은 산」의 문제점이에요. 1930년대 후반에 경제적·정신적인 어려움을 겪고 친일의 길로 들어선 김동인을 떠올리면 더욱 아쉬운 부분입니다.

소외된 인물을 가만히 쓰다듬다 - 이태준의 「달밤」

서울 성북구에는 법정 스님이 창건한 절인 길상사, 한용운이 지은 집인 심우장, 우리나라 최초의 근대식 사립 미술관인 간송 미술관 등 여러 명소가 있습니다. 이태준이 1933년부터 1946년까지 머물면서 「달밤」, 「돌다리」 등을 집필한 이태준 고택도 성북구의 명소 가운데 하나지요. 이 집은 1933년에 지어진 개량 한옥이에요. 현재는 이태준의 외종 손녀가 이곳에서 전통찻집을 운영하고 있답니다.

이태준은 단편 소설을 통해 탁월한 능력을 보여 준 작가예요. 1930년대 당시 '시에서는 정지용, 산문에서는 이태준'이라 불릴 정도로 명성이 자자했지요. 이태준의 단편 소설뿐 아니라 장편 소설의 인기도 이광수 못지않았어요. 또한 이태준은 구인회(1933년 김기림, 이효석, 이종명, 김유영, 유치진, 조용만, 이태준, 정지용, 이무영의 아홉 사람이 모여 결성한 문학 동인회)를 통해 1930년대 순수 문학의 흐름을 주도했습니다. 1930년대 후반에는 〈문장〉의 실질적인 책임자로서 서정주, 김동리, 박목월, 박두진, 조지

〈문장(文章)〉
1939년 2월에 창간된 순 문예지다. 작품 발표와 고전 발굴, 신인 배출 및 양성에 주력했다. 사진은 1939년에 발행한 〈문장〉 7월 호다.

휘문 고등 보통학교(서울 종로구)
1906년 민영휘가 세운 학교로, '휘문 의숙'으로 개교해 1918년 '휘문 고등 보통학교'로 이름을 바꾸었다. 현재는 휘문 중학교와 휘문 고등학교로 개편되어 서울 강남구로 이전했다.

훈 등 많은 신인을 발굴해 우리나라 문학 발전에 큰 공을 세웠지요.

하지만 이태준의 어린 시절은 불우했습니다. 그는 일찍 부모를 잃고 고아가 되었어요. 누이와 함께 친척 집에 맡겨졌지만, 주위의 동정과 친척 어른들의 구박을 못 견디고 가출하지요. 1920년 이태준은 배재 학당의 입학시험에 합격하지만, 돈이 없어서 다니지 못했어요. 낮에는 일하고 밤에는 공부하는 생활 끝에 이듬해 휘문 고등 보통학교에 입학하지요. 하지만 4학년 때 동맹 휴교 주모자로 지목되어 퇴학당하고 맙니다. 이태준은 1925년 일본으로 건너가 조치 대학교에 입학해요. 신문 배달 등을 하며 학비를 벌었지만, 고독감과 가난을 견디지 못해 곧 자퇴하고 말아요.

이태준은 귀국 후 잡지 편집을 하면서 본격적으로 작품 활동을 시작합

이태준(1904~?)
강원 철원에서 태어난 이태준은 1925년 〈조선문단〉에 소설 「오몽녀」가 입선하며 등단했다. 1929년 개벽사에 입사한 후부터 본격적인 작품 활동을 시작했다. 1940년대에는 친일 문학을 발표했다. 광복 후에는 사회주의 성향의 작품을 창작했고, 1946년에 월북했다.

니다. 1930년에는 결혼해서 이후 비교적 안정된 생활을 하지요. 특히 서울 성북동에서 처자식과 함께 지냈던 시절은 이태준의 삶에서 가장 행복한 순간이었을 거예요.

1933년 〈중앙〉(1933년 11월 조선중앙일보사에서 발간한 종합 월간지)에 발표된 「달밤」 역시 서울 성북동을 공간적 배경으로 삼고 있습니다. 성북동으로 이사 온 '나'는 그곳에서 시골의 정취를 느껴요. 시냇물 소리와 솔바람 소리 때문이 아니라 황수건이라는 사람을 만났기 때문이지요. 도시 사람들의 영악함과 메마른 심성에 지쳐 있던 '나'는 약간 모자라지만 착하고 인정 있는 황수건에게 마음을 열어요.

하지만 순박한 황수건은 삭막한 현실에 적응하지 못하고 점점 소외됩니다. 보조 신문 배달원인 황수건의 유일한 희망은 정식 배달원이 되는 거예요. 하지만 보조 배달원 자리에서도 쫓겨나지요. '나'는 황수건의 하소연을 들으며 안타까워하고, 세상의 각박함을 원망하기도 해요.

'나'는 황수건에게 참외 장사라도 해 보라고 3원을 줍니다. 이처럼 '나'는 황수건에게 연민을 느끼고, 그를 인간적으로 대해요. '나'의 따뜻한 배려에 보답하기 위해서라도 황수건이 참외 장사에 성공했다면 얼마나 좋았을까요? 황수건은 참외 장사에도 실패합니다. 설상가상으로 그의 아내마저 가출하지요.

어느 날, 황수건은 '나'에게 고마움을 표현하기 위해 훔친 포도를 들고 찾아옵니다. 하지만 곧 포도 주인이 나타나 황수건을 끌고 나가지요. '나'가 포도 주인에게 포도 값을 물어 주고 보니 황수건은 사라지고 없어요.

시대적 배경이나 황수건의 처지를 고려하면 「달밤」의 결말은 그다지 희망적으로 보이지는 않습니다. 그렇다고 비극적인 결말로 치닫지도 않아요. 오히려 이 작품의 결말에서는 서정적인 분위기가 느껴지지요. 그 부분을 살펴볼까요?

이제다. 문안에 들어갔다 늦어서 나오는데 불빛 없는 성북동 길 위에는 밝은 달빛이 깁(명주실로 바탕을 조금 거칠게 짠 비단)을 깐 듯하였다. 그런데 포도원께를 올라오노라니까 누가 받지도 못한 목청으로,

"사……케……와 나……미다카 다메이……키……카……(술은 눈물인가 한숨인가)."

를 부르며 한길이 좁다는 듯이 휘적거리며 내려왔다. 보니까 수건이 같았다. 나는,

"수건인가?"

하고 아는 체하려다 그가 나를 보면 무안해할 일이 있는 것을 생각하고 휙 길 아래로 내려서 나무 그늘에 몸을 감추었다.

그는 길은 보지도 않고 달만 치다보며, 노래는 그 이상은 외우지도 못하는

『달밤』
1934년 한성도서에서 간행한 이태준의 첫 단편집이다. 「달밤」, 「꽃나무는 심어 놓고」 등의 소설이 실려 있다.

> 듯 첫 줄 한 줄만 되풀이하면서 전에는 본 적이 없었는데 담배를 다 퍽퍽 빨면서 지나갔다.
>
> 달밤은 그에게도 유감한 듯하였다.
>
> -이태준, 「달밤」 부분

늦은 밤, 황수건은 달을 쳐다보면서 노래의 첫 소절만 계속 부르며 성북동 길을 걷습니다. 전에는 보지 못한 담배까지 피우면서 말이지요. 황수건의 답답한 심정이 느껴지는 대목이에요. 이태준은 '달밤'을 배경으로 설정해 암울한 결말을 서정적인 분위기로 정화합니다. '나'는 포도 사건 때문에 아는 척을 하면 황수건이 무안할까 봐 일부러 나무 그늘로 몸을 숨겨요. 달밤은 이러한 '나'의 따뜻한 마음을 돋보이게 하는 역할도 합니다.

「달밤」을 통해 살펴본 것처럼 이태준은 현실 비판을 강조하기보다는 사회에서 소외된 인물들의 삶을 드러내기 위해 노력했어요. 그러면서 인간적인 정이 사라진 각박한 사회를 넌지시 꼬집었지요.

"이 다리에는 우리 가족의 역사가 담겨 있단다."
- 이태준의 「돌다리」

앞에서 살펴본 염상섭의 「삼대」에서 아버지인 조 의관과 아들인 조상훈은 가치관 차이로 큰 갈등을 겪었지요? 조 의관은 유교적인 가치를 중시하는 보수적인 인물이었고, 조상훈은 기독교와 신학문을 수용했지만 방탕한 생활을 하는 인물이었어요.

이태준의 「돌다리」에는 가치관 차이로 갈등을 겪는 또 다른 아버지와 아들이 등장합니다. 「삼대」의 부자(父子)와 「돌다리」의 부자(父子)를 비교해 보는 것도 재미있을 거예요.

일제 강점기 말기인 1943년 〈국민문학〉(1941년 11월에 창간된 월간 문학잡지)에 발표된 「돌다리」는 한 농촌 마을을 공간적 배경으로 삼고 있습니다. 아버지는 평생 농사를 지으면서 살아온 농부이고, 아들인 창섭은 맹장 수술 분야의 권위자인 의사예요. 창섭은 농업 학교에 진학하라는 아버지의 뜻을 어기고 의사가 되었습니다. 맹장염에 걸린 누이가 의사의 잘못된 진단으로 일찍 생을 마감했기 때문이지요. 병원을 확장하기로 한 창섭은 고향을 찾습니다. 창섭은 누이의 묘가 있는 곳을 바라보며 좋은 병원을 세울 기대감에 부풀어요.

창섭의 아버지는 동네에서 근면·성실하기로 소문난 인물이에요. 땅을 늘리는 것보다는 정성껏 가꾸는 데 노력을 쏟지요. 이를 통해 아버지는 물질적인 이익을 추구하기보다는 땅의 본래 가치를 중시한다는 것을 알 수 있어요. 하지만 창섭은 땅을 이익을 얻을 수 있는 수단으로 여깁니다.

이태준(1904~?)
이태준이 월북한 직후인 1946년에 촬영된 것으로 추정되는 사진이다. 월북 초기 이태준은 북한에서 극진한 대우를 받지만, 6·25 전쟁 후 과거 친일 문학을 썼다는 이유로 숙청당했다.

땅을 가지고 있는 것보다는 팔아서 병원 확장에 쓰는 것이 이익이라고 생각하지요. 그래서 창섭은 아버지에게 서울로 모시고 가겠다며 땅을 팔아 달라고 부탁합니다. 아버지는 아들의 말에 뭐라고 대답했을까요?

"천금이 쏟아진대두 난 땅은 못 팔겠다. 내 아버님께서 손수 이룩허시는 걸 내 눈으루 본 밭이구, 내 할아버님께서 손수 피땀을 흘려 모신 돈으루 장만허신 논들이야. 돈 있다고 어디가 느르지 논 같은 게 있구, 독시장 밭 같은 걸 사? 느르지 논둑에 선 느티나문 할아버님께서 심으신 거구, 저 사랑 마당엣 은행나무는 아버님께서 심으신 거다. 그 나무 밑에를 설 때마다 난 그 어룬들 동상이나 다름없이 경건한 마음이 솟아 우러러보군 헌다. 땅이란 걸 어떻게 일시 이해를 따져 사구팔구 허느냐? 땅 없어 봐라, 집이 어딨으며 나라가 어딨는 줄 아니? 땅이란 천지 만물의 근거야. 돈 있다구 땅이 뭔지두 모르구 욕심만 내 문서 쪽으로 사 모기만 하는 사람들, 돈놀이처럼 변리(邊利, 남에게 돈을 빌려 쓴 대가로 치르는 일정한 비율의 돈)만 생각허구 제 조상들과 그

땅과 어떤 인연이란 건 도시(도무지) 생각지 않구 헌신짝 버리듯 하는 사람들, 다 내 눈엔 괴이한 사람들루밖엔 뵈지 않드라."

-이태준, 「돌다리」 부분

창섭의 아버지는 자신의 할아버지와 아버지에게 물려받은 땅을 소중히 생각합니다. 땅을 천지 만물의 근원으로 여기고, 종교적 신념에 가까울 정도로 땅에 대한 애착이 강하지요. 아버지는 땅을 돈으로 생각하지 않고 진심으로 소중히 여기는 사람에게 팔겠다고 선언해요. 물질을 가장 중요하게 여기는 근대 사회의 가치관을 비판한 것이지요.

아버지의 전통적인 사고방식은 이 작품의 제목이자 중심 소재인 '돌다리'를 통해서도 잘 드러납니다. 창섭이 고향 마을에 들어섰을 때 아버지는 장마 때문에 내려앉은 돌다리를 고치고 있었어요. 이 작품에서 돌다리는 가족과 민족의 정체성을 상징합니다. 아버지가 안간힘을 쓰면서 논밭을 일구고, 정거장 길까지 닦으며 무너진 돌다리를 고치는 이유는 전통을 계승하려는 의지가 강하기 때문이에요. 하지만 창섭에게 돌다리는 그저 낡은 다리에 불과해요.

창섭은 윗글과 같은 아버지의 대답을 듣고 존경심이 들어 코허리가 찌르르해집니다. 땅을 팔아 병원을 확장하겠다는 계획이 잘못되었음을 스스로 인정한 것이지요.

아버지는 고집을 부리며 아들의 의견에 무조건 반대한 것이 아니라 모두가 잊지 않고 지켜야 할 가치를 앞세웠어요. 그래서 주장에 설득력이 있었지요. 「삼대」의 조 의관처럼 자신의 고집을 꺾지 않고 큰소리만 냈다

성북동 집에서 찍은 이태준 가족사진
이태준과 부인 이순옥, 세 딸, 두 아들이 함께 찍은 가족사진이다. 이 집에서 이태준, 박태원, 이효석 등 구인회 회원들이 모여 토론을 나누기도 했다.

면 아버지와 아들 간의 갈등은 점점 더 깊어졌을 거예요.

창섭이 아버지의 가치관을 존중하고 자신의 계획을 포기함에 따라 「돌다리」 안에서의 세대 갈등은 해소된 것처럼 보입니다. 하지만 창섭이 아버지와 완전히 똑같은 가치관을 가질 수는 없을 거예요. 그래서였을까요? 창섭은 '결별의 심사'를 느끼며 아버지가 고쳐 놓은 돌다리를 건너 서울로 올라가고, 아버지는 그런 창섭의 뒷모습을 안타까운 마음으로 바라보지요.

눈앞에서 벌어진 일을 그대로 노트에 적다
- 박태원의 「소설가 구보 씨의 일일」

1930년대 경성(서울)의 모습은 어땠을까요? 현재와 마찬가지로 당시에도 많은 사람이 도시, 특히 경성으로 모였습니다. 청계천을 경계로 남쪽의 일본인 거리는 남촌, 북쪽의 조선인 거리는 북촌으로 불렸어요. 경성은 남촌과 북촌을 중심으로 도시화가 진행되었지요.

지금의 서울과는 아주 다르지만 1930년대 경성에도 백화점, 병원, 다방 등이 있었어요. 영화관과 이발소, 공중목욕탕도 있었답니다. 경성 중심부에는 3층 이상의 서양식 건물들이 늘어서 있었고, 도로에는 전차나 자동차가 다녔어요. 하지만 이러한 모습은 주로 일본인 주거 지역에서 볼 수 있었고, 대다수의 외곽 지역은 여전히 가난에서 벗어나지 못했지요.

화려한 근대적인 모습과 빛바랜 전근대적인 모습이 섞여 있었던 1930년대 경성은 모더니즘(사상, 형식, 문체 따위가 전통적인 기반에서 급진적으로 벗어나려는 창작 태도) 작가들에게 더할 나위 없이 좋은 관찰 대상이었습니다. 그 결과 경성을 기반으로 많은 모더니즘 소설이 탄생했어요. 대표적인 모더니즘 작가로는 박태원, 이상, 이태준 등을 꼽을 수 있지요.

모더니즘 소설은 사실주의 소설과 차이점이 많습니다. 염상섭의 「만세전」 같은 사실주의 소설은 시간 순서대로 전개되고, 여러 형태의 갈등이 드러나요. 반면 모더니즘 소설은 등장인물이 있는 공간을 중심으로 전개되고, 등장인물이 외부와 갈등을 겪는 대신 자신의 내면을 탐구하지요. 이를 효과적으로 표현하기 위해 등장인물의 독백 방식을 주로 사용한답니다.

일제 강점기 때 발표된 모더니즘 소설은 개인주의나 인간성 상실 등 근대 자본주의를 비판하는 내용이 많았습니다. 이 시기의 모더니즘 작가들은 다양한 기법을 실험하고 근대의 풍물을 작품에 적극적으로 반영했어요. 그래서 작품 속에 백화점이나 다방 등이 자주 등장하지요.

모더니즘 소설의 대표작으로 꼽히는 박태원의 「소설가 구보 씨의 일일」은 자전적인 소설입니다. 제목에서 '구보'는 박태원의 호거든요. 어찌 보면 구보의 일기와도 같은 이 소설은 1934년 8월 1일부터 9월 19일까지 〈조선중앙일보〉에 연재되었어요.

박태원은 「소설가 구보 씨의 일일」의 주인공인 구보의 눈을 통해 경성 시내의 풍물과 사람들의 모습을 하나하나 포착합니다. 여기까지만 본다면 사실주의 소설이라고 생각하기 쉬워요. 하지만 이 작품에서 중심이 되는 것은 풍경 자체가 아니라 풍경을 바라보는 구보의 시선과 내면 의식의 변화랍니다.

또한 「소설가 구보 씨의 일일」은 전통적인 서술 기법이 아닌 실험적인

박태원(1910~1986)
서울에서 태어난 박태원은 1926년 〈조선문단〉에 시 「누님」이 당선되어 등단했다. 활동 초기에는 주로 시를 썼으나 1930년대에 들어서며 소설을 집중적으로 창작했다. 1930년대 모더니즘 문학을 대표하는 작가로 꼽히며, 이태준의 영향을 받아 1950년경 월북했다.

『소설가 구보 씨의 일일』

1934년 박태원이 〈조선중앙일보〉에 총 32회에 걸쳐 연재한 「소설가 구보 씨의 일일」을 단행본으로 펴낸 것이다. 1938년 문장사에서 간행했다.

서술 기법이 사용된 작품이에요. 뚜렷한 사건이나 갈등이 나타나지 않는데다가 현재와 과거, 현실과 환상이 교차하는 형식을 보이지요. 그래서일까요? 「소설가 구보 씨의 일일」이 발표되었을 때 사람들의 반응은 "이런 것도 소설이 될 수 있나?"였습니다.

구보는 고독을 느끼고, 사람들 있는 곳으로, 약동(躍動, 생기 있고 활발하게 움직임)하는 무리들이 있는 곳으로, 가고 싶다 생각한다. 그는 눈앞에 경성역을 본다. 그곳에는 마땅히 인생이 있을 게다. 이 낡은 서울의 호흡과 또 감정이 있을 게다. 도회(都會, 사람이 많이 살고 상공업이 발달한 번화한 지역)의 소설가는 모름지기 이 도회의 항구와 친해야 한다. 그러나 물론 그러한 직업의식은 어떻든 좋았다. 다만 구보는 고독을 삼등 대합실 군중 속에 피할 수 있으면 그만이다.

그러나 오히려 고독은 그곳에 있었다. 구보가 한옆에 끼어 앉을 수도 없게시리 사람들은 그곳에 빽빽하게 모여 있어도, 그들의 누구에게서도 인간 본래의 온정을 찾을 수는 없었다. 그네들은 거의 옆의 사람에게 한마디 말을 건네는 일도 없이, 오직 자기네들 사무에 바빴고, 그리고 간혹 말을 건네도, 그것은 자기네가 타고 갈 열차의 시각이나 그러한 것에 지나지 않았다.

-박태원, 「소설가 구보 씨의 일일」 부분

구보는 홀어머니와 함께 사는 미혼의 소설가예요. 구보의 일과는 대학노트를 끼고 시내를 돌아다니면서 창작 소재를 찾는 것이지요. 윗글을 보면 구보는 고독감을 피하고자 많은 사람이 오가는 경성역을 찾습니다. 하지만 인간미가 느껴지지 않는 경성역에서 구보는 또다시 고독을 느끼지요. 이를 통해 1930년대 경성의 삭막함과 도시인들의 소외감을 파악할 수 있답니다.

구보는 일본 유학까지 다녀온 지식인이지만 취직과 결혼을 거부해요.

다방 낙랑파라(서울 중구)

1931년 서울 중구 소공동에 문을 연 다방으로, 당대 예술가들의 아지트였다. 설계에 작가 이상이 참여하기도 했다. 박태원이 자주 방문하던 곳이며, 「소설가 구보 씨의 일일」에서 '구보'의 단골 다방으로 등장한다.

그는 '일상을 살아가는 군중처럼 산다면 나 역시 행복할까?'라는 질문을 안고 산책에 나섭니다. 하지만 구보는 군중 사이에서도 소외감을 느껴요. 지적 우월감을 가지고 다른 사람들을 속물이라고 생각하기도 하고요.

거리를 활보할수록 구보의 고독감은 더욱 커집니다. 다방에서 만난 기자 친구도 구보의 고독감을 떨치는 데 도움을 주지 않아요. 오히려 구보는 돈 때문에 매일 살인, 강도와 방화범의 기사를 써야 한다는 친구에게 연민을 느끼지요.

구보가 시도한 마지막 방법은 옛사랑에 관한 기억을 떠올리는 것이었어요. 그 시절을 떠올리면서 구보는 잠시나마 행복감에 젖습니다. 하지만 곧 자신의 용기가 부족해서 옛사랑을 불행하게 만들었다는 죄책감을 느끼지요. 구보는 술집에서 다른 친구를 만나 서로의 고독감을 달랜 후 헤어집니다. 새벽 2시경이 되자 구보는 이제 어머니를 위해 결혼하고 창작에 전념해야겠다고 다짐해요.

이처럼 도심의 거리를 떠돌다가 새벽에 집으로 향하는 내용인 「소설가 구보 씨의 일일」은 박태원의 일기이자, 당대 무력한 지식인들의 일일 보고서라고 할 수 있어요. "상상력만으로는 소설이 되지 않아 실물을 눈으로 보기 위해 도심지를 오간다."라는 박태원의 생각이 고스란히 담긴 작품이지요.

이 소설은 구보의 의식의 흐름에 따라 기술되었습니다. 이는 모더니즘 소설의 특징 가운데 하나예요. 이러한 '의식의 흐름' 기법(인물이 겪은 일이나 그 일을 통해 떠오르는 과거의 경험, 생각, 느낌 등을 그대로 기술하는 것)은 박태원의 친한 벗이었던 이상의 소설 「날개」에서도 사용되었답니다.

'북적북적' 청계천 변 서민들의 일상사 - 박태원의 「천변 풍경」

우리나라 수도인 서울 한복판에는 청계천이 흐릅니다. 서울을 둘러싼 산에서 흘러내린 물이 청계천이 되고, 동쪽으로 흘러 중랑천과 만나 한강으로 흘러드는 것이지요. 조선 시대에는 개천이라고 부르다가 일제 강점기 때 청계천으로 이름이 바뀌었어요.

일제 강점기 때는 청계천의 둑을 따라 집들이 죽 늘어서 있었습니다. 여름에 비가 많이 내리면 물이 넘쳐서 인근 민가가 큰 피해를 보았지만, 당시 청계천 변은 서민들의 삶의 터전이었지요. 1930년대 중반쯤에 박태원이 살던 집도 청계천 근처에 있었어요. 박태원은 아낙네들이 모여 빨래하는 모습과 근대 도시의 풍물이 섞인 청계천 변을 세심하게 관찰했습니다. 그러고는 1936년에서 1937년에 걸쳐 〈조광〉에 장편 소설 「천변 풍경」을 연재했어요.

「천변 풍경」은 「소설가 구보 씨의 일일」 못지않게 독특한 소설입니다.

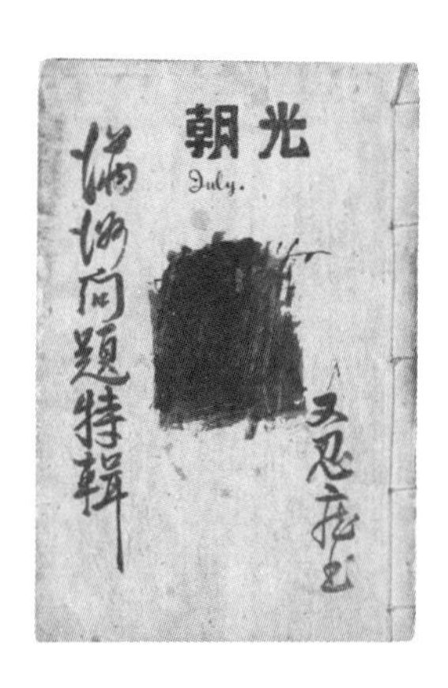

〈조광(朝光)〉

1935년 11월 조선일보사에서 창간한 월간 종합지다. 경제나 사회 문제 등을 주로 다루었지만, 문화면에도 신경을 써 많은 작품이 발표되었다. 1941년부터는 친일 성향을 띠기 시작했다. 사진은 1939년에 발행된 〈조광〉의 제5권 제7호다.

「천변 풍경」
박태원은 1936년 〈조광〉에 「천변 풍경」을 연재했고, 1937년 같은 잡지에 「속 천변 풍경」을 연재했다. 이를 장편으로 바꾸어 1938년 박문서관에서 단행본으로 간행했다.

특정한 줄거리 없이 일 년 동안 청계천 변에 사는 70여 명의 인물이 벌이는 일상사를 서술했거든요. 그것도 무려 50개의 절로 나누어서 말이지요. 지금부터 이들의 일상으로 들어가 볼까요?

아낙네들은 빨래터에 모여 수다를 떱니다. 이발소 사환(使喚, 관청이나 회사, 가게 따위에서 잔심부름을 시키기 위해 고용한 사람)인 재봉이는 이런 바깥 풍경을 관찰하며 지겨운 줄을 모르지요. 여성들은 빨래터에서 빨래하면서, 남성들은 이발소에서 이발하면서 서로 정보를 교류하고 공유해요.

아버지를 따라 시골에서 서울로 올라온 창수는 한약국 일을 시작합니다. 시골 소년이었던 창수의 눈에는 서울 풍경이 얼마나 신기하게 보였을까요?

창수는, 우선, 개천 빨래터로 눈을 주었다. 한 이십 명이나 모여든 빨래꾼들, 그들의 누구 하나 꺼리지 않고 제멋대로들 지절대는 소리와, 또 쉴 사이 없이 세차게 놀리는 방망이 소리가, 그의 귀에는 무던히나 상쾌하다.

> 그는 눈을 들어, 이번에는 빨래터 바로 위 천변의, 나무장 간판이 서 있는 곳을 바라보았다. 그곳에는 이미 윷을 놀지 않는 젊은이들이, 철망 친 그 앞에 가 앉아서들 잡담을 하고, 더러는 몸들을 유난스러이 전후좌우로 놀려 가며, 그것은 또 무슨 장난인지, 서로 주먹을 들어 때리는 시늉을 한다.
>
> -박태원, 「천변 풍경」 부분

윗글은 창수의 눈에 비친 청계천 변의 모습이에요. 창수는 개천 빨래터를 관찰하다가 빨래터 위 나무장 간판이 있는 곳을 바라봅니다. 마치 카메라가 이동하면서 촬영한 장면을 글로 설명한 것 같지 않나요? 이처럼 「천변 풍경」에는 영화적 기법이 사용되었어요. 인물의 시선에 따라 풍경

1930년대 청계천 빨래터
여성들이 삼삼오오 모여 이야기를 나누며 빨래하는 모습은 1930년대 청계천에서 흔히 볼 수 있는 풍경이었다.

을 묘사할 때는 윗글처럼 카메라가 이동하며 촬영하는 카메라 아이(eye) 기법을 사용했고, 인물의 표정이나 손동작 등을 묘사할 때는 특정 대상을 확대하는 클로즈업(close-up) 기법이 쓰였지요.

서울에 올라오기 전에는 순박한 시골 소년이었던 창수는 서울 생활에 적응하면서 차차 세속적인 인물로 변합니다. 물질주의에 젖은 것이지요. 50대의 사법 서사(司法書士, 지금의 법무사)인 민 주사는 늙어 가는 자신의 얼굴을 바라보며 한숨짓지만, 그래도 돈이 최고라고 생각하며 흐뭇해해요.

이렇듯 「천변 풍경」에는 민 주사나 은방 주인처럼 세속적인 행복을 추구하는 중산층, 아낙네들처럼 가난은 숙명이지만 돈이 곧 행복이라고 생각하는 서민층, 그리고 기미코, 하나코, 안성댁 등의 신여성, 금순, 이쁜이, 만돌 어멈처럼 봉건적 인습과 가부장적 질서로 결혼 생활이 순탄하지 않은 여인들, 재봉과 창수처럼 서울에서 꿈을 키워 가는 사람들 등 다양한 유형의 인물이 등장합니다. 이와 더불어 서울 중산층 및 하층민 토박이들의 삶과 풍속이 뛰어나게 묘사되었어요.

지금도 많은 사람이 오가는 청계천에 갈 기회가 생긴다면 「천변 풍경」에 등장하는 인물들을 하나씩 떠올려 보세요. 그러면서 청계천 어디쯤에 빨래터가 있었고 이발소가 있었을지도 상상해 보면 재미있겠지요?

내년 봄에도 장인님과 몸싸움을 하게 될까
- 김유정의 「봄·봄」

수도권 지하철 노선도를 보면 많은 지하철역이 있습니다. 지하철역 이름에 관한 문제 하나를 내 볼게요. 지하철역 이름 중에 유일하게 사람 이름을 사용한 역이 있습니다. 어디일까요?

정답은 경춘선에 있는 김유정역입니다. 강촌역과 남춘천역 사이에 있지요. 김유정역의 이름은 원래 신남역이었어요. 문인들과 지역 주민들의 요구에 따라 2004년 12월 1일에 김유정역으로 이름이 바뀌었지요. 역 앞에 있는 실레 마을이 김유정의 고향이거든요.

김유정의 소설 대부분은 실레 마을을 배경으로 삼고 있습니다. 그의

금병 의숙의 옛 모습

금병 의숙은 1932년 김유정이 고향 실레 마을에 세운 간이 학교다. 김유정은 이 학교에서 야학당을 열어 아이들을 가르치고 농촌 계몽 운동을 전개했다. 오늘날 금병 의숙이 있던 자리에는 마을 회관이 들어섰다.

소설 가운데 해학성이 가장 뛰어난 「봄·봄」도 마찬가지지요. 「봄·봄」은 1935년 12월 〈조광〉에 발표되었어요.

「봄·봄」을 감상하기 전에 먼저 알아 두어야 할 것이 있습니다. 바로 풍자와 해학의 공통점과 차이점이에요. 풍자는 다른 사람의 결점을 다른 것에 빗대어 비웃으면서 폭로하거나 현실의 부정적인 현상을 빗대어 비웃는 표현입니다. 반면 해학은 익살스럽고 품위 있는 말이나 행동을 뜻해요. 즉, 풍자와 해학은 둘 다 웃음을 동반하고, 현실을 비판하는 방법이에요. 하지만 풍자의 웃음은 공격적이고, 해학의 웃음은 연민을 유발한다는 점이 다르지요. 풍자의 대상은 주로 권력을 가진 사람이나 부유층이랍니다.

우리나라 현대 문학사에서 '해학 작가'로 유명한 김유정은 부유한 집안에서 태어났지만 일찍 부모님을 여의었어요. 형은 유산을 다 날리고 횡포까지 부리는 무능한 사람이었고, 결혼에 실패한 누이는 신경질적인 사람이었지요. 불행한 가정 환경의 영향으로 김유정은 말을 더듬고 점점 사람들을 피하게 되었어요.

하지만 김유정은 끊임없이 현실에서의 탈출구를 찾기 위해 노력했습니다. 학창 시절에는 음악에 소질을 보였고, 찰리 채플린 등이 등장하는 희극 무성 영화도 즐겨 보았지요. 어눌한 말솜씨와 소심한 성격을 유창한 글쓰기로 덮어 버리기도 했고요. 즉, 김유정은 불행한 현실을 예술로 승화한 것입니다. 해학성과 향토성, 현장감이 담긴 소설로요.

「봄·봄」에는 해학적인 요소가 자주 등장합니다. 어리숙하고 순진한 '나'는 하루빨리 점순과 성례(成禮, 혼인의 예식을 지냄)를 치르고 싶어 해요. 하지만 장인은 '나'를 머슴으로 부려 먹기 위해 성례를 계속 미루지요.

점순의 키가 아직 덜 자랐다는 핑계를 대면서요. 장인은 교활하고 욕심이 많은 인물이지만 악한 사람은 아닙니다. 그래서 장인과 '나'의 갈등은 웃음을 자아내지요.

'나'는 점순과 성례하기 위해 사경(私耕, 머슴이 주인에게서 한 해 동안 일한 대가로 받는 돈이나 물건) 한 푼도 안 받고 삼 년 하고 일곱 달이나 일해 왔습니다. 그런데도 장인이 성례를 시켜 주지 않으니 얼마나 분통이 터졌을까요? 결국 '나'는 장인을 끌고 구장을 찾아갑니다. 하지만 구장은 '나'를 위협하며 장인의 말을 들으라고 설득해요. 구장은 마름(지주를 대리해 소작권을 관리하는 사람)인 장인에게 땅을 얻어 농사짓고 있었기 때문이지요. 장인이 구장에게 미리 귓속말하기도 했지만, 구장은 장인에게 잘 보이기 위해 장인 편을 든 거예요.

장인이 점점 악한 사람처럼 느껴진다고요? 그렇게 생각할 수도 있습니다. 장인은 마름이라는 지위를 이용해 마을 사람들에게 횡포를 부리고, 데릴사위제를 이용해 돈 한 푼 안 주고 젊은이들을 부려먹고 있으니까요. 하지만 김유정은 장인을 비판의 대상으로 삼지 않았어요. 그저 욕심이 많고 위엄이 없는 인물로 우스꽝스럽게 그렸지요.

"아! 아! 이놈아! 놔라, 놔."

장인님은 헛손질을 하며 솔개미('솔개'의 방언)에 챈 닭의 소리를 연해 질렀다. 놓긴 왜, 이왕이면 호되게 혼을 내 주리라 생각하고 짓궂이 더 댕겼다마는 장인님이 땅에 쓰러져서 눈에 눈물이 피잉 도는 것을 알고 좀 겁도 났다.

"할아버지! 놔라, 놔, 놔, 놔, 놔."

그래도 안 되니까,

"얘, 점순아! 점순아!"

이 악장(악을 쓰고 싸움)에 안에 있었던 장모님과 점순이가 헐레벌떡하고 단숨에 뛰어나왔다.

– 김유정, 「봄 · 봄」 부분

「봄 · 봄」의 해학성은 '나'와 장인이 몸싸움을 벌이는 장면에서 최고조로 나타납니다. 친구인 뭉태의 충동질과 점순의 토라짐에 더는 참을 수 없었던 '나'는 결국 장인과 몸싸움을 벌여요. 점순이 엿보고 있는 것을 의식한 '나'는 장인의 수염을 잡아챕니다. 약이 바짝 오른 장인은 '나'의 사타구니를 잡고 늘어지지요. '나'가 거의 까무러치자 장인은 '나'의 사타구니를 놓아 줍니다. 여기에서 끝이 아니에요. 이번에는 '나'가 장인의 사타구니를 잡고 늘어집니다. 그러자 앞글처럼 장인은 다급한 마음에 '나'를 할아버지라고 부르지요.

이 몸싸움은 어떻게 마무리되었을까요? 장인은 가을에 성례를 시켜 주겠다며 '나'를 다독입니다. 이 말에 '나'는 신나서 다시 일하러 나가지요. 어리숙한 '나'는 교활한 장인의 회유에 또 넘어간 거예요. '나'와 장인의 갈등은 여전히 해결되지 않았습니다. 따라서 내년 봄에도 비슷한 갈등 상황이 또 벌어지겠지요? 이 작품의 제목인 '봄 · 봄'은 계절적 배경을 나타내지만, 계속 반복되는 '나'의 현실을 상징하기도 한답니다.

가혹한 농촌 현실이 만들어 낸 '막된 사람들' - 김유정의 「만무방」

김유정은 폐결핵으로 30세에 요절하기까지 31편의 단편 소설을 남겼습니다. 대부분의 작품은 빈곤에 시달리던 1930년대 식민지 현실을 묘사하고 있어요. 주요 등장인물은 가난 속에서도 웃음을 잃지 않는 소작농, 노동자, 여급(女給, 다방, 음식점 따위에서 시중 드는 여자) 등이지요.

우리나라 현대 작가 가운데 김유정만큼 해학적이고 토속적인 문장을 구사하는 작가는 드물어요. 김유정의 소설이 어두운 현실을 그리고 있으면서도 생기가 넘치는 것은 해학적인 문체 때문이지요. 그래서 농촌의 문제점을 현실적으로 바라보지 않고 희화화했다는 지적을 받기도 한답니다.

하지만 이런 지적은 다시 검토해 볼 필요가 있어요. 1935년 〈조선일보〉에 발표된 「만무방」은 「봄 · 봄」과 분위기가 매우 다릅니다. 「봄 · 봄」이 당시 농촌의 현실을 해학적이고 향토적으로 그렸다면 「만무방」은 당시 농촌의 황폐함을 사실적이고 비판적으로 드러낸 작품이에요.

그런데 제목인 '만무방'은 무슨 뜻일까요? '만무방'이란 '염치가 없이 막된 사람'을 가리키는 순우리말입니다. 그렇다면 이 작품에 등장하는 인물 가운데 누군가는 '만무방'이겠지요? 과연 누가 '만무방'일까요?

「만무방」에는 응칠과 응오가 등장합니다. 두 사람은 형제지만 무척 다르지요. 형인 응칠은 성실한 농사꾼이었으나 점점 빚이 쌓여서 떠돌이가 되었어요. 그는 가난에서 벗어나기 위해 도박과 절도로 일확천금을 노리지요. 반면 동생 응오는 진실하고 모범적인 소작농이에요. 하지만 자신이

〈조선일보〉에 실린 「만무방」

김유정은 1935년 7월 17일부터 31일까지 〈조선일보〉에 「만무방」을 연재했다. 연재가 끝난 후 「만무방」은 1938년에 간행된 단편집 『동백꽃』에 수록되었다.

가꾼 벼를 도둑질하게 되지요. 이렇게 본다면 응칠과 응오 모두 만무방이라고 할 수 있습니다. 성실했던 형제는 왜 만무방이 된 것일까요? 특히 응오는 왜 자신이 농사지은 벼를 훔친 것일까요?

> 한 해 동안 애를 졸이며 홑자식(하나밖에 없는 자식) 보양으로 알뜰히 가꾸던 그 벼를 거둬들임은 기쁨에 틀림없었다. 꼭두새벽부터 엣, 엣, 하며 괴로움을 모른다. 그러나 캄캄하도록 털고 나서 지주에게 도지(賭地, 남의 논밭을 빌려서 부치고 그 대가로 해마다 내는 벼)를 제하고, 장리쌀을 제하고, 색조(잡초를 없애는 데 드는 비용)를 제하고 보니, 남는 것은 등줄기를 흐르는 식은땀이 있을 따름. 그것은 슬프다 하기보다 끝없이 부끄러웠다. 같이 털어 주던 동무들이 뻔히 보고 섰는데 빈 지게로 덜렁거리며 집으로 돌아오는 건 진정 열없기(겸연쩍고 부끄럽기) 짝이 없는 노릇이었다. 참다 참다 못해 응오는 눈에 눈물이 흘렀던 것이다.
>
> –김유정, 「만무방」 부분

응오는 자식을 키우는 것처럼 벼를 정성껏 가꿉니다. 하지만 열심히 수확해도 소작료와 세금을 내고 빚을 갚으면 남는 것이 하나도 없지요. 응오는 이러한 현실이 서글퍼서 눈물을 흘려요. 아니, 슬픔을 넘어 절망감과 자괴감을 느끼지요.

응칠은 응오네가 벼를 도둑맞았다는 소식을 듣고, 도둑을 잡은 후 동네를 떠나기로 합니다. 전과자인 자신이 누명을 쓸까 봐 두려웠기 때문이지요. 응칠은 응오네 논 근처에 숨어서 도둑이 나타나기를 기다립니다. 복면한 도둑이 나타나자, 응칠은 몽둥이로 도둑의 허리를 내리친 뒤 복면을 벗기지요. 도둑의 얼굴을 확인한 응칠은 넋이 나간 표정을 짓습니다. 도둑이 바로 동생 응오였기 때문이에요.

「만무방」에는 상황적 반어가 여러 번 등장합니다. 상황적 반어란 예상했던 상황과 정반대의 상황이 벌어지는 것을 뜻해요. 성실한 응오가 열심히 농사지어 수확해도 빚이 점점 늘어나는 것, 아픈 아내의 약값을 마련하기 위해 더 열심히 수확해야 하는 응오가 수확하지 않는 것, 도둑질과 노름을 일삼는 응칠을 다른 사람들이 오히려 부러워하는 것, 응칠이 응오를 돕기 위해 잡은 벼 도둑이 응오였다는 것, 응오가 자기 논의 벼를 몰래 훔친 것 등이 모두 상황적 반어랍니다. 이러한 상황 속에는 일제 강점기의 가혹한 농촌 현실이 숨어 있어요. 결국 1930년대에 가난한 농민들은 지주의 착취를 견디지 못해 모두 만무방이 될 수밖에 없었지요. 이처럼 김유정은 웃음 뒤에 숨겨진 슬픔까지도 작품에 담아낸 작가였어요.

지금이면 쉽게 이루어졌을 두 사람의 사랑
- 주요섭의 「사랑손님과 어머니」

한 형제가 있었습니다. 형제의 아버지는 동경(도쿄)에 있는 한인 연합 교회 목사로 부임했어요. 이 때문에 형제는 어린 시절부터 일본에서 공부했지요. 일찌감치 시에 재능을 보인 형은 3·1 운동 이후 대한민국 임시 정부가 있었던 상하이로 떠납니다. 그곳에서 이광수를 도와 대한민국 임시 정부에서 발행하던 〈독립신문〉 기자로 일하기도 하고, 흥사단에 가입해 활동하기도 해요. 귀국 후에는 동아일보사에 입사하지요.

동생은 3·1 운동 때 귀국해 지하신문을 만들다가 10개월간 감옥에 갇

흥사단(興士團)

1913년 5월 13일, 안창호가 미국 샌프란시스코에서 창립한 민족 부흥 운동 단체다. 설립 목표는 민족 부흥을 위한 실력 양성이다. 기관지인 〈흥사단보〉를 발행했고, 광복 후에는 서울에 본부를 두고 활동 중이다. 사진은 1916년 흥사단 연례 대회 때 촬영한 것이다.

주요섭(1902~1972)
평남 평양에서 태어난 주요섭은 일본과 중국, 미국에서 유학 생활을 한 뒤 소설가, 영문학자, 언론인으로 활동했다. 1921년 〈개벽〉에 소설 「추운 밤」을 발표하며 문단 활동을 시작했다.

힙니다. 형과 함께 흥사단에서 활동하기도 했고요. 미국 유학을 마치고 귀국한 뒤에는 형처럼 동아일보사에 입사하지요. 동생은 이 시기에서야 소설가로 이름을 알리기 시작합니다. 형보다 늦게 문단에 진출했지만, 문단에 더 오래 머무른 것은 동생이었어요.

이 형제가 누구냐고요? 형은 우리나라 최초의 자유시로 평가받는 「불놀이」 등을 쓴 주요한이고, 동생은 「사랑손님과 어머니」 등 많은 단편 소설을 남긴 주요섭이에요.

주요섭은 시인이자 수필가인 피천득을 친동생처럼 아꼈습니다. 두 사람은 하숙집에서 함께 지내기도 했지요. 주요섭이 사망하고 이틀 뒤에 피천득은 〈동아일보〉에 추모글을 실었어요. 이 글에서 피천득은 주요섭의 「사랑손님과 어머니」에 등장하는 '옥희'와 '어머니'의 실제 모델이 자신과 자신의 어머니였다고 밝혔지요. 「사랑손님과 어머니」는 1935년 〈조광〉에 발표된 애정 소설이랍니다.

'애정 소설'이라고 하면 통속적(通俗的, 비전문적이고 대체로 저속하며 일

『사랑손님과 어머니』
1954년 을유문화사에서 간행한 단행본 『사랑손님과 어머니』의 표지다.

반 대중에게 쉽게 통할 수 있는 것)인 연애 소설이라고 생각하기 쉽습니다. 하지만 주요섭은 「사랑손님과 어머니」에서 어린아이인 서술자를 내세워 통속적인 사랑 이야기를 아름답게 승화했어요.

「사랑손님과 어머니」의 서술자는 여섯 살 난 여자아이인 '옥희'입니다. 옥희는 어머니, 외삼촌과 함께 살아요. 옥희의 아버지는 옥희가 태어나기 전에 세상을 떠났고요.

어느 날, 아버지 친구인 한 아저씨가 옥희네 집 사랑방에서 하숙하게 됩니다. 아저씨는 자신의 방에 자주 놀러 오는 옥희에게 어머니에 관한 질문을 자주 하지요. 아저씨에게 옥희는 연정의 대상인 어머니를 대신하는 사람인 셈이에요.

어머니는 아저씨를 너무 귀찮게 하지 말라고 하면서 옥희를 못 나가게 합니다. 그러면서도 옥희가 몰래 나가려고 하면 옥희를 붙들고는 곱게 단장해서 보내지요. 어머니에게도 옥희는 아저씨를 대신하는 사람인 셈이에요. 이처럼 아저씨와 어머니는 옥희를 통해 서로의 관심을 간접적으로 표현하지요.

옥희는 '신빙성 없는 화자'에 속합니다. 신빙성 없는 화자란 주변 상황에 대한 판단이나 인식이 미성숙하거나 무지한 화자예요. 때로는 사건을 잘못 파악하기도 해요. 어린 옥희는 어머니와 아저씨의 진심을 전혀 알지 못합니다. 따라서 독자 스스로가 상황이나 등장인물의 심리를 파악해야 하지요. 독자에게는 너무 불친절한 화자라고요? 하지만 신빙성 없는 화자 덕분에 독자는 상상하며 읽는 즐거움을 느낄 수 있답니다.

> "달걀 사소."
>
> 하고 매일 오는 달걀 장수 노파가 달걀 광주리를 이고 들어왔습니다.
>
> "이젠 우리 달걀 안 사요. 달걀 먹는 이가 없어요."
>
> 하시는 어머니 목소리는 맥이 한 푼어치도 없었습니다.
>
> 나는 어머니의 이 말씀에 놀라서 떼를 좀 써 보려 했으나 석양에 빤히 비치는 어머니 얼굴을 볼 때 그 용기가 없어지고 말았습니다. 그래서 아저씨가 주신 인형 귀에다가 내 입을 갖다 대고 가만히 속삭이었습니다.
>
> "애, 우리 엄마가 거짓부리 썩 잘하누나. 내가 달걀 좋아하는 줄 잘 알면서 먹을 사람이 없대누나. 떼를 좀 쓰구 싶다만 저 우리 엄마 얼굴을 좀 봐라. 어쩌면 저리도 새파래졌을까? 아마 어디가 아픈가 보다."라고요.
>
> -주요섭, 「사랑손님과 어머니」 부분

옥희는 아저씨가 자신처럼 삶은 달걀을 좋아한다는 사실을 알게 됩니다. 옥희에게 이 말을 들은 어머니는 그다음부터 달걀을 많이 사기 시작하지요. 그러다가 아저씨가 떠나자 앞글처럼 달걀을 더는 사지 않아요.

아저씨와 어머니는 서로에게 연정을 느끼지만, 젊은 과부인 어머니는 봉건적인 윤리 의식 때문에 아저씨의 마음을 받아들이지 못합니다. 이로 말미암아 아저씨는 떠나고요. 하지만 옥희는 어머니의 심정을 전혀 알아채지 못합니다. 아저씨와의 이별 때문에 어머니의 목소리에 힘이 하나도 없고, 얼굴이 새파래졌는데도 말이지요. 옥희처럼 신빙성 없는 화자는 다음에 살펴볼 이상의 「날개」에서도 등장한답니다.

〈사랑방 손님과 어머니〉(1961)
주요섭의 「사랑손님과 어머니」를 원작으로 신상옥 감독이 제작한 영화다. 제1회 대종상 영화제에서 감독상과 시나리오상, 특별 장려상을 수상했다.

"한 번만 더 날아 보자꾸나!"
- 이상의 「날개」

우리나라에는 여러 문학상이 있습니다. 문학상 이름은 작가의 호나 이름을 딴 것이 많지요. 대표적으로 김수영을 기리기 위해 민음사에서 제정한 김수영 문학상, 김동인의 문학적 업적을 기리기 위해 사상계사가 제정한 동인 문학상, 만해 한용운의 문학 정신을 계승하기 위해 창작과비평사가 제정한 만해 문학상, 김소월의 시정신을 계승하기 위해 문학사상사가 제정한 소월 시문학상, 이상의 작가 정신을 계승하기 위해 문학사상사가 제정한 이상 문학상, 이산 김광섭의 문학적 업적과 시정신을 기리기 위해 문학과지성사가 제정한 이산 문학상 등이 있어요.

여러분에게 익숙한 작가 이름이 많지요? 이 가운데 중편 및 단편 소설을 심사 대상으로 하는 이상 문학상은 가장 권위 있는 문학상으로 꼽혀요. 매해 수상작으로 선정된 소설들은 작품성이 뛰어날 뿐 아니라 많은 독자의 관심과 사랑을 받지요.

이상은 단지 소설가라고 부르기에는 이력이 무척 다양합니다. 이상은 경성 고등 공업 학교를 졸업한 후 조선 총독부 건축과에서 근무했어요. 1931년에 처음 발표한 작품도 소설이 아니라 시였답니다.

이상은 1933년 폐병에 걸려 직장을 그만두었어요. 그는 절망을 극복하기 위해 본격적으로 문학 활동을 시작했지요. 이태준과 박태원은 이상의 작품을 읽고 엄지손가락을 치켜들었습니다. 1934년 당시 〈조선중앙일보〉 학예부장이었던 이태준은 박태원과 상의해 이상의 시 「오감도」를

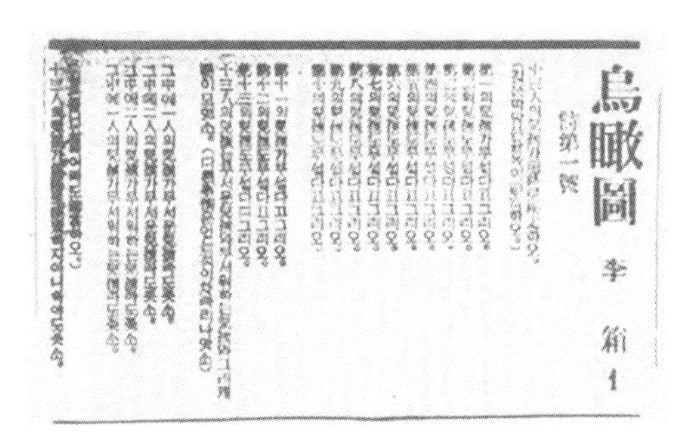
烏瞰圖
詩第一號
李 箱

「오감도」 중 '시 제1호'

「오감도」는 이상의 연작시로 제1호부터 제15호까지 총 15편으로 이루어져 있다. 이상은 1934년 7월 24일부터 〈조선중앙일보〉에 「오감도」를 연재했다.

〈조선중앙일보〉에 연재하기로 해요. 「오감도」는 일반 독자가 보기에는 상당히 난해하고, 기존 시의 형태를 완전히 무너뜨린 작품이었습니다. 이태준은 이 시가 불러일으킬 파장을 짐작하고, 주머니에 사직서를 넣고 다녔다고 해요. 이태준의 짐작대로 「오감도」를 본 독자들은 편지와 전화 등으로 욕설과 항의를 쏟아냈어요. 결국 30회 예정이었던 「오감도」 연재는 15회로 끝나지요.

이후 이상은 다방 등을 운영하지만 잇달아 실패하고, 사랑도 잘 이루어지지 않아 깊은 실의에 빠집니다. 그러다가 1936년 〈조광〉에 모더니즘 소설인 「날개」를 발표해 문단에서의 발판을 마련해요.

「날개」는 1930년대 무기력한 지식인의 모습을 그린 작품이에요. 이 소설의 주인공인 '나'는 「사랑손님과 어머니」의 옥희처럼 신빙성 없는 화자에 속합니다. 아내의 직업이나 행동에 대해 '알 수 없다'는 태도를 반복해서 보여 주거든요.

또한 「날개」는 「소설가 구보 씨의 일일」처럼 의식의 흐름 기법을 사용한 작품입니다. 「날개」의 첫 문장은 "'박제가 되어 버린 천재'를 아시오? 나는 유쾌하오. 이런 때 연애까지가 유쾌하오."예요. 첫 문장만 봐도 알 수 있듯이 이 작품에서 의식의 흐름 기법은 '나'가 지닌 자의식의 혼란을 그대로 보여 준답니다.

지식인인 '나'는 직업이 없어요. 삶에 대한 의욕 없이 작은 방 안에서 뒹굴며 지내지요. 대신 '나'의 아내가 몸을 팔아 생계를 유지하고요. 아내의 방은 화려하고 햇볕이 들지만, '나'의 방은 빈대가 들끓고 어두침침합니다. 아내는 화려한 옷을 차려입고 돈을 벌지만, '나'는 검은색 양복 한 벌뿐이고 아내가 주는 돈을 그저 받기만 하지요. 이상은 '나'와 아내의 관계를 대조적이고 건조하게 묘사함으로써 유대감을 상실한 인간관계를 보여 주고 있어요.

어느 날, '나'는 아내가 손님인 다른 남자와 함께 있는 모습을 목격합니다. 이후에 '나'는 가끔 외출하다가 비를 맞고 감기에 걸리지요. 아내는 '나'에게 아스피린이라며 네 알의 알약을 줍니다. '나'는 약을 먹은 뒤 계속 자지요. '나'는 얼마 지나지 않아 아내가 준 약이 수면제라는 것을 알고 충격을 받아요. 다시 외출해 거리를 돌아다니던 '나'는 백화점 옥상에 올라가 자신의 삶을 되돌아봅니다.

나는 불현듯이 겨드랑이가 가렵다. 아하, 그것은 내 인공의 날개가 돋았던 자국이다. 오늘은 없는 이 날개, 머릿속에서는 희망과 야심의 말소(抹消, 기록되어 있는 사실 따위를 지워서 아주 없애 버림)된 페이지가 딕셔너리 넘어가듯 번뜩였다.

나는 걷던 걸음을 멈추고 그리고 어디 한번 이렇게 외쳐 보고 싶었다.

날개야 다시 돋아라.

날자. 날자. 날자. 한 번만 더 날자꾸나.

한 번만 더 날아 보자꾸나.

이상, 「날개」 부분

갑자기 정오 사이렌이 울립니다. 주변 사람들은 네 활개를 펴고 푸드덕거리는 닭처럼 활기 있게 보이지요. '나'는 윗글처럼 불현듯 겨드랑이가 가려움을 느낍니다. 무기력했던 '나'가 삶에 대한 활력을 되찾으려는 것일까요? '나'는 희망과 야심이 다시 살아남을 느껴요. 그래서 갇혀 있던 현실에서 벗어나 본래의 자아를 찾고자 날개가 돋기를 바라지요.

「날개」는 이상이 기존에 쓰던 글을 그만두고 새롭게 소설을 쓰겠다고 다짐한 후 집필한 첫 작품입니다. 그래서일까요? 「날개」는 찬사와 비판이 엇갈리고 난해했던 이상의 다른 작품들과 비교하면 그나마 대중과 가까운 소설이에요. 하지만 이 작품 역시 해석이 만만치는 않지요. 이상 작품의 매력은 지금까지도 많은 연구자를 끌어당기고 있답니다.

「이상선집」
1949년 백양당에서 간행한 이상의 유고 작품집이다. 시인이자 문학 평론가인 김기림이 이상을 기리며 그의 작품을 직접 엮어 펴냈다.

고향과 아버지에 대한 마음을 소설에 담다
- 이효석의 「메밀꽃 필 무렵」

매해 9월 초가 되면 강원 평창군 봉평면 일대는 한 폭의 수채화 같은 풍경으로 바뀝니다. 드넓은 메밀밭에 새하얀 메밀꽃이 피어나 장관을 이루거든요. 멀리서 보면 들판에 굵은 소금을 뿌린 것처럼 보이지요.

이 시기에는 효석 문화제도 열립니다. 작가 이효석의 이름을 딴 효석 문화제는 이효석의 소설 「메밀꽃 필 무렵」의 배경인 봉평 메밀밭에서 펼쳐지는 축제예요. 봉평에는 이효석 생가뿐 아니라 「메밀꽃 필 무렵」에 등장하는 장소들이 있습니다. 실존 인물로 추정되는 허 생원이 살았던 집과 허 생원이 나귀 등에 짐을 싣고 항상 들르던 봉평 장터, 동이가 낮술을 마시던 주막 충줏집, 동이가 허 생원을 업고 건넜던 냇물, 허 생원의 낭만적인 추억이 담긴 물레방앗간 등을 따라 걸으면 저절로 소설 속을 여행하는 기분이 들 거예요.

이효석이 1936년 〈조광〉에 발표한 「메밀꽃 필 무렵」은 메밀꽃이 가득 핀 봉평의 가을 풍경처럼 토속적이고 낭만적인 소설입니다. 허 생원과 조선달, 동이가 걷는 밤길을 묘사한 아랫부분은 이 소설의 특징을 잘 보여 주지요.

길은 지금 긴 산허리에 걸려 있다. 밤중을 지난 무렵인지 죽은 듯이 고요한 속에서 짐승 같은 달의 숨소리가 손에 잡힐 듯이 들리며, 콩 포기와 옥수수 잎새가 한층 달에 푸르게 젖었다. 산허리는 온통 메밀밭이어서 피기 시작

이효석 문학비(강원 평창)
이효석을 기리기 위해 세운 비석으로, 앞면에 '가산 이효석 문학비'라고 새겨져 있다. 1980년 옛 영동 고속도로변에 세워졌고, 2002년에 이효석 문학관으로 옮겨졌다.

> 흰 꽃이 소금을 뿌린 듯이 흐뭇한 달빛에 숨이 막힐 지경이다. 붉은 대궁이 향기같이 애잔하고 나귀들의 걸음도 시원하다. 길이 좁은 까닭에 세 사람은 나귀를 타고 외줄로 늘어섰다. 방울 소리가 시원스럽게 딸랑딸랑 메밀밭께로 흘러간다.
>
> –이효석, 「메밀꽃 필 무렵」 부분

허 생원은 얼굴이 얽은 데다가 왼손잡이인 장돌뱅이(여러 장으로 돌아다니면서 물건을 파는 장수를 낮잡아 이르는 말)입니다. 조 선달은 허 생원과 같이 떠돌이 생활을 하고요. 동이는 허 생원의 아들로 암시되는 인물이랍니다. 이 세 사람은 봉평 장에서 대화 장을 향해 길을 떠나요. 윗글처럼 메밀꽃이 핀 달밤의 산길은 허 생원이 회상하기에 적합한 분위기를 만들어 줍니다. 허 생원의 추억이 더욱 아름답게 느껴지도록 도와주기도 하고요.

달밤의 분위기에 젖은 허 생원은 조 선달에게 성 서방네 처녀와의 추억을 이야기합니다. 달빛이 흐드러진 밤, 허 생원은 봉평에 있는 어느 물레방앗간에서 성 서방네 처녀와 우연히 마주쳐요. 그녀와 하룻밤을 함께 지냈지만, 그 뒤로는 다시 만나지 못하지요. 평생 홀아비로 지낸 허 생원에게 성 서방네 처녀는 정신적 위안을 주는 대상이에요. 허 생원은 이 처녀를 잊지 못해 봉평 장을 거르지 않고 찾아요.

자, 이제 동이의 이야기를 들을 차례입니다. 동이는 어머니가 달도 차기 전에 자신을 낳고 집에서 쫓겨나 아버지의 얼굴을 모르고 자랐어요. 이후 어머니는 술장사하면서 새로운 남편과 살고, 동이는 망나니 같은 의붓아버지를 떠나 장을 떠돌아요. 세 사람은 개울을 건넙니다. 물이 꽤 깊어서 허리까지 차지요. 개울을 건너던 허 생원은 동이에게 어머니의 고향이 어디냐고 묻습니다. 동이는 봉평이라고 답해요. 이에 허 생원은 아버지의 성이 무엇이냐고 다시 묻습니다. 동이는 어머니에게 듣지 못해서 모른다고 말하지요.

동이가 아들일지도 모른다는 생각에 놀란 것일까요? 허 생원은 발을 헛디뎌 물에 빠집니다. 동이는 허 생원을 업고 개울을 건너요. 허 생원은 동이의 등에 업혀 혈육의 정을 느끼지요. 또한 왼손잡이인 허 생원은 동이가 왼손으로 채찍을 들고 있는 것을 보고 놀라요.

이효석은 「메밀꽃 필 무렵」을 통해 자신의 고향인 봉평을 아름답게 묘사했습니다. 하지만 이효석이 이 작품을 쓰기까지는 많은 우여곡절이 있었어요.

이효석은 서울에서 지냈던 2년을 제외하고는 보통학교 졸업 때까지 유

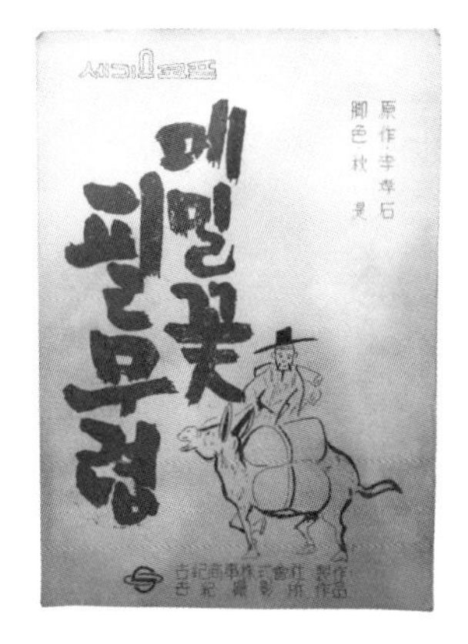

「메밀꽃 필 무렵」 영화 대본

「메밀꽃 필 무렵」은 1967년 이성구 감독이 영화로 제작했다. 사진은 영화가 제작되기 전에 추식 작가가 각색했던 대본으로 이때 감독은 정해지지 않은 상태였나. 이성구 감독의 촬영용 대본은 이후 다시 만들어졌다.

년 시절 대부분을 고향에서 보냈습니다. 다섯 살 때 친어머니를 여의고 계모와 함께 살았지요. 그래서였을까요? 이효석은 자신을 고향 없는 이방인처럼 여겼고, 심지어 고향에 계신 아버지를 부정하기까지 합니다. 하지만 평양에서 생활하며 작가로서의 전환점을 맞은 이효석은 조금씩 자신의 고향을 되돌아보기 시작해요. 본격적으로 작품 활동을 한 지 10여 년이 지난 후에야 고향과 아버지에 대한 마음을 작품 안에 담게 된 거예요.

「메밀꽃 필 무렵」은 놀랍게도 발표되자마자 많은 비난을 받았습니다. 당시는 봉건적 사회 풍습이 지배하던 때라 많은 사람이 이 소설의 내용을 비윤리적이라고 여긴 거예요. 이효석은 내색하지 않았지만 속으로는 큰 상처를 받았다고 합니다. 이처럼 「메밀꽃 필 무렵」은 발표 당시에는 논란이 된 작품이었지만 지금은 우리나라 단편 소설의 걸작으로 꼽혀요. 이효석의 진솔한 마음이 담긴 소설이기 때문이겠지요?

일제 강점기에 등장한 '놀부' - 채만식의 「태평천하」

1930년대는 '태평천하(太平天下)', 즉 아무 걱정 없고 편안한 세상과는 거리가 먼 시대였습니다. 이 시기에 일제는 대륙 진출에 대한 욕심을 노골적으로 드러냈어요. 조선어 말살 정책이나 창씨개명 작업 등도 강화했지요. 이로 말미암아 조선 사람 대부분은 정치적 압박과 가난에 시달리며 살았어요. 이렇게 힘든 시기에 일본인들이 태평천하를 가져왔다며 도리어 일제에 고마워하는 인물이 있었답니다.

이 인물은 채만식이 1938년 〈조광〉에 발표한 「태평천하」에 등장하는 윤 직원이에요. 윤 직원은 도대체 무슨 이유로 이해하기 어려운 주장을 내세운 것일까요?

> 윤 직원 영감은 팔을 부르걷은 주먹으로 방바닥을 땅 치면서 성난 황소가 영각(소가 길게 우는 소리)을 하듯 고함을 지릅니다.
>
> "화적패가 있더냐아? 부랑당 같은 수령들이 있너냐? …… 재산이 있대야 도적놈의 것이요, 목숨은 파리 목숨 같던 말세넌 다 지내가고오……. 자 부아라, 거리거리 순사요, 골골마다 공명헌 정사(政事, 정치 또는 행정상의 일), 오죽이나 좋은 세상이여……. 남은 수십만 명 동병(動兵, 군사를 일으킴)을 히어서, 우리 조선 놈 보호히여 주니, 오죽이나 고마운 세상이여? 으응? …… 새것 지니고 앉아서 편안허게 살 태평 세상, 이걸 태평천하라구 허는 것이여, 태평천하! …… 그런디 이런 태평천하에 태어난 부자 놈의 자식이, 더군다나

半島文壇の大御所
李光洙さん
氏へ名乗り
一家揃って香山姓へ

창씨개명(創氏改名)
일제가 강제로 우리나라 사람의 성과 이름을 일본식으로 고치게 한 일이다. 사진은 이광수의 창씨개명 권고 내용을 실은 기사다.

왜 지가 떵떵거리구 편안허게 살 것이지, 어찌서 지가 세상 망쳐 놀 부랑당 패에 참섭(參涉, 어떤 일에 끼어들어 간섭함)을 헌담 말이여, 으응?"

–채만식, 「태평천하」 부분

윤 직원은 낮은 신분 출신이지만 부를 쌓는 데 성공해 지주가 된 수전노(守錢奴, 돈을 모을 줄만 알아 한번 손에 들어간 것은 도무지 쓰지 않는 사람을 낮잡아 이르는 말)예요. 일제 강점기라는 현실을 교묘하게 이용해 재산을 늘려 나가는 탐욕스러운 인물이지요. 윤 직원은 소작인들에게 과다한 소작료를 받으면서도 자신이 그들에게 큰 은혜를 베푼다고 생각해요.

윤 직원의 아버지인 윤용규는 운이 좋아 재산이 많아지지만, 한밤중에 들이닥친 화적 떼의 손에 죽고 맙니다. 윤 직원에게는 아들인 윤창식과 손자인 윤종수, 윤종학이 있어요. 윤창식은 개화기에 고등 교육을 받았지만, 향락만을 추구하는 타락한 인물입니다. 윤 직원의 장손이자 윤창식의 장남인 윤종수 역시 아버지처럼 타락한 인물이에요. 윤 직원의 둘째 손자인 윤종학은 윤 직원이 가장 믿고 기대하는 인물이지요.

윤 직원은 윤종수가 군수가 되기를 바라고, 윤종학은 경찰서장이 되기를 바랍니다. 하지만 믿었던 윤종학이 사상운동을 하다가 체포되자, 윤 직원은 앞글처럼 사회주의자들을 "부랑당 패"라고 부르며 화를 내요. 윤 직원이 가장 증오하던 대상이 바로 사회주의자였거든요.

윤 직원 집안을 보니 떠오르는 소설이 있지 않나요? 네, 맞습니다. 윤 직원-윤창식-윤종수·윤종학으로 이어지는 삼대는 염상섭의 「삼대」에 등장하는 조 의관-조상훈-조덕기를 떠올리게 해요. 돈으로 양반 신분을 사고 족보에 도금하는 등 가문의 명예를 얻으려 하는 윤 직원의 가치관은 조 의관과 비슷합니다. 신교육을 받았지만 향락을 일삼는 윤창식은 조상훈과, 새로운 세대이자 조부가 믿는 윤종학은 조덕기와 비슷하고요.

이처럼 「삼대」와 「태평천하」는 한 가족이 여러 대에 걸쳐 살아가는 모습을 나타낸 가족사 소설입니다. 두 작품 모두 구한말, 개화기, 식민지 세대를 대표하는 인물을 등장시켜 당시 시대상을 효과적으로 드러냈어요. 우리나라 현대 문학사에서는 1930년대에 「삼대」와 「태평천하」 같은 가족사 소설이 창작되기 시작했답니다.

윤 직원에 관한 이야기로 돌아가 볼까요? 윤 직원은 자신의 부를 지켜 주고 화적 떼 같은 위협에서 신변을 보장해 주는 일제의 식민 통치가 '태평천하'를 가져왔다고 말합니다. 채만식은 윤 직원 같은 친일 지주 계층의 왜곡된 역사의식을 풍자의 기법으로 비판했어요. 앞글처럼 「태평천하」의 서술자는 '-입니다, -습니다' 등의 경어체를 사용하고 있습니다. 그러면서도 빈정대는 말투로 윤 직원을 희화화해요. 또한 서술자는 독자와

채만식(1902~1950)
전북 군산(당시 옥구)에서 태어난 채만식은 1924년 〈조선문단〉에 소설 「세 길로」를 발표하며 등단했다. 1930년대에 특히 많은 작품을 창작했는데, 대표작인 「탁류」, 「태평천하」, 「레디메이드 인생」 등을 이 시기에 집필했다. 하지만 이후 친일 문학을 창작해 많은 비난을 받았다.

등장인물 사이에서 인물이나 사건 등에 관한 자기 생각을 이야기하지요. 이러한 방식은 판소리나 탈춤 사설에서 흔히 볼 수 있어요.

채만식은 전통적인 이야기 방식을 활용해 「태평천하」의 풍자성을 극대화했습니다. 이 정도라면 '해학 작가'는 김유정, '풍자 작가'는 채만식이라고 해도 지나친 말이 아닐 거예요.

고통과 문학적 성과는 함께 가는 것일까?

앞에서 살펴본 이효석의 「메밀꽃 필 무렵」을 떠올려 보세요. 이상의 「날개」나, 김동리의 「무녀도」, 김유정의 「동백꽃」도 생각해 보세요. 이 작품들의 공통점이 뭘까요? 네, 교과서에 실렸던 소설들입니다. 그만큼 한국 현대 소설을 대표하는 작품이라 할 수 있지요.

이 작품들에는 또 다른 공통점이 있어요. 모두 1936년에 발표되었다는 점입니다. 이외에도 이태준의 「까마귀」, 박태원의 「천변 풍경」, 김정한의 「사하촌」, 강경애의 「지하촌」도 1936년에 발표된 작품들입니다. 이렇게 보니 1936년에는 한국 현대 소설을 대표할 수 있는 작품들이 많이 발표되었네요. 대체 1936년은 어떤 시기일까요?

카프(KAPF)는 '조선 프롤레타리아 예술가 동맹'이라는 사회주의 문학 운동 단체입니다. 1925년에 결성되었던 이 단체가 해산한 해가 1935년이에요. 일제가 조선 문학을 탄압하기 위해 1931년과 1934년에 두 차례의 카프 검거 사건을 일으키자 더 이상 문학 운동을 하기 어려워져 해산하지요. 이후 일제의 탄압은 더욱 심해졌고, 문학인들의 고통도 깊어졌습니다. 1940년대에 들어서자 한국어의 사용이 금지되어 더 이상 한국어로는 작품을 발표할 수도 없게 되었어요.

앞에서 본 것처럼 우리가 아는 수많은 좋은 작품들이 1930년대 후반에 창작되고 발표되었어요. 어떤 사람들은 이를 두고 1930년대 후반이 한국 현대 문학의 '르네상스'라고까지 말합니다. '르네상스'는 '재생'이라는 뜻으로, 14~16세기의 유럽에서 그리스 로마 시대의 고전 텍스트를 재수용하던 문화 흐름을 의미합니다.

사실 1930년대 후반의 작가들이 현대 이전의 '고전'을 본받은 것은 아니기 때문에 '르네상스'라는 말이 이 시대를 설명하기에 적절한 표현이라고 하기는 힘들어요. 다만 르네상스로 유럽의 문화 예술이 부흥했듯이 1930년대 후반에 한국 문학이 화려하게 꽃피웠다는 의미로는 받아들일 수 있겠지요. 그 말 그대로 1930년대 후반에는 정말 다양한 경향의 뛰어난 작품들이 많이 발표되었어요.

일제에게 탄압당하던 1930년대 후반에 쓰인 소설들을 '고통 속에 핀 꽃'이라 부를 수 있겠지요. 그런데 이 '고통 속에 핀 꽃'이라는 말을 '고통이 있어야 비로소 뛰어난 문학이 나온다.'라는 뜻으로 해석하는 사람도 있습니다. 고통이 인간의 정신을 단련시키고, 고통을 통해 인간의 참된 모습을 발견할 수 있다는 면에서는 타당한 말입니다.

1930년대 후반도 마찬가지였지요. 사회주의도 불가능하고, 민족주의도 불가능한 시기. 하지만 일제의 천황제 이데올로기는 받아들일 수 없었던 시기. 그리하여 새로운 삶과 사상을 암중모색해야 했던 시기가 바로 1930년대 후반이었습니다. 소설가들은 소설 속에서 이런 모색을 했지요. 1930년대 후반이라는 역사적 현실을 탐구하기도 했고, '현대'란 무엇인가를 묻기도 했습니다. 또 인간 존재 그 자체를 문제 삼기도 했지요.

하지만 '고통 속에 핀 꽃'이라는 말을 고통이 있어야만 문학적 성과가 나온다는 뜻으로 이해해서는 안 됩니다. 고통 속에서도 좋은 문학이 나올 수 있지만, 좋은 문학을 위해서 고난이 꼭 필요한 것은 아니에요. 개인적인 고통이야 인간이 나고 죽는 존재인 이상 피할 수 없겠지만, 사회적인 고난은 다르지요.

고통은 자주 문학적 성취의 필수 조건으로 여겨지지요. 어쩌면 우리가 한 번도 사회적 고난과 고통이 없던 시기를 겪어 보지 못했기 때문에 고통 없이 탄생하는 문학을 상상하기 힘든 탓인지도 모르겠습니다. 사회적인 고난 없이 생산되는 문학의 아름다움은 우리의 상상력 밖에 있습니다. 그러나 그 꿈은 버릴 수 없겠지요. 소설이, 그리고 문학이 궁극적으로 꿈꾸는 것이 바로 그런 세계이기 때문입니다.

혼란과 상처의 기록
| 1946년~1950년대

1945년 8월 15일, 일제가 연합군에 항복하면서 우리 민족은 독립을 맞이했습니다. 많은 시민이 태극기, 현수막 등을 들고 거리로 나와 감격의 순간을 누렸지요. 광복으로 우리 민족은 언어와 문화의 자유를 누릴 수 있게 되었어요. 이에 따라 여러 문학 단체와 출판사가 생겨났고, 다양한 시집과 소설집, 잡지 등도 발행되었지요. 광복 직후에는 채만식, 김동리, 염상섭 등이 일제 강점기를 반성하며 광복의 의미를 되새기고, 대한민국 정부 수립까지의 사회적 혼란을 다룬 작품을 발표했어요.

하지만 광복의 기쁨은 오래가지 않았어요. 제2차 세계 대전 이후 미국과 소련이 대립하는 냉전 체제에서 우리 국토는 분단되고, 남북한에 각각 정부가 수립되었습니다. 문학계에서는 민족 문학의 건설이라는 공동 목표가 정해졌지만, 좌익과 우익의 갈등 상황이 지속되었어요. 이는 계급 이념 문학을 주도하던 '조선 문학가 동맹'과 민족주의 이념을 내세운 '전조선 문필가 협회' 사이의 대립으로 표면화되었지요. 이 대립은 1947년 조선 문학가 동맹 작가들이 월북하면서 끝나요.

1950년에는 동족상잔의 비극인 6·25 전쟁이 벌어져 남북한 모두에 큰 피해와 깊은 상처를 남겼어요. 그래서 이 시기에는 6·25 전쟁을 배경으로 민족 분단의 비극적 상황을 형상화한 작품들이 발표되었습니다. 황순원, 오상원, 손창섭, 이범선 등이 6·25 전쟁의 비극과 전쟁 후의 가치관 혼란 등을 다루었지요. 많은 작가가 전쟁 후의 부조리한 상황, 현실 참여 문제를 다루었고, 인간 존재를 진지하게 탐구했어요. 인간성 회복이나 삶에 대한 의지 등을 강조해 전쟁의 상처를 극복하려는 내용도 많았지요. 6·25 전쟁 후에 발표된 많은 소설은 당시 현실을 전체적으로 그려 내지는 못했어요. 6·25 전쟁은 우리나라 역사에서 가장 비극적인 사건 중 하나였던만큼 큰 상처를 남겼기 때문이지요.

방삼복은 '개천에서 난 용'이었을까?
- 채만식의 「미스터 방」

광복에 대한 기쁨은 잠시였습니다. 우리 민족의 손으로 이룬 광복이 아닌, 미국과 소련의 주도로 이루어진 광복은 많은 지식인에게 실망감을 안겨 주었어요.

당시 칩거 중이었던 채만식은 광복 소식을 듣고도 신중한 태도를 보였습니다. 광복을 단지 일제 치하에서 벗어나는 것이 아니라 민중의 삶과 관련해 의미 있는 것이라고 받아들여야 진정한 독립이 이루어진 것이라

광복의 기쁨

1945년 9월 9일, 서울역에서 조선 총독부 건물까지 거리 행진을 하며 광복의 기쁨을 나누는 시민들의 모습이다. 시민들은 손에 태극기와 미국 국기인 성조기를 들고 있다.

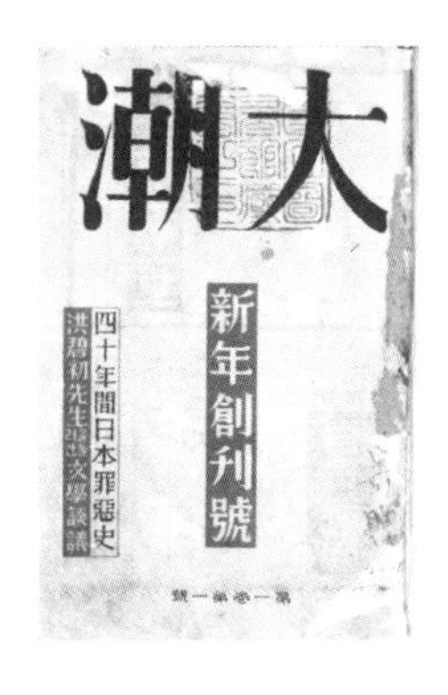

〈대조(大潮)〉
1946년 1월에 창간된 월간 교양 잡지다. 광복 후 좌익과 우익의 대립이 심하던 시기에 민족적이고 우익적인 입장을 보였다. 사진은 창간호 표지다.

고 생각했기 때문이지요.

당시에는 광복이 가져다줄 이익에만 관심이 있는 기회주의자가 많았어요. 풍자 작가였던 채만식이 이런 기회주의자들을 작품의 소재로 놓칠 리가 없었지요. 앞에서 살펴보았던 채만식의 「태평천하」(106쪽 참조)가 기억나나요? 이 소설에서 채만식은 친일 지주 계층의 왜곡된 역사의식을 풍자 기법으로 비판했지요. 1946년 〈대조〉에 발표된 「미스터 방」을 통해서는 광복 이후에 등장한 기회주의자들을 비판했어요. 이 작품에는 두 명의 기회주의자가 등장한답니다. 그중 한 명이자 주인공인 방삼복이 어떤 인물인지는 다음 글만 봐도 잘 알 수 있어요.

1945년 8월 15일, 역사적인 날.

이날도 신기료장수(헌 신을 꿰매어 고치는 일을 직업으로 하는 사람) 방삼복은 종로의 공원 건너편 응달에 앉아서, 구두 징을 박으면서, 해방의 날을 맞이하였다. 그러나 삼복은 감격한 줄도 기쁜 줄도 모르겠었다. 지나가는 행인이, 서로 모르던 사람끼리면서 듬쑥 서로 껴안고 기뻐하고 눈물을 흘리고 하는 것이, 삼복은 속을 모르겠고 차라리 쑥스러 보일 따름이었다. 몰려 닫는 군중이 오히려 성가시고, 만세 소리가 귀가 아파 이맛살이 찌푸려질 지경이었다.

몰려다니고 만세를 부르고 하기에 미처 날뛰느라고 정신이 없어, 손님이 없어, 손님이 부쩍 줄었다.

"우라질! 독립이 배부른가?"

이렇게 그는 두런거리면서 반감이 솟았다.

–채만식, 「미스터 방」 부분

신기료장수인 방삼복은 광복의 날에도 기뻐하지 않습니다. 그에게 광복은 헌 신을 고치는 것보다 의미가 없었거든요. 방삼복은 오히려 광복 때문에 손님이 줄어든 것에 반감을 품습니다. 이를 통해 방삼복은 역사와 현실보다는 자신의 이익을 먼저 생각하는 인물이라는 것을 알 수 있어요.

그렇다면 방삼복은 어떻게 해서 '미스터 방'이 된 것일까요? 1945년 9월 9일부터 대한민국 정부가 수립된 1948년 8월 15일까지는 미군이 남한을 통치한 미군정 시기였습니다. 이 시기에 미군은 "영어를 모든 목적에 사용하는 공용어로 한다. 영어와 조선어 또는 일본어 간에 해석 또는 정의가 불명하거나 다른 경우에는 영어를 기본으로 한다."라고 밝혔어요. 미군이 새로운 권력자가 되다 보니 영어가 중요해진 것이지요.

방삼복은 이 기회를 놓치지 않고 덥석 물었습니다. 미군이 다른 사람들과 말이 통하지 않는 것을 본 방삼복은 미군 장교인 S 소위에게 접근해 그의 통역이 되지요. 이후 방삼복은 사업하기 위해 미군의 허가를 받으러 오는 사람들에게 뇌물을 받아 부자가 되었어요.

미군정의 시작
1945년 9월 8일, 미군은 대한민국에 군정을 실시하겠다고 선포했나. 나음 날 오후 4시, 조선 총녹부 광장에 있던 일장기가 내려지고 성조기가 게양되었다.

여기까지만 보면 방삼복의 영어 실력이 굉장히 뛰어나다고 생각하기 쉽습니다. 하지만 놀랍게도 방삼복은 기초적인 영어 단어만 아는 수준에서 통역관이 되었어요. 외국을 떠돌아다니며 잠깐 익힌 토막 영어 실력으로 출세한 것이지요. 이를 통해 채만식은 기초 영어 실력만으로도 권세를 쥘 수 있었던 당시 현실과 새로운 권력층으로 등장한 통역관의 부패를 폭로하고 있습니다.

「미스터 방」에는 풍자와 비판의 대상이 되는 또 한 명의 기회주의자가 등장합니다. 바로 친일파 지주였던 백 주사예요. 방삼복의 고향 사람인 백 주사는 광복 전까지 경찰서 주임이었던 아들 덕에 잘살았습니다. 하지만 광복 후에는 군중에게 전 재산을 빼앗기는 등 난리를 겪게 되지요. 겨우 목숨만 건져 서울로 오게 된 백 주사는 우연히 길에서 방삼복을 만나요. 그는 방삼복의 출세와 부를 부러워하지요.

백 주사는 미군의 도움을 받아 빼앗긴 재산을 되찾으려 합니다. 그래서 방삼복에게 머리를 숙이면서까지 자신의 분풀이를 부탁해요. 평소에는 방삼복을 무시했던 백 주사지만, 그의 권력을 빌려서 보복하고자 한 것이지요. 이를 통해 백 주사가 자신의 친일 행각을 끝까지 반성하지 않는 뻔뻔한 인물이라는 것을 알 수 있어요.

백 주사의 부탁에 방삼복은 "머, 지금 당장이래두, 내 입 한 번만 떨어진다 치면, 기관총 들멘 엠피(military police, 헌병)가 백 명이구 천 명이구 들끓어 내려가서, 들이 쑥밭을 만들어 놉니다, 쑥밭을."이라고 말하며 잘난 척을 합니다. 방삼복의 허세가 하늘을 찌를 것 같지요?

방삼복은 이렇게 계속 으스대면서 잘 먹고 잘살았을까요? 백 주사와 이야기하며 양치질하던 방삼복은 머금고 있던 물을 난간 바깥으로 뱉습니다. 그 물은 마침 현관으로 들어서던 S 소위의 얼굴에 좌르르 떨어지지요. 방삼복은 버선발로 뛰쳐나와서 손바닥을 싹싹 비비며 빌지만, S 소위는 방삼복에게 주먹질하면서 고함을 지릅니다. 방삼복이 짧은 기간에 얻었던 부와 권력은 이 사건으로 한순간에 날아갔을 거예요.

지금까지 살펴본 것처럼 미군정 시기에는 통역관을 사이에 두고 다스리는 '통역정치'의 폐해가 심각했습니다. 방삼복처럼 권력을 마구 행사하는 통역관이 많았거든요. 채만식은 「미스터 방」을 통해 이러한 통역정치를 비판하고, 방삼복이나 백 주사 같은 기회주의자들을 희화화해 당시 사회의 문제점을 적나라하게 드러냈답니다.

"전통적인 민족 정서가 섬진강처럼 흐르는 소설" - 김동리의 「역마」

경남 하동군과 전남 구례군·광양시의 경계 지역에는 화개 장터라는 재래시장이 있습니다. 화개 장터는 행정 구역상으로는 경남 하동군에 속하지요. 이 시장은 가수 조영남이 불렀던 〈화개 장터〉로 더욱 유명해졌습니다. 〈화개 장터〉의 가사 중에는 "전라도와 경상도를 가로지르는 섬진강 줄기 따라 화개 장터엔 아랫마을 하동 사람 윗마을 구례 사람 닷새마다 어우러져 장을 펼치네."라는 부분이 있어요.

이 가사처럼 예전에는 경상도와 전라도 사람들이 화개 장터에서 농산물, 해산물 등을 사고팔았습니다. 화개 장터는 규모가 꽤 큰 시장이었지만, 6·25 전쟁 후 점점 쇠퇴했어요. 현재는 하동의 관광 명소로 명맥을 유지하고 있지요. 화개 장터에서 쌍계사까지 가는 길에는 약 6km에 걸쳐 벚나무가 심겨 있어요. 매해 4월 초에 '화개 장터 벚꽃 축제'가 열린답니다.

28세 때 이미 작가로 자리매김한 김동리는 김종택의 초대를 받아 처음으로 화갯골에 갑니다. 쌍계사 건넛마을 용강에서 양조장을 운영하던 김종택은 소설 창작에 뜻을 둔 문학청년이었어요. 김동리는 화개 장터에서 쌍계사까지 걸으며 아름다운 주변 경관에 감탄했습니다. 노래와 주막, 그리고 은어 회에도 감탄했고요. 이때의 경험으로 소설 「역마」가 탄생했어요.

1948년 〈백민〉(1945년 12월에 창간된 종합 교양지)에 발표된 「역마」는 '역마살'을 소재로 한 작품입니다. 역마살이란 늘 분주하게 이리저리 떠돌아다니게 된 액운을 뜻해요. 역마살을 타고난 사람은 한곳에 정착하지 못하고 늘 여기저기를 떠돌지요.

「역마」에서는 옥화의 아들인 성기가 역마살을 타고난 인물로 등장합니다. 성기는 외할아버지인 체 장수 영감과 아버지인 떠돌이 중으로부터 역마살을 물려받았어요. 그래서인지 결혼에는 전혀 관심이 없고 계속 떠돌아다니려고 하지요. 이를 안 옥화는 성기를 쌍계사에 보내고, 장날에만 집에 와 있으면서 장터에서 책을 팔게 해요.

옥화는 화개 장터에서 주막을 운영하며 살아갑니다. 만남과 헤어짐이 반복되는 장터에서는 수많은 인연이 이루어져요. 그 인연은 지속적인 것이 아니라 일시적일 가능성이 높지요. 화개 장터는 옥화 가족에게 운명적인 장소예요. 이곳에서 성기의 외할머니, 즉 옥화의 어머니는 하룻밤 놀다 간 체 장수 영감과 정을 통해 옥화를 임신하게 됩니다. 옥화는 이곳에서 떠돌이 중과 인연을 맺어 성기를 낳고요. 또 이곳은 성기와 계연이 만나 서로에게 호감을 느끼는 장소이기도 하지요.

성기와 계연은 어떻게 인연이 닿은 것일까요? 체 장수 영감은 40여 년 만에 어린 딸 계연을 데리고 화개에 옵니다. 옥화의 어머니 대신 옥화가 그를 맞이하지요. 체 장수 영감은 옥화에게 계연을 맡기고 장사를 떠납니

김동리(왼쪽)와 유주현(가운데), 박목월(오른쪽)
김동리와 소설가 유주현, 시인 박목월이 함께 문학상을 심사하고 있는 모습이다.

다. 결혼 생각이 없었던 성기는 계연에게 관심을 보여요. 둘은 조금씩 가까워지고 옥화는 두 사람을 결혼시키기 위해 노력합니다. 성기가 결혼하면 역마살을 극복하고 정착할 것으로 생각했기 때문이지요. 하지만 돌아온 체 장수 영감이 한 이야기를 듣고 옥화는 체 장수 영감이 자신의 아버지이고, 계연은 자신의 이복동생이라는 사실을 알게 돼요. 계연은 성기의 이복 이모가 되는 셈이지요.

성기와 계연은 결국 이별하게 됩니다. 계연은 아버지를 따라 고향으로 떠나고, 성기는 갑작스러운 이별에 충격을 받아 자리에 눕게 되지요. 이를 안타깝게 여긴 옥화는 성기에게 계연이 이복 이모라는 사실을 밝힙니다. 이후 성기는 엿판을 메고 집을 떠나지요.

> 그의 발 앞에는, 물과 함께 갈리어 길도 세 갈래로 나 있었으나, 화갯골 쪽엔 처음부터 등을 지고 있었다. 동남으로 난 길은 하동, 서남으로 난 길이 구례. 작년 이맘때도 지나 그녀가 울음 섞인 하직을 남기고 체 장수 영감과 함께 넘어간 산모퉁이 고갯길은 퍼붓는 햇빛 속에 지금도 하동 장터 위를 굽이돌아 구례 쪽을 향했으나, 성기는 한참 뒤 목을 돌렸다. 그리하여 그의 발은 구례 쪽을 등지고 하동 쪽을 향해 천천히 옮기졌다.
>
> 한 걸음, 한 걸음, 발을 옮겨 놓을수록 그의 마음은 한결 가벼워져, 멀리 버드나무 사이에서 그의 뒷모양을 바라보고 서 있을 어머니의 주막이 그의 시야에서 완전히 사라져 갈 무렵 하여서는, 육자배기 가락으로 제법 콧노래까지 흥얼거리며 가고 있는 것이었다.
>
> – 김동리, 「역마」 부분

〈역마〉(1967)
소설 「역마」를 원작으로 해 제작된 영화다. 김강윤이 감독을 맡았으며 김승호, 신성일, 남정임 등이 출연했다. 원작에 없는 이야기가 많이 추가되었다.

앞글에서 알 수 있듯이 성기는 세 갈래 길 가운데 하동 쪽 길을 선택합니다. 화갯골 쪽은 성기가 살아온 곳이고, 구례 쪽은 계연이 떠난 곳이에요. 따라서 이 두 곳을 등지고 하동 쪽으로 떠나려 하는 것은 자신의 운명에 순응하는, 즉 역마살을 따르는 행위라고 할 수 있지요.

운명에 따르기로 했기 때문일까요? 성기는 홀가분한 마음으로 콧노래까지 흥얼거리며 길을 떠납니다. 이렇게 해서 성기는 계연과의 비극적인 인연에서 벗어날 수 있었을 거예요. 소설가 이문구는 「역마」를 읽고 "전통적인 민족 정서가 섬진강처럼 흐르는 한국 소설 문학의 백미(白眉)"라는 감상평을 남겼답니다.

"언제나 비에 젖어 있는 인생들"
- 손창섭의 「비 오는 날」

손창섭은 우리나라 작가 가운데 손에 꼽힐 만큼 독특한 인물이었습니다. 그는 성격이 괴팍한 데다 지식인이나 비평가에게 반감을 품고 있었어요. 다른 사람에게 폐를 끼치는 일을 싫어했고, '기념일'은 극단적으로 싫어했다고 해요.

이뿐만이 아닙니다. 손창섭은 누구든지 옆에 사람이 있으면 글을 한 줄도 쓰지 못했어요. 게다가 단편 소설 하나를 완성하는 데 한 달 이상이 걸릴 정도로 집필 속도가 느렸지요. 원고를 쓰는 데 오랜 시간이 걸린 것은 그의 독특한 습관 때문이었습니다. 손창섭은 원고지에 글을 쓰다가 고치고 싶은 부분이 있으면 그 부분에 줄을 긋고 새로 문장을 쓰는 것이 아니라 아예 그 장을 통째로 찢어 버리고 새 장에다가 처음부터 원고를 다시 적었어요. 이런 습관 때문에 원고지를 많이 사용했고, 글을 쓰는 시간도 오래 걸린 것입니다.

손창섭의 독특한 성격과 습관은 어떻게 해서 생긴 것일까요? 가장 큰 이유는 가난으로 말미암은 불행이었습니다. 아버지를 일찍 여읜 손창섭은 일본에서 각종 잡일을 하며 어렵게 학교에 다녔어요. 힘들게 번 돈은 고국의 어머니와 할머니에게 송금해야 했지요. 그래서 그는 끼니를 거르는 경우도 많았습니다. 이러한 생활 속에서 손창섭은 문학을 접하고 글을 쓰면서 불행한 자신의 처지를 되돌아보았어요.

손창섭의 소설을 보면 늘 축축한 비가 내립니다. 등장인물도 대부분

신체적인 결함이 있거나 정신 질환을 앓는 등 평범하지 않지요. 실제로 6·25 전쟁을 겪었던 1950년대 우리 사회에는 이러한 사람이 많았어요.

3년 1개월 동안 계속된 6·25 전쟁의 휴전 협정이 체결된 1953년, 손창섭은 〈문예〉에 「비 오는 날」을 발표했습니다. 이 소설은 피란지인 부산의 변두리 마을을 배경으로 6·25 전쟁 직후의 무기력한 삶과 허무 의식을 다루고 있어요. 「비 오는 날」은 다음과 같이 시작합니다.

> 이렇게 비 내리는 날이면 원구의 마음은 감당할 수 없도록 무거워지는 것이었다. 그것은 동욱 남매의 음산한 생활 풍경이 그의 뇌리를 영사막(映寫幕, 영화나 환등 따위의 상을 비추어 볼 수 있는, 빛의 반사율이 높은 흰색의 막)처럼 흘러가기 때문이었다. 빗소리를 들을 때마다 원구에게는 으레 동욱과 그의 여동생 동옥이 생각나는 것이었다. 그들의 어두운 방과 쓰러져 가는 목조 건물이 비의 장막 저편에 우울하게 떠오르는 것이었다. 비록 맑은 날일지라도 동욱의 오뉘(오누이)의 생활을 생각하면, 원구의 귀에는 빗소리가 설레고 그 마음 구석에는 빗물이 스며 흐르는 것 같았다. 원구의 머릿속에 떠오르는 동욱과 동옥은 그 모양으로 언제나 비에 젖어 있는 인생들이었다.
>
> –손창섭, 「비 오는 날」 부분

시작부터 장마철 특유의 어둡고 우울한 분위기가 한껏 느껴지지요? 원구는 비가 내리는 날, 동욱과 동옥을 떠올립니다. 이들이 살았던 "어두운 방과 쓰러져 가는 목조 건물"도 함께요. 이 구절만 봐도 동욱 남매가 가난

손창섭(1922~2010)
평남 평양에서 태어난 손창섭은 만주와 일본에서 생활하다 광복 후 귀국했다. 1952년 단편 소설 「공휴일」로 등단해 문단의 주목을 받았으나, 1961년 이후에는 작품 활동을 거의 하지 않았다.

하게 살았다는 것을 짐작할 수 있습니다. 그런데 동욱 남매의 인생이 어떠했기에 "언제나 비에 젖어 있는 인생들"이라고 표현한 것일까요?

동욱은 대학에서 영문학을 전공했지만, 독실한 기독교 신자이기도 하고 안정적으로 생활하고자 목사가 되려고 했어요. 하지만 여건이 되지 않아 동생 동옥이 그린 초상화를 미군에게 팔러 다니지요. 동욱은 동옥을 아끼지만, 겉으로는 욕을 퍼붓는 등 험하게 대합니다. 동욱이 이렇게 행동하는 이유는 절망적인 현실로 말미암은 정신적 결함 때문이에요.

동옥은 신체적인 결함을 지니고 있습니다. 어릴 때 소아마비를 앓아 다리가 불편하지요. 그래서인지 동옥은 다른 사람에 대한 경계심이 커요. 동욱이 자신을 버리고 떠날까 봐 불안해하기도 하고요. 신체적 결함이 정신적 결함까지 불러일으킨 것이지요.

원구는 동욱의 친구입니다. 동옥은 처음에는 원구에게도 적대적인 태도를 보이지요. 하지만 점차 마음을 열고 미소를 짓기까지 해요. 그러던 중 동옥은 초상화 그리는 일을 그만두게 되고, 집주인에게 돈을 떼여 다른 곳으로 떠납니다. 이러한 이유로 원구는 우울하고 무기력한 동욱 남매의 삶을 "언제나 비에 젖어 있는 인생들"이라고 표현한 것이지요.

원구의 처지가 특별히 나은 것도 아닙니다. 원구는 가판(街販, 길거리에 벌여 놓고 팔거나 길거리를 돌아다니며 파는 일)을 하지만, 장사가 제대로 되지 않아 어려운 상황이거든요. 원구는 동옥에게 호감을 느끼지만, 동옥과의 결혼 문제에 관해서는 결단을 내리지 못합니다. 동욱 남매를 불쌍하게만 여길 뿐 실질적인 도움을 주지는 못해요.

「비 오는 날」의 결말은 더욱 암울합니다. 원구는 동욱 남매의 집을 다시 찾지만, 남매는 이미 떠난 뒤였어요. 새 주인의 말로 추측하자면 동욱은 군대에 끌려가 현실의 터전과 멀어졌고, 동옥은 몸을 팔아 생계를 유지하는 비인간적인 상황으로 내몰렸습니다. 원구는 동옥의 얼굴이 반반하니 몸을 판들 굶어 죽기야 하겠느냐는 새 주인의 말에 화가 났지만, 결국 그 분노가 자신에게 되돌아옴을 느끼며 돌아서지요. 이 때문에 원구는 비가 내리는 날이면 더욱 마음이 무거워졌는지도 몰라요.

손창섭은 분단 이전의 혼란스러운 사회보다는 6·25 전쟁 직후의 사회상에 더 주목한 작가였습니다. 우리나라 전후 소설의 대표 작가로 활동하던 손창섭은 1972년경 일본으로 잠적하면서 서서히 잊혀졌어요. 그가 왜 갑자기 일본으로 갔는지는 소문만 무성할 뿐 정확한 이유가 밝혀지지 않았습니다. 아마도 1970년대 우리나라 상황에 대한 회의와 절망감 때문이 아니었을까요?

죽음까지 남은 시간은 '단 한 시간' - 오상원의 「유예」

사람이라면 누구나 죽음을 피할 수 없습니다. 여러분은 다른 사람의 죽음을 보면서 어떤 생각을 했나요? 자신이 죽는 상황을 상상하거나 어떤 마음가짐으로 죽음을 맞이할지 생각해 본 적이 있나요? 죽음에 대한 불안과 공포 때문에 힘겨워하는 사람이 많습니다. 애써 죽음을 생각하지 않으려는 사람도 많고요. 하지만 죽음에 대한 태도는 곧 삶에 대한 태도이므로 죽음을 회피하거나 부정적으로만 생각할 필요는 없답니다.

오상원의 「유예」는 1955년 〈한국일보〉 신춘문예에 당선된 소설입니다. 이 작품에는 강렬한 인상을 주는 죽음이 등장해요. 정확히 말하면 주인공인 '나'가 죽음을 맞기까지의 한 시간 남짓한 시간이 인상적이지요.

「유예」의 시간적 배경은 6·25 전쟁 때의 겨울입니다. 국군 소대장인 '나'의 부대는 몇 차례 전투를 벌이며 적진 깊숙이까지 들어가게 돼요. 전투와 부상, 굶주림과 피로 때문에 부하들을 모두 잃은 '나'는 혼자서 남쪽으로 향합니다. 어느 마을에 다다른 '나'는 인민군이 한 국군에게 총을 겨누고 있는 모습을 목격하고, 인민군을 향해 총을 쏘지요. 하지만 곧 인민군의 반격을 받아 붙잡히고 말아요.

인민군은 끊임없이 '나'에게 질문을 던지면서 '나'를 회유합니다. 그들은 한 시간 후 '나'의 답변에 따라 모든 것을 결정하겠다고 말해요. 이 한 시간이 작품 제목처럼 '나'의 죽음이 미루어진 시간, 즉 유예지요.

'나'는 인민군의 회유에 넘어가지 않고 전향(轉向, 종래의 사상이나 이념을 바꾸어서 그와 배치되는 사상이나 이념으로 돌림)을 거부합니다. 결국 사형 집행 명령이 떨어지지요. '나'는 사형을 앞두고 눈이 하얗게 쌓인 둑길을 걷습니다. 이때 '나'의 심정은 어땠을까요?

눈에 함빡 쌓인 흰 둑길이다. 오! 이 둑길…… 몇 사람이나 이 둑길을 걸었을 거냐……. 휜칠히 트인 벌판 너머로 마주 선 언덕, 흰 눈이다. 가슴이 탁 트이는 것 같다. 똑바로 걸어가시오. 남쪽으로 내닫는 길이오. 그처럼 가고 싶어 하던 길이니 유감없을 거요. 걸음마다 흰 눈 위에 발자국이 따른다. 한 걸음 두 걸음, 정확히 걸어야 한다. 사수(射手, 총을 쏘는 사람) 준비! 총탄 재는(총, 포 따위에 화약이나 탄환을 넣어 끼우는) 소리가 바람처럼 차갑다. 눈앞에 흰

6·25 전쟁 당시 낙동강 전선
1950년 8월 한·미 연합군은 낙동강에 방어선을 구축했다. 이후 한 달여간 낙동강 부근에서 치열한 전투가 이어졌다.

> 눈뿐, 아무것도 없다. 이제 모든 것은 끝난다. 끝나는 그 순간까지 정확히 끝을 맺어야 한다. 끝나는 일 초 일각까지 나를, 자기를 잊어서는 안 된다.
>
> - 오상원, 「유예」 부분

「유예」에서 '흰 눈'은 중요한 역할을 하는 소재예요. 훤히 트인 벌판과 눈이 쌓인 언덕은 깨끗하고 아름다운 풍경입니다. 하지만 이러한 풍경 속에서 여러 사람이 붉은 피를 흘리며 목숨을 잃었지요. 흰 눈은 붉은 피와 시각적인 대조를 이루면서 전쟁의 비극성을 강조하고 있어요. 차가운 무관심의 세계를 나타내기도 하고요.

'나'는 전쟁이라는 극단적인 상황에서도 신념과 양심을 저버리지 않습니다. '나'의 죽음이 인상적인 이유 중 하나지요. 더욱 인상적인 것은 윗글에 나타난 것처럼 자신의 목숨이 끊기는 최후의 순간까지 자신의 존재를 잊지 않겠다는 다짐이에요. 죽음을 눈앞에 둔 상황에서 정신을 바로 세우기란 말처럼 쉬운 일이 아닐 것입니다. 하지만 '나'는 담담하게 끝까지 자신의 모습을 지키려 하지요.

「유예」는 의식의 흐름 기법을 사용한 소설이에요. 앞에서 살펴보았던 「소설가 구보 씨의 일일」(77쪽 참조)과 「날개」(98쪽 참조)가 생각나지요? 두 작품처럼 「유예」는 '나'의 의식 세계를 중심으로 서술되고 있습니다. 특히 「유예」는 시간 순서에 따라 전개되는 것이 아니라 '나'의 기억에 따라 과거와 현재를 넘나들고 있어요. 사형을 앞둔 한 시간 동안 '나'의 머릿속은 많이 복잡했을 테니까요.

손창섭의 「비 오는 날」과 마찬가지로 「유예」에도 짙은 회색빛이 깔려 있

포로로 끌려가는 국군
중국이 북한을 지원하기 위해 6·25 전쟁에 참전하면서 국군은 큰 위기를 겪었다. 사진은 중국군에 의해 포로로 끌려가는 국군 병사들의 모습이다.

습니다. 오상원은 「유예」를 통해 전쟁 직후의 불안감을 극복하고, 인간의 가치를 강조하고자 했어요. 이러한 생각은 실존주의(實存主義)와 관련이 있습니다. 실존주의란 19세기의 합리주의적 관념론이나 실증주의에 반대해, 개인으로서의 인간의 주체적 존재성을 강조하는 철학이에요.

서울 대학교에서 불어불문학을 전공한 오상원은 자연스레 프랑스의 실존주의 문학을 접했습니다. 광복 이후의 혼란스러운 사회와 6·25 전쟁이 끝난 뒤에 널리 퍼진 좌절감은 실존주의가 뿌리내리는 데 적절한 토양이 되었지요. 실존주의는 특히 젊은이들에게 큰 영향을 끼쳤어요.

오상원은 실존주의를 독자적으로 받아들여 소설로 표현했습니다. 그의 대표작인 「유예」는 실존주의를 반영한 당대의 문제작으로 꼽히지요.

6·25 전쟁 중에도 꺼지지 않은 휴머니즘
- 황순원의 「너와 나만의 시간」

서울 용산구 용산동에는 넓은 대지 위에 자리 잡은 전쟁 기념관이 있습니다. 전쟁 기념관에 들어서면 먼저 야외에 있는 많은 전시물이 눈길을 끌어요. 야외 전시물로는 6·25 전쟁 당시 국군 장교였던 형과 인민군 병사였던 동생이 전쟁터에서 극적으로 만난 실화를 바탕으로 만든 '형제의 상'과 6·25 전쟁 50주년 기념 조형물, 광개토 대왕릉비 실물 모형, 평화의 시계탑 등이 있습니다. 이외에 6·25 전쟁 당시의 장비와 세계 각국의 대형 무기도 전시되어 있지요.

전쟁 기념관에서 놓치지 말아야 할 것은 기념관 복도 벽면과 양측 회랑에 있는 전사자 명비입니다. 이 명비에는 6·25 전쟁과 베트남 전쟁 등에서 전사한 약 16만 명의 국군 장병과 약 3만 8,000명의 유엔군 장병 이름이 빽빽하게 새겨져 있지요. 회랑을 천천히 걸으며 이들의 이름을 바라보면 가슴 한구석이 먹먹해질 거예요. 이 많은 전사자는 죽음을 피하려고 얼마나 안간힘을 썼을까요? 또 그들은 어떤 상황에서 생을 마감했을까요?

황순원이 1958년 〈현대문학〉(1955년 1월에 창간된 월간 문예지)에 발표한 소설 「너와 나만의 시간」에는 6·25 전쟁 중 죽음의 위험을 맞닥뜨린 세 군인의 심리가 잘 나타나 있습니다. 누구나 죽음 앞에 서면 살고자 하는 욕구가 본능적으로 강해져요. 「너와 나만의 시간」의 등장인물인 주 대위, 현 중위, 김 일등병 역시 마찬가지지요. 하지만 세 사람이 선택한 삶

황순원(1915~2000)
평남 대동군에서 태어난 황순원은 평양 숭실 중학교에 재학 중이던 1931년에 시를 발표하며 등단했다. 1937년 무렵부터 소설을 본격적으로 창작하기 시작했다. 황순원의 소설은 비극적인 상황에서도 잃지 않는 인간애와 세련되고 서정적인 예술성이 두드러진다.

의 방식은 모두 달라요.

전쟁터에서 낙오되어 산속을 헤매던 세 사람은 무작정 남쪽으로 향합니다. 현 중위와 김 일등병은 다리를 다친 주 대위를 번갈아 가며 업고 이동하지요. 주 대위는 자신이 부하들에게 짐이 된다는 사실을 알면서도 끝까지 삶에 대한 희망을 버리지 않아요.

하지만 상황이 점점 안 좋아지자 현 중위는 주 대위가 자살하도록 무언(無言)의 압력을 넣습니다. 그래도 주 대위가 자살하지 않자 현 중위는 두 사람을 버리고 도망가기로 해요. 그는 도망가기 전에 개미가 나왔던 꿈을 떠올리지요.

한결같이 누렇게 뜬 하늘에는 황달(黃疸, 담즙이 원활하게 흐르지 못해 온몸과 눈 따위가 누렇게 되는 병) 든 태양이 타고 있고, 그 밑으로 한없이 넓게 깔려 있는 불모(不毛, 땅이 거칠고 메말라 식물이 나거나 자라지 아니함)의 황야. 그 한가운데 그는 땀을 철철 흘리며 서 있었다. 바로 앞에 누렇게 뜬 메마른 흙바닥에 개미구멍이 있어, 누런빛을 한 조그만 개미 떼가 연달아 기어 나오고,

그것을 구멍 입구에 같은 빛깔의 왕개미가 대기하고 서서 자꾸만 목을 잘라 내고 있는 것이다. 마치 그것은 왕개미가 기계적으로 주둥이를 놀리고 있는 데 거기 꼭 맞는 속도로 작은 개미 떼들이 기어 나와 목을 들이미는 것과도 같았다. 그리고 목 잘린 개미 떼들은 그대로 누렇게 뜬 흙으로 화해(어떤 현상이나 상태로 바뀌어) 버리고 마는 것이었다. 거기 따라 점점 흙이 높아지면서 그의 정강이 턱이 거의 묻히게 돼 있었다.

– 황순원, 「너와 나만의 시간」 부분

뭔가 끔찍한 내용의 꿈이지요? 개미 떼가 구멍에서 기어 나오면 왕개미는 그 개미들의 머리를 자릅니다. 현 중위가 이 꿈을 떠올린 이유는 무엇일까요? 머리가 잘리는 개미 떼가 전쟁에서 무참하게 희생되는 수많은 군인 같다고 생각했기 때문이에요.

현 중위가 떠난 후 주 대위는 김 일등병에게도 어서 떠나라고 말합니다. 하지만 마음이 따뜻한 김 일등병은 자신의 목숨이 위태로운 상황에서도 주 대위를 버리지 않지요. 이 세 사람 가운데 누가 목숨을 잃고 누가 살아남을까요?

현실적이고 이기적인 현 중위는 떠난 지 얼마 되지 않아 시체로 발견됩니다. 낭떠러지에서 떨어져 목숨을 잃은 것이지요. 현 중위의 시체를 발견한 주 대위와 김 일등병은 좌절감에 빠집니다. 특히 주 대위는 자책감에 시달리면서 김 일등병을 살리기 위해 자살하기로 하지요.

그때 멀리서 포성 사이로 개 짖는 소리가 들립니다. 개가 있다는 것은 사람들이 사는 마을이 있다는 의미지요. 개 짖는 소리가 들린다는 주 대위의 말에 김 일등병은 몸을 벌떡 일으킵니다. 하지만 김 일등병의 귀에는 아무것도 들리지 않아요. 지친 김 일등병은 누웠던 자리로 뒷걸음질을 치지요. 그러자 주 대위는 김 일등병을 권총으로 위협하며 인가(人家)가 있는 곳으로 가도록 명령합니다. 다음과 같은 이유 때문이었어요.

"주 대위는 김 일등병에게 무엇인가 주고 싶었다. 그리고 그것을 자기 자신도 받고 싶었다."

주 대위가 권총을 사용하면서까지 김 일등병에게 주고 싶었던 것은 무엇이었을까요? 그것은 바로 삶에 대한 희망이었습니다. 혼자서 움직일 수 없었던 주 대위는 김 일등병이 삶에 대한 희망을 품어서 자신도 살 수 있게 해 주기를 바란 거예요.

인가 근처까지 갔다고 생각한 주 대위는 김 일등병의 등에 업힌 채 세상을 떠납니다. 어쩌면 주 대위가 들은 개 짖는 소리는 실제 소리가 아니었을 수도 있어요. 하지만 이 사실이 중요한 것은 아니랍니다. 자살하려던 주 대위에게 개 짖는 소리는 다시 삶에 대한 희망을 안겨 줍니다. 이 소리 덕분에 주 대위는 김 일등병에게도 살길을 열어 주지요.

그렇다면 작품 제목인 '너와 나만의 시간'에는 어떤 의미가 담겨 있을까요? 말 그대로 '너'와 '나', 즉 각각의 시간을 의미해요. 죽음 앞에서는 상관과 부하라는 위계질서가 아무런 힘을 발휘하지 못합니다. 각각의 개인이 어떤 시간을 선택하느냐에 따라 삶과 죽음이 좌우될 수도 있으니까요. 주 대위, 현 중위, 김 일등병을 통해서도 알 수 있듯이 이 시간은 인간의 본성이 여실히 드러나는 시간이기도 하고요.

17세 때인 1931년, 「나의 꿈」이라는 서정시로 문단에 등장한 황순원은

〈동광(東光)〉
1926년 5월에 주요한이 창간한 종합 월간지다. 황순원은 1931년 〈동광〉에 시 「나의 꿈」을 발표하며 등단했다.

「소나기」라는 소설로 우리에게 잘 알려져 있습니다. 활동 초기에 황순원은 서정성이 짙고 문장이 간결한 소설을 많이 발표했어요. 하지만 1950년대에는 등장인물의 삶과 죽음을 통해 시대의 고통이 강하게 드러내는 소설을 발표했어요. 이러한 작품 중 하나가 「너와 나만의 시간」이랍니다.

결국 주 대위, 현 중위, 김 일등병 가운데 살아남은 사람은 김 일등병뿐이네요. 주 대위와 현 중위의 죽음은 서로 다른 의미를 지닙니다. 현 중위는 오로지 자신의 목숨을 지키기 위해 애쓰다가 죽음을 맞았어요. 하지만 주 대위는 김 일등병을 살리기 위해 애쓰다가 죽음을 맞았지요.

주 대위의 행동은 휴머니즘(humanism)과 관련이 있습니다. 휴머니즘이란 인간의 존엄성을 최고의 가치로 여기고 인종, 민족, 국가, 종교 따위의 차이를 초월해 인류의 안녕과 복지를 꾀하는 것을 이상으로 하는 사상이나 태도를 뜻해요. 이처럼 황순원은 전쟁이라는 극한 상황을 소재로 다루면서도 휴머니즘을 놓치지 않았어요.

왜 어떤 작가들은 문학사에서 사라졌을까?

우리는 삶을 살아가면서 매 순간마다 선택을 해야 해요. 선택의 순간에 그 선택을 조금 미룰 수는 있겠지만, 결국에는 결정을 내려야 하지요. 우리가 해야 하는 선택 중에는 중대한 것도 있고 소소한 것도 있어요. 어떤 선택이 중대한 것이고 어떤 선택이 소소한 것일까요? 선택의 중요도는 그 선택의 결과가 삶에 미치는 영향이 얼마나 큰가에 따라 다릅니다.

예를 들어 볼까요? 저녁 메뉴를 고르는 일은 다음 날에 큰 영향을 미치지 않아요. 오늘 저녁 메뉴가 좋지 않았다면 내일 다른 메뉴를 고르면 되니까요. 하지만 대학교에서 배울 전공을 고르는 일은 그렇지 않지요. 일단 한번 선택하면 그 결과가 몇 개월에서 수십 년에 걸쳐 삶에 영향을 미칩니다. 저녁 메뉴를 고르는 것보다 전공을 고르는 것이 더 중요한 선택이라고 할 수 있지요.

자신이 해야 할 선택을 남에게 미루지 않는 사람을 주체적인 사람이라고 말해요. 선택의 중요도가 클수록 스스로 답을 찾아야 하지요. 전공이나 직업, 삶의 목표 등을 정하는 것은 남에게 맡길 수 없고, 맡겨서도 안 되는 선택이랍니다. 또한 선택의 결과가 자신이 예상했던 것과 다르더라도 자신의 선택에는 책임을 질 수 있어야 해요.

한국 사회는 현대 사회로 빠르게 발돋움했습니다. 그 과정에서 우리는 수많은 선택의 순간을 마주했지요. 일제 강점기에 사람들은 일본에 협력할 것인지, 하지 않을 것인지를 선택해야 했어요. 이 문제에 쉽게 답을 내린 사람들도 있었지만, 오랜 시간 고민하며 고통스러워한 사람들도 있었지요.

광복 후에는 어땠을까요? 광복이 되었으니 더 이상 고통스러운 선택을 하지 않아도 되었을까요? 제2차 세계 대전에서 연합군이 승리하고 일본이 항복한 뒤, 우리는 독립을 이루었습니다. 하지만 우리가 주체가 되어 스스로 일궈낸 독립은 아니었어요. 그래서 미국과 소련의 군정 통치를 받게 되었지요. 사람들은 완전한 독립을 이루고 자주 국가를 세우기 위해 노력했습니다. 이때 어떤 방법으로 자주 국가를 세울 것인지에 대해 사람들의 생각이 갈리기 시작했어요. 사람들은 선택을 해야 했지요. 그 결과 한반도는 분단이 되었고, 이후 남한과 북한은 서로 다른 길을 걷게 되었습니다.

문인들도 마찬가지였어요. 자신이 옳다고 믿는 방법을 따라 남한에서 살 것인지 북한에서 살 것인지를 선택했지요. 이때 남한에서 북한으로 간 문인들을 '월북 문인'이라고 불러요. 분단 이후 30년이 넘는 세월 동안 우리 문학사에서는 월북 문인들의 이름을 찾아볼 수 없었습니다. 국가가 월북 문인에 대해 언급하는 것을 금지했기 때문이에요. 어쩔 수 없이 그들의 이름을 다루어야 할 때는 이름의 부분만 쓸 수 있었어요. '이X준'과 같이 말이지요. '이X준'은 누구일까요? 지금은 너무나도 쉽게 접할 수 있는 작가 이태준이랍니다.

월북 문인들과 그들의 작품에 대한 금지는 1988년에 이르러서야 해제되었어요. 그래서 오늘날 교과서에 「돌다리」, 「달밤」 등 이태준의 작품이 실릴 수 있는 것이지요.

월북 문인들 중에는 북한의 문학사에서도 한동안 언급되지 못했던 문인들이 있습니다. 임화, 김남천 등이 이런 문인입니다. 월북을 했지만 북한에서도 정치적인 이유 때문에 숙청된 문인들이지요. 이들은 오랜 시간 동안 남한과 북한, 그 어디에도 존재할 수 없었어요. 우리 문학사의 불행하고 어두운 대목이에요.

이 문인들이 어떤 선택을 했건 그것은 각자의 신념에 따른 주체적인 선택이었습니다. 우리와 생각이 다르다는 이유로 다른 사람의 선택을 부정하고 배척해도 될까요? 이들의 선택을 비판할 수는 있겠지요. 하지만 역사에서 이들의 이름을 지우는 것은 잘못된 방법이에요. 다름을 인정하고 다양한 의견을 나눈 것이 진정한 민주주의로 나아가는 길이랍니다.

김승옥관
金承鈺
안개
헌법공포식

진정한 '민주화'를 위한 몸부림 | 1960~1970년대

'이제는 6 · 25 전쟁의 상처를 잊고 새로운 삶을 살 수 있을까?'

1960년대를 맞이하던 우리 국민의 마음은 모두 이와 같았을 거예요. 하지만 정치적으로나 사회적으로 대한민국의 모습은 전쟁 전보다 크게 나아지지 않았습니다. 1960년대부터 산업화가 시작되면서 물질적으로는 조금씩 풍요로워졌지만, 정신적인 여유는 점차 없어졌어요. 농촌이 해체되고 도시로 인구가 몰리면서 농어촌의 궁핍이 새로운 문제로 떠올랐지요. 문제는 이뿐만이 아니었습니다. 독재 정권으로 말미암아 부패가 만연해지고 정치적인 갈등이 심해지면서 4·19 혁명과 5·16 군사 정변 등이 일어났어요. 4·19 혁명으로 12년간 장기 집권하던 이승만 독재 정권이 무너졌습니다. 하지만 뒤이어 일어난 5·16 군사 정변으로 국민의 민주적 요구는 무참히 짓밟히지요.

이같은 시대 흐름에 따라 1960년대와 1970년대에는 산업화 과정에서 소외된 민중의 삶과 독재 정권에 대한 비판 의식 등이 담긴 문학 작품들이 발표되었어요. 문학의 현실 참여적인 성격이 부각된 것이지요. 1960년대에는 6·25 전쟁으로 인한 민족적 비극을 작품 안에 담으려는 노력이 지속되었지만 새로운 주제들도 다루어지기 시작했습니다. 그 시작에 최인훈의 「광장」이 있었지요. 이외에도 김승옥, 이청준, 이문구 등이 이전과 다른 감수성을 담은 작품들을 발표했어요. 1960년에 일어난 4·19 혁명을 계기로 현실을 구체적으로 인식하기 시작하면서 전후 문학을 극복하려는 움직임도 일어났지요.

1970년대에는 도시화와 산업화가 급격히 이루어지면서 이와 관련한 사회 문제들이 수면 위로 떠올랐습니다. 이 시기에는 황석영, 조세희, 윤흥길, 박완서, 김원일 등이 활약했어요. 이들은 작품에서 도시화·산업화로 말미암아 발생한 여러 문제에 대한 성찰, 분단 현실에 대한 구체적인 인식, 소외된 민중 생활에 대한 관심 등을 다루었답니다.

'광장다운 광장'은 결국 없었다
- 최인훈의 「광장」

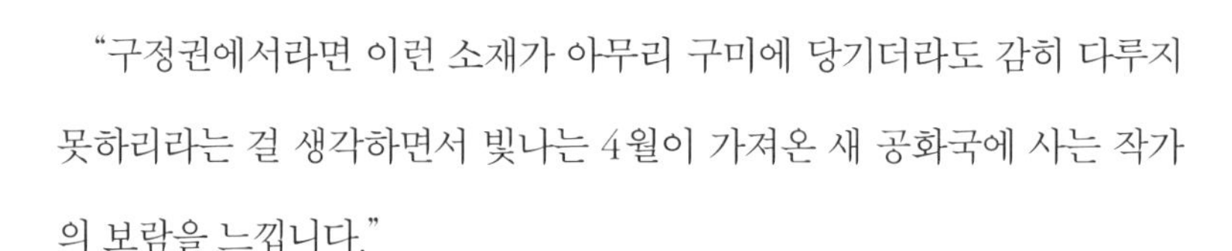

"구정권에서라면 이런 소재가 아무리 구미에 당기더라도 감히 다루지 못하리라는 걸 생각하면서 빛나는 4월이 가져온 새 공화국에 사는 작가의 보람을 느낍니다."

소설가 최인훈은 「광장」 집필 소감을 위와 같이 밝혔어요. 이 소감만 봐도 궁금한 것이 많이 떠오르지 않나요? 「광장」은 어떤 소재를 다룬 작품일까요? 왜 이 소재는 기존 정권에서 감히 다루지 못할 것이었을까요? 그리고 당시 4월에는 어떤 일이 있었던 것일까요?

먼저 1960년 4월로 가 볼까요? 우리나라 초대 대통령이었던 이승만과 그를 지지하는 정당(政黨, 정치적 주장이 같은 사람들이 모여 자신들의 정치적 이상을 실현시키기 위해 만든 단체)이었던 자유당은 정권을 연장하기 위해 부정한 방법으로 선거를 치렀습니다. 그 결과 부정 선거와 자유당의 독재에 반대하는 시위가 전국에서 일어났지요. 정부는 계엄령(戒嚴令, 대

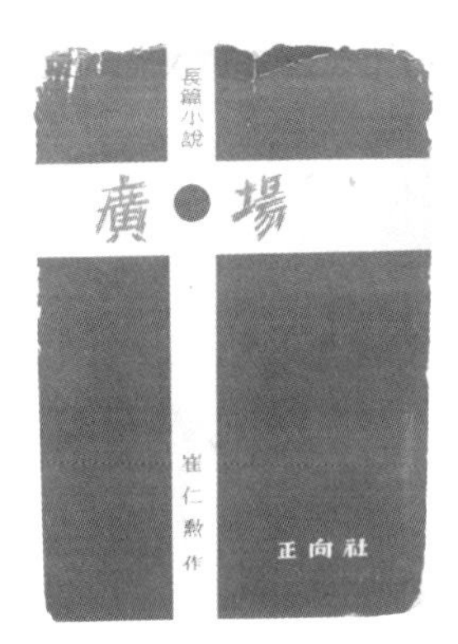

『광장』
〈새벽〉 발표 당시 「광장」의 분량은 200자 원고지 600매 정도였는데, 이를 800여 매로 늘려 개작한 뒤 단행본으로 출간한 것이다. 1962년 정향사에서 간행했다.

4·19 혁명(1960)
4·19 혁명 당시 거리로 나와 시위하는 학생들의 모습이다. 4·19 혁명은 시민, 그중에서도 학생들이 주축이 되어 일어난 민주화 운동이다.

통령이 사회 안정을 위해 행정권과 사법권의 전부 또는 일부를 군이 맡도록 선포하는 명령)을 선포하는 등 강경하게 맞섰지만 학생들과 시민들은 이에 굴하지 않았어요. 결국 4·19 혁명이 일어나 이승만은 대통령에서 물러나고, 자유당 정권도 무너지게 되었지요. 왜 최인훈이 "빛나는 4월이 가져온 새 공화국"이라고 했는지 이해가 되나요?

이러한 '시대의 힘'은 「광장」 집필과 발표로 이어졌습니다. 4·19 혁명이 일어나기 전에는 자유당 정권의 반공 이데올로기 때문에 남북 분단에 관한 논의 자체가 불가능했어요. 그래서였을까요? 1960년 〈새벽〉(1954년 새벽사에서 창간한 종합 문예 잡지)에 발표된 「광장」은 발표되자마자 우리 문단의 주목을 받았습니다. 남북 분단의 이데올로기적 한계 극복을 주장하고, 남북한의 정치 체제를 대등한 관점에서 비판했기 때문이지요.

최인훈이 「광장」을 쓸 수 있었던 배경에는 4·19 혁명 외에 작가 개인적인 경험도 있었어요. 우리나라가 광복을 맞이했을 때 최인훈은 10세였습니다. 그때 최인훈 가족이 살던 곳은 국경에서 가까운 함북 회령이었어요. 1947년 최인훈 가족은 사업을 하던 아버지를 따라 함남 원산으로 이주하게 됩니다. 1950년 6·25 전쟁이 발발하자 최인훈 가족은 월남하지요. 이렇듯 북한에서 살아 본 경험도 「광장」의 집필 원동력이 되었답니다.

「광장」의 주인공은 철학을 전공하는 대학생인 이명준입니다. 명준은 광복 후 월북한 아버지가 대남 방송(북한에서 대한민국 국민을 대상으로 북한 체제의 우수함을 강조하는 내용을 전달하는 방송)을 한 사실 때문에 경찰서에 끌려가 형사들에게 고문을 당해요.

이 사건이 있기 전까지 명준은 철학이라는 학문을 통해 삶의 본질을 찾

판문점의 포로 교환(1953)
1953년 7월 27일, 남한과 북한의 휴전 협정이 체결되었다. 이후 8월 5일부터 한 달 동안 경기 파주에 있는 판문점에서는 남북 간의 포로 교환이 이루어졌다.

으려 했던 '책벌레'였습니다. 현실 문제에는 크게 관심이 없고, 삶의 본질에 대해서만 고민했지요. 이랬던 그가 고문 사건을 겪으면서 이상과 현실에 대해 조금씩 깨닫게 됩니다. 명준은 영미의 소개로 만나게 된 윤애와 사랑을 나누며 새로운 삶의 의미를 추구하려 해요. 하지만 윤애의 알 수 없는 거부로 말미암아 그녀와의 사랑에 실패하게 되지요. 결국 명준은 이상 세계에 대한 기대를 품고 월북하게 돼요.

북한에서 아버지를 만난 명준은 아버지의 모습과 북한의 체제에 실망합니다. 아버지는 혁명을 내세우는 월급쟁이에 불과했고, 북한에는 부자유(不自由, 무엇에 얽매여서 몸과 마음을 마음대로 움직일 수 없음)와 왜곡된 이념만 가득했거든요. 북한에서는 개인의 밀실이 보장되지 않았습니다. 그곳에도 명준의 자아를 실현할 수 있는 광장이 없었던 거예요.

밀실이 개인적인 공간이라면 광장은 사회적인 공간이라고 할 수 있습니다. 인간에게 바람직한 삶이란 이 두 공간이 균형 있게 조화를 이룬 상태겠지요. 하지만 북한은 명준이 기대했던 광장이 아니었어요. 북한의 현실에 실망한 명준은 발레리나인 은혜와의 사랑으로 이를 극복해 보려 합니다. 하지만 은혜가 유학을 떠나면서 이마저도 좌절되지요.

6·25 전쟁이 시작되자 명준은 인민군으로 전쟁에 참여하게 돼요. 명준은 낙동강 전선에서 간호병으로 근무하는 은혜를 다시 만나지요. 하지만 안타깝게도 은혜는 명준의 아이를 임신한 채 비극적인 죽음을 맞이합니다. 명준은 전쟁 포로가 되고요. 포로 교환 과정에서 북한 측 장교는 명준에게 남한과 북한 중 한 곳을 선택하라고 강요합니다. 과연 명준은 어느 곳을 선택했을까요?

"동무, 앉으시오."

명준은 움직이지 않았다.

"동무는 어느 쪽으로 가겠소?"

"중립국."

그들은 서로 쳐다본다. 앉으라고 하던 장교가, 윗몸을 테이블 위로 바싹 내밀면서, 말한다.

"동무, 중립국도, 마찬가지 자본주의 나라요. 굶주림과 범죄가 우글대는 낯선 곳에 가서 어쩌자는 거요?"

(중략)

이번에는, 그 옆에 앉은 장교가 나앉는다.

"동무, 지금 인민 공화국에서는, 참전 용사들을 위한 연금 법령을 냈소. 동무는 누구보다도 먼저 일터를 가지게 될 것이며, 인민의 영웅으로 존경받을 것이오. 전체 인민은 동무가 돌아오기를 기다리고 있소. 고향의 초목도 동무의 개선을 반길 거요."

"중립국."

-최인훈, 「광장」 부분

명준은 결국 남한도 북한도 아닌 중립국을 선택합니다. 그것도 아주 단호한 태도로요. 명준의 눈에 비친 남한의 광장은 탐욕과 부패가 넘쳤고, 북한의 광장은 '당'을 위한 충성의 구호만 넘쳤기 때문이지요. 두 사회에서 환멸을 느낀 명준은 이념 갈등이 없는 중립국으로 보내 달라고 요구해요.

마침내 명준은 중립국으로 향하는 타고르호에 몸을 싣습니다. 그러고

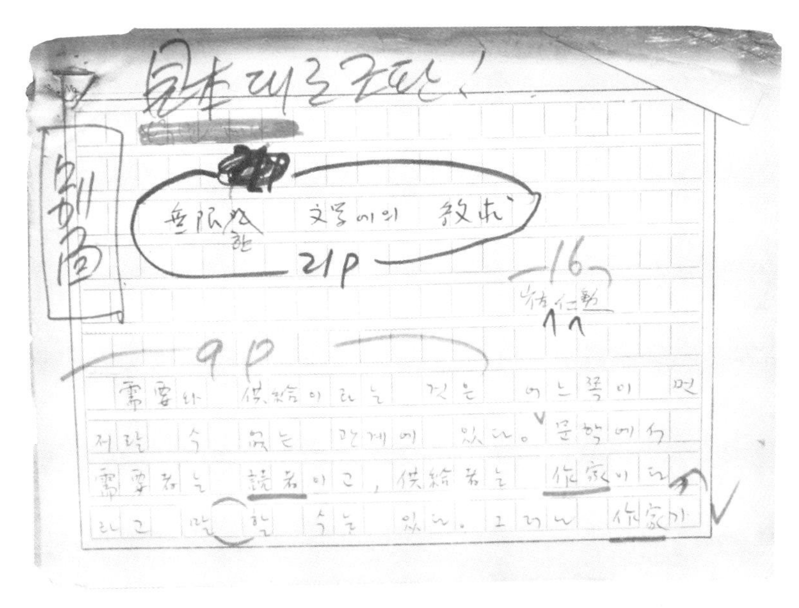

無限한 文學에의 欲求

需要와 供給이라는 것은 어느 쪽이 먼저랄 수 없는 관계에 있다. 문학에서 需要者는 讀者이고, 供給者는 作家이다라고 말할 수는 있다. 그러나 作家가

최인훈의 육필 원고

'무한한 문학에의 욕구'라는 제목이 눈에 띈다.

는 하늘을 날아다니는 갈매기들을 보지요. 이때 명준은 죽은 은혜와 아이의 환영을 보고는 바다에 몸을 던지고 말아요.

명준은 자신이 선택한 중립국으로 향하면서 왜 자살한 것일까요? 중립국은 명준에게 새 삶의 길이 아니었던 것일까요? 명준은 중립국에서의 삶을 상상해 보지만, 그 어떤 희망도 발견하지 못합니다. 중립국 역시 이상적인 세상이 아니라고 생각한 것이지요. 따라서 명준의 죽음은 분단 현실이 가져온 비극이라고 할 수 있어요.

1960년대 한국 시민의 자화상 - 김승옥의 「서울, 1964년 겨울」

여러분은 어떤 형태의 집에서 살고 있나요? 아마도 절반 이상은 아파트에 살고 있을 것입니다. 도시화의 상징인 아파트는 산업화 과정에서 우후죽순 늘어났어요. 많은 사람이 아파트에 살고 있어서 우리나라를 '아파트 공화국'이라 표현하기도 한답니다. 사실 아파트가 본격적으로 보급된 지는 50년이 조금 지났을 뿐인데도 말이지요.

우리나라에 처음 아파트가 지어진 것은 1964년이었습니다. 서울 마포구에 아파트가 등장한 이후 도시의 주거 문화가 빠르게 바뀌었어요. 서울에 많은 인구가 몰리기 시작하면서 여러 사회 문제도 발생했고요. 특히 1960년대에는 경제 개발 5개년 계획이 시행되면서 경제가 급속히 성장

김승옥(1941~)

일본 오사카에서 태어난 김승옥은 1945년에 귀국해 전남 순천에서 자랐다. 순천에서의 유년 시절은 그의 작품 세계에 많은 영향을 미쳤다.

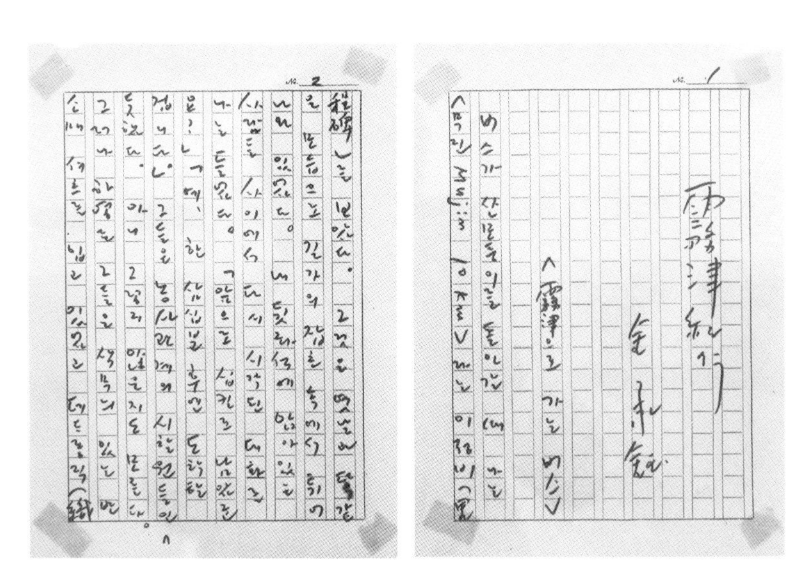

「무진기행」 육필 원고

김승옥의 대표작인 「무진기행」의 육필 원고다. 1964년 〈사상계〉에 발표한 이 소설은 근대화를 겪으며 우리 사회에 자리 잡은 개인주의와 이기주의를 단적으로 보여 주는 작품이다.

했습니다. 그 과정에서 물질 만능주의가 확산되었고 공동체 의식의 약화, 인간 소외 현상 등이 도시 전체를 뒤덮기 시작했지요. 김승옥은 이러한 1960년대의 상황을 「서울, 1964년 겨울」이라는 소설을 통해 잘 드러냈습니다. 이 작품은 1965년 〈사상계〉(1953년 4월에 창간된 월간 종합 잡지)에 발표되었어요.

김승옥은 대학에 입학한 해인 1960년에 4·19 혁명을 겪었습니다. 입학 후에는 교내의 신문 기자로 활동하면서 문학과 그림에 남다른 재능을 보였지요. 그는 1962년 단편 소설 「생명 연습」이 〈한국일보〉 신춘문예에 당선되면서 문단에 나오게 되었어요. 1964년에는 「무진 기행」이라는 뛰어난 소설을 발표하면서 1960년대의 대표 작가 가운데 한 사람으로 급부상했지요. 무섭게 성장하던 이 젊은 작가는 1965년을 자신의 해로 만들어 버립니다. 25세의 어린 나이에 「서울, 1964년 겨울」로 제10회 동인 문학상을 수상했거든요. 우리나라 문학사에 한 획을 그은 이 소설은 어떤 내용일까요?

「서울, 1964년 겨울」에는 세 명의 평범한 남자가 등장합니다. 25세이고 구청 병사계에서 일하고 있는 '나'와 역시 25세의 대학원생인 '안', 그리고 30대 중반의 서적 외판원인 사내는 선술집에서 우연히 만나게 돼요. 우선 '나'와 '안'이 먼저 만나 말을 주고받습니다. 두 사람은 '그렇고 그런' 자기소개를 마친 후 본격적으로 대화를 나누기 시작해요.

'나'와 '안'의 대화는 의견의 차이를 보이기도 하고 소통의 가능성을 조금 보이기도 하다가 긴 침묵으로 이어집니다. 침묵이 무거워질 때쯤 두 사람은 즐거운 이야깃거리를 찾아 신나게 이야기를 주고받지요. 하지만 이 대화의 내용은 무의미합니다. 두 사람의 대화에는 상대방에 대한 진정한 '공감'이 담겨 있지 않았어요. 이는 개인과 개인 사이의 단절과 일회적

『서울, 1964년 겨울』
1966년 창문사에서 간행한 김승옥의 단편 소설집이다. 1965년에 발표한 소설 「서울, 1964년 겨울」을 표제작으로 삼았다.

인 인간관계를 나타내지요.

'나'와 '안'이 자리를 옮기려고 할 때, 한 사내가 이들에게 말을 겁니다. 이 사내는 아내의 시체를 판 돈을 써 버리기 위해 함께할 사람을 찾고 있었어요. 이를 통해 사람과 사람 간의 관계가 화폐로 교환할 수 있는 관계로 타락했음을 짐작할 수 있지요.

사내는 오늘 아내가 죽었고 장례를 치를 돈이 없어 아내의 시체를 병원에 팔았다고 이야기합니다. 사내는 '나'와 '안'에게 자신의 돈을 모두 써 버릴 때까지 같이 있어 달라고 부탁하지요. 하지만 '나'와 '안'은 사내와 적절한 거리를 유지해요. 두 사람은 공감과 위로를 바라는 사내에게 거부감을 느끼기 시작하지요. 이들의 개인주의적인 성향은 화재 현장을 구경하는 장면에서 더욱 뚜렷하게 드러납니다.

세 사람은 길거리로 나와 어디로 갈 것인지 정하지 못하고 배회합니다. 그러던 중 택시를 타고 소방차를 따라가 화재 현장을 구경하게 되지요. '안'은 화재 현장에 흥미를 느끼지 못하고, '나'는 불이 좀 더 오래 타기를 바랍니다. 이렇듯 불타는 건물을 구경하는 사람들의 모습에서 개인주의와 도시의 무기력함을 느낄 수 있어요.

사내는 불 속에서 아내가 타고 있다는 환각에 사로잡혀 쓰다 남은 돈을 흰 보자기에 싸서 불 속으로 던져 버립니다. 비인간적인 삶에 대한 분노와 절망이 그만큼 컸기 때문이에요. 사내는 '나'와 '안'에게 혼자 있기 무섭다며 같이 있어 달라고 부탁합니다. 이렇게 해서 세 사람은 함께 여관으로 들어서게 되지요.

"모두 같은 방에 들기로 하는 것이 어떻겠어요?"

내가 다시 말했다.

"난 지금 아주 피곤합니다."

안이 말했다.

"방은 각각 하나씩 차지하고 자기로 하지요."

"혼자 있기가 싫습니다."라고 아저씨가 중얼거렸다.

"혼자 주무시는 게 편하실 거예요."

안이 말했다.

우리는 복도에서 헤어져서 사환이 지적해 준, 나란히 붙은 방 세 개에 각각 한 사람씩 들어갔다.

–김승옥, 「서울, 1964년 겨울」 부분

'나'는 '안'보다 조금 인간적인 모습을 보입니다. 사내를 생각해서 같은 방에 들어가자고 제안하고 있으니까요. '안'은 사내를 혼자 두면 그가 자살할 것을 알고 있었음에도 각자 다른 방을 쓰자고 주장합니다. 결국 세 사람은 각기 다른 방에 묵게 되지요. 인간적인 유대가 전혀 없는 현대 사회가 얼마나 비인간적이고 이기적인지 느껴지는 모습이지요?

사내는 '안'의 예상대로 혼자 쓸쓸히 죽음을 맞이합니다. 따뜻한 공동체를 지향했던 사내는 결국 무관심한 인간들 속에서 자살을 선택하지요. '안'과 '나'는 사내의 시신을 방치하고는 사람들이 아직 모르는 틈을 타 급하게 여관에서 뛰쳐나옵니다. 이들은 마지막까지 철저히 이기적이지요. 이는 한 개인의 죽음에만 머무르는 것이 아니라 당시 현실이 더는 공동체

동인 문학상 수상

김승옥은 「서울, 1964년 겨울」로 제10회 동인 문학상을 수상했다. 사진은 수상 당시 모습으로 앞줄 오른쪽에서 두 번째가 김승옥이고, 김승옥의 오른쪽이 김승옥의 어머니다.

의 조화가 불가능해진 사회임을 나타내요.

김승옥은 '나', '안', '사내'와 같이 실명이 나타나지 않은 세 인물을 통해 정체성을 잃은 개인과 인간 소외 현상을 상징적으로 나타냈습니다. 작품의 제목을 구체적인 배경인 '서울, 1964년 겨울'로 정하기도 했고요. 냉정하고 혹독한 현실을 나타내기에는 아무래도 '겨울'이 적합하기 때문이지요.

수난의 현대사가 낳은 한국 대표 소설 - 박경리의 「토지」

소설가 박경리의 본명은 '박금이'예요. 박경리라는 필명은 소설가 김동리가 지어 주었답니다. 김동리가 없었다면 소설가 박경리와 박경리 일생의 대작인 「토지」는 이 세상에 없었을지도 몰라요. 두 소설가는 어떤 인연이었던 것일까요?

박경리의 유년 시절과 젊은 시절은 불행의 연속이었습니다. 박경리가 어릴 때 박경리의 아버지는 아내와 딸을 버리고 떠나요. 박경리는 홀어머니 아래서 가난하게 생활하며 소심한 소녀로 성장하지요. 소녀 박경리는 아버지에 대한 분노와 일제 강점기로 말미암은 고통을 이겨 내기 위해 독서에 빠져들었어요.

고등학교 졸업 후 결혼하지만, 곧 6·25 전쟁이 일어나 박경리의 남편

박경리(1926~2008)
경남 통영(당시 충무)에서 태어난 박경리는 1955년 김동리의 추천을 받아 문단에 등장한 이후 본격적으로 활동하며 주목받았다. 특히 소설 「토지」는 한국 현대 문학사에서 기념비적인 작품으로 평가되고 있다.

「토지」
박경리가 1969년부터 1994년까지 집필한 대하소설이다. 최 참판 일가의 삶 안에 격동하던 대한민국의 역사를 담았다.

이 행방불명되고 맙니다. 게다가 어린 아들까지 사고로 세상을 떠나게 되지요. 박경리는 하늘이 무너지는 듯한 슬픔을 견디기 위해 글을 쓰기 시작했어요. 이때까지만 해도 정식으로 문단에 나서기 위해 글을 쓴 것은 아니었답니다.

박경리와 김동리의 만남은 우연히 이루어졌어요. 박경리의 고등학교 선배가 김동리의 아내였거든요. 김동리의 아내는 박경리가 글을 쓰고 있다는 것을 알고 있었고, 김동리는 아내를 통해 박경리의 글을 읽게 되지요. 김동리는 박경리의 습작 가운데 한 편을 문예지에 추천합니다. 그로부터 일 년 후인 1956년, 박경리는 단편 「흑흑백백」이 〈현대문학〉에 다시 추천되면서 정식으로 등단하게 되지요.

등단 직후 박경리는 단편 소설을 많이 썼어요. 1950년대 말부터는 본격적으로 장편 소설을 쓰기 시작했고요. 박경리는 1969년부터 「토지」를 집필했어요. 이 소설은 무려 25년 후인 1994년에 완성되었답니다. 「토지」 집필에 사용한 원고지 매수만 3만 장이 넘는다고 하니 어마어마하지요? 분량에 걸맞게 등장인물도 700명이 넘어요. 이 장대한 소설에는 구한말부터 광복까지 50여 년에 걸친 이야기가 파노라마처럼 펼쳐져 있답니다. 자, 지금부터 총 5부 16권으로 구성된 「토지」의 내용 속으로 들어가 볼까요?

제1부는 최 참판 댁의 몰락을 다루고 있습니다. 때는 구한말, 농촌 마을 평사리에서 5대째 지주로 군림해 온 최 참판 댁 당주 최치수는 냉소적(冷笑的, 쌀쌀한 태도로 업신여기어 비웃는 것)이고 권위적인 인물이에요. 서희의 아버지인 최치수는 몰락하는 양반 계층을 상징하지요. 그렇다면 주인공인 서희는 어떤 성격의 인물일까요?

볏섬을 져 나르는 구천의 다리 뒤에 숨어서 살금살금 걸어오던 자그마한 계집아이가 얼굴을 내밀었다. 앙증스럽고 건강해 보이는 아이의 나이는 다섯 살. 장차는 어찌 될지, 현재로서는 최치수의 하나뿐인 혈육이었다. 서희는 어머니인 별당 아씨를 닮았다고들 했으며 할머니 모습도 있다 했다. 안존(安存, 성품이 얌전하고 조용함)하지 못한 것은 나이 탓이라 하고 기상이 강한 것은 할머니 편의 기질이라 했다.

서희를 찾아서 두리번거리고 있던 봉순이 건너오려 하는데 서희는 맴돌아 구천이 앞으로 달아나며 까륵까륵 웃는다.

"넘어지믄 큰일난다 캤는데, 애기씨!"

봉순이 울상을 지었으나 날개짓을 배우기 시작한 새 새끼처럼 서희는 이리 뛰고 저리 뛰어다니며 좀체 봉순이에게 잡히려 하지 않는다. 유록빛(봄날의 버들잎의 빛깔과 같이 노란빛을 띤 연한 초록빛)에 꽃 자주 선을 두른 소매 한 옷깃은 펄이나 나부끼다.

박경리, 「토지」 부분

윗글에 소개된 어린아이 서희는 얌전하고 조용한 성격과는 거리가 있어 보이지요? 어린아이라서 개구지고 활달할 수도 있지만, 서희의 이런 기질은 변하지 않아요. 오히려 성장할수록 더욱 독립적이고 강한 성격을 지니게 됩니다. 어린 나이에 부모를 잃은 파란만장한 삶의 영향도 컸지요. 결국 서희는 최 참판 가문의 혈통을 잇는 역할을 한답니다. 최치수가 살해되자 최 참판의 외가 친척인 조준구는 탐욕적인 성격을 드러내요. 그는 계략을 세워 최 참판 댁 집안의 재산을 모두 빼앗지요.

제2부에서는 일제 강점기를 배경으로 재산을 빼앗긴 서희 일행이 간도로 이주하는 이야기가 펼쳐집니다. 조준구에 맞서는 마을 사람들을 이끌고 간도로 이주한 서희는 길상의 도움을 받아 많은 재산을 모으게 돼요. 최 참판 댁의 충실한 심부름꾼이었던 길상은 서희를 도와 성공하고 서희와 결혼해요.

제3부에서는 공간적 배경이 더 넓어집니다. 만주, 동경(도쿄), 서울, 진주 등 국내외에서 사건이 전개되지요. 서희는 조준구에게 빼앗긴 재산과 토지 문서를 되찾습니다. 길상은 독립운동을 하다가 투옥되고, 서희는 두

아들을 데리고 귀향길에 오르지요.

서희의 두 아들인 환국과 윤국은 제4부에서 방황하는 모습을 보입니다. 3·1 운동 이후 학생 운동이 연이어 일어나는 가운데 환국과 윤국은 자신들의 풍족한 처지와 암울한 시대 현실 사이에서 괴리감을 느껴요. 윤국은 시위에 참여했다가 정학 처분을 받지요. 마지막 제5부에서 조준구는 중풍에 걸려 죽고, 서희는 옥살이를 하고 있는 길상을 위해 식구들과 함께 서울로 올라갈 결심을 합니다. 이렇게 해서 길고 긴 「토지」는 대단원의 막을 내리지요.

앞에서 언급한 것처럼 「토지」에는 많은 인물이 등장합니다. 자세한 설명 없이 이름만 언급되는 등장인물도 많지요. 재미있는 사실은 이 많은 인물 가운데 실존 인물이 있다는 점이에요. 그것도 여러 명이 아니라 딱 한 명의 실존 인물이 등장한답니다. 그 딱 한 명은 독립운동가였던 강우규 의사예요.

흥미로운 사실이 하나 더 있어요. 「토지」의 마지막 장면은 우리나라가 광복을 맞이했던 1945년 8월 15일을 배경으로 하고 있습니다. 박경리가 「토지」의 집필을 끝낸 날짜도 8월 15일이었어요. 재미있는 우연이지요?

구한말부터 시작해 일제 강점기를 거쳐 광복에 이르기까지 4대에 걸친 최 참판 댁의 가족사는 곧 우리 민족의 역사라 할 수 있어요. 이뿐만 아니라 「토지」는 방언과 속담, 격언 등을 효과적으로 사용해 한국어가 지닌 미적 특질(特質, 특별한 기질이나 성질)을 한껏 살렸답니다. 이런 점에서 「토지」는 우리 문학사에 커다란 획을 그었다는 평가를 받고 있어요.

전쟁이 세상을 절편하게 적시다
- 윤흥길의 「장마」

1942년 12월 14일, 전북 정읍에서 한 남자아이가 태어났습니다. 이 아이는 6남매 중에 장남으로 태어났어요. 은행원이었던 아버지는 직장을 옮기거나 일을 못하게 되는 경우가 많았습니다. 그래서 아이의 가족은 경제적으로 힘들게 생활했지요.

아이가 국민학교(國民學校, 초등학교의 전 용어) 2학년이었던 1950년에 6·25 전쟁이 시작되었습니다. 전쟁이 몰고 온 가난 때문에 어린 동생이 먼저 세상을 떠나고, 이모와 외삼촌 역시 비극적인 죽음을 맞이해요. 특히 아이의 우상이었던 외삼촌이 소대장으로 복무하다가 전사한 사실은

6·25 전쟁 당시 피란민

6·25 전쟁이 일어나자 피란길에 나선 사람들의 모습이다. 당시 수많은 사람이 포화를 피해 삶의 터전을 떠나야 했다.

아이에게 큰 충격을 주었습니다. 이 아이는 점점 전쟁의 폭력성을 깨닫고, 전쟁을 무서워하게 돼요.

시간이 흘러 6·25 전쟁이 끝나고 1960년대가 되었습니다. 이 아이도 성인이 되었고, 1968년 〈한국일보〉 신춘문예에 단편 소설이 당선되어 등단하게 되지요. 그가 바로 소설가 윤흥길이에요. 윤흥길은 어린 시절에 겪었던 전쟁 경험을 바탕으로 1973년 〈문학과지성〉에 「장마」라는 소설을 발표하지요.

이 소설의 서술자는 6·25 전쟁 당시 작가의 나이와 비슷한 어린 소년이에요. 「장마」 외에도 1970년대 초반에 발표된 윤흥길의 작품에는 어린 소년이 서술자로 자주 등장한답니다.

「장마」는 앞에서 살펴본 손창섭의 「비 오는 날」을 떠오르게 하는 작품입니다. 두 작품 모두 6·25 전쟁과 관련이 있고, '비'라는 소재를 제목에 사용했기 때문이지요. 우리는 「비 오는 날」뿐만 아니라 오상원의 「유예」나 최인훈의 「광장」 등 여러 전후 소설들을 만나 보았어요. 1970년대 전후 소설은 1950년대와 1960년대의 전후 소설과는 다른 특징을 지니고

〈문학과지성(文學–知性)〉
1970년 8월에 창간된 계간 문예지다. 문학뿐만 아니라 역사, 사회, 철학 등 인문 전반에 걸친 논문을 실었다. 문학에 있어서는 순수성과 자유를 옹호하는 입장이었다.

윤흥길(1942~)

전북 정읍에서 태어난 윤흥길은 1968년 〈한국일보〉 신춘문예에 소설 「회색 면류관의 계절」이 당선되면서 등단했다. 등단 이후 꾸준히 현실의 부조리를 다룬 작품을 발표하고 있다.

있답니다. 지금부터 「장마」를 살펴보면서 그 특징이 무엇인지 파악해 보도록 해요.

「장마」는 제목 그대로 6·25 전쟁이 벌어지던 여름, 장마철을 시간적 배경으로 삼고 있습니다. 공간적 배경이 전쟁터가 아닌 어느 시골 마을이라는 것이 독특하지요. 특이한 점이 하나 더 있습니다. 「장마」는 한 가족 내에서 벌어진 일을 다루고 있다는 점이에요. 우리가 지금까지 살펴보았던 전후 소설과는 많이 다르지요?

심지어 이 가족은 한집에 외가와 친가가 함께 살고 있습니다. '나'의 외가 식구들이 전쟁을 피해 '나'의 집으로 피란을 왔기 때문이지요. 윤흥길은 이 설정을 통해 6·25 전쟁 당시 우리 사회에 존재했던 이념의 대립을 잘 드러냈어요. 친할머니의 아들인 삼촌은 인민군으로, 외할머니의 아들인 외삼촌은 국군 소위로 각각 6·25 전쟁에 나가 있거든요. 불편한 상황이지만 두 가족은 의좋게 잘 지냅니다.

그러던 어느 날, 외삼촌이 전사했다는 소식이 전해집니다. 아들의 죽음으로 말미암아 크게 상심한 외할머니는 그때부터 공산주의자들을 저주하는 말을 퍼붓기 시작하지요. 아들을 잃은 외할머니의 심정으로는 충분히 그럴 만하지만, 아들이 공산주의자인 친할머니에게는 이 말이 곱게 들리지 않았을 거예요. 이때부터 두 할머니의 갈등이 점점 심해지지요.

친할머니는 '아무 날 아무 시'에 아들이 살아서 돌아올 것이라는 점쟁이의 말을 믿고 서둘러 잔치를 준비합니다. 각 방과 대문 처마 밑에 불을 밝히고, 아들이 좋아하는 전을 준비하지요. 마을 사람들은 '나'의 가족을 호기심 어린 얼굴로 지켜봐요.

드디어 점쟁이가 예언한 그날이 되었습니다. 하지만 삼촌은 돌아오지 않고, 집 안에 갑자기 구렁이 한 마리가 나타나요. 구렁이를 본 친할머니는 기절하고 맙니다. 삼촌이 죽어서 구렁이의 모습으로 나타났다고 생각했기 때문이지요. 그렇다면 구렁이를 본 외할머니의 반응은 어땠을까요?

바로 머리 위에서 불티처럼 박힌 앙증스런 눈깔을 요모조모로 빛내면서 자꾸 대가리를 숙여 꺼뜩꺼뜩 위협을 주는 커다란 구렁이를 보고도 외할머니는 조금도 두려워하지 않았다. 외할머니는 두 손을 천천히 가슴 앞으로 모아 합장했다.

"에구 이 사람아. 집안일이 못 잊어서 이렇게 먼 질을 찾아왔능가?"

꼭 울어 보채는 아이한테 자장가라도 불러 주는 투로 조용히 속삭이는 그 말을 듣고 누군가가 큰소리로 웃는 사람이 있었다. 그러자 외할머니는 눈이 단박에 세모꼴로 변했다.

"어떤 징사구('장자'의 방언) 빠진 잡놈이 그렇게 히히거리고 섰나. 누구냐,

어서 이리 썩 나오니라. 주리 댈 놈!"

외할머니의 대갈(大喝, 큰 소리로 외쳐서 꾸짖음) 호령에 사람들은 쥐 죽은 소리도 못했다. 외할머니는 몸을 돌려 다시 구렁이를 상대했다.

"자네 보다시피 노친께서는 기력이 여전허시고 따른 식구덜도 모다덜 잘 지내고 있네. 그러니께 집안일일랑 아모 염려 말고 어서어서 자네 가야 헐 디로 가소."

—윤흥길, 「장마」 부분

외할머니는 커다란 구렁이를 보고도 놀라지 않고 오히려 다정하게 말을 건넵니다. 외할머니 역시 친할머니처럼 구렁이를 죽은 삼촌이라고 생각한 것이지요. 이러한 외할머니와 친할머니의 태도는 무속적인 세계관을 반영하고 있어요. 우리나라 원시 종교의 한 형태인 무속 신앙에서는 죽은 사람이 이승에 머무는 것을 바람직하지 않다고 보았습니다. 죽은 사

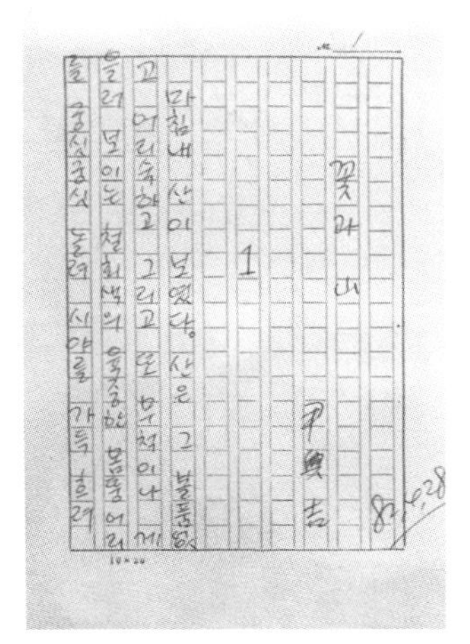

윤흥길의 육필 원고

윤흥길이 직접 쓴 원고로, '꽃과 산'이라는 제목의 글이다. 서울 종로에 있는 영인 문학관에서 소장하고 있다.

람이 원한이 있으면 저승으로 가지 못하고 이승을 떠돈다고 믿기 때문이지요. 이에 따라 외할머니도 죽은 삼촌이 한을 풀지 못해서 저승으로 가지 못하고, 구렁이의 모습으로 집에 온 것이라고 믿었어요. 외할머니는 구렁이를 잘 달래서 저승으로 돌려보내기 위해 정성을 다해요.

모였던 사람 중 누군가가 뱀을 쫓는 방법을 알려 줍니다. 이에 따라 '나'는 기절한 친할머니의 머리카락을 얻어 오고, 외할머니는 그 머리카락을 태우지요. 결국 구렁이는 모습을 감춥니다. 기절했던 친할머니도 의식을 회복하고요. 외할머니가 구렁이를 잘 배웅했다는 이야기를 들은 친할머니는 외할머니의 수고에 고마워합니다. 두 할머니는 손을 맞잡으면서 화해하지요.

얼마 지나지 않아 친할머니는 세상을 떠납니다. 지루했던 장마도 끝나고요. 가족의 갈등과 불행, 나아가 우리 민족의 비극이었던 6·25 전쟁 역시 장마와 함께 끝나지요.

「장마」는 전쟁의 원인이나 전개를 구체적으로 묘사했던 이전의 전쟁 소설이나 전후 소설과는 다릅니다. 전쟁으로 말미암은 대립보다는 화해 쪽에 좀 더 비중을 두었거든요.

윤흥길은 외국에서 들어온 이데올로기, 즉 이념의 대립을 우리 민족 고유의 정서를 통해 해결하고자 했어요. 현재까지도 이어지고 있는 남북의 이질화(異質化, 바탕이 서로 달라짐) 현상 역시 우리 민족이 공유하고 있는 동질성을 통해 극복할 수 있다고 생각했지요. 이러한 점은 「장마」를 포함한 1970년대 전후 소설에서 발견할 수 있는 특징이랍니다.

고향으로의 '탈출'을 꿈꾸다
- 황석영의 「삼포 가는 길」

2장에서 살펴보았던 염상섭의 「만세전」(40쪽 참조)을 떠올려 보세요. 「만세전」은 동경(도쿄) 유학생인 '나'가 아내가 위독하다는 전보를 받고 동경(도쿄)에서 서울로 향하면서 보고 들은 내용을 담은 소설이었습니다. 이처럼 주인공이나 등장인물이 여행하면서 겪는 일들을 다룬 소설을 여로(旅路) 소설이라고 해요. '여로'라는 단어가 '여행하는 길'이라는 뜻이거든요.

황석영이 1973년 〈신동아〉에 발표한 「삼포 가는 길」은 제목만 봐도 여로 소설이라는 것을 알 수 있습니다. 이 작품에는 세 명의 중심인물이 등장해요.

정 씨는 교도소에서 나온 후 공사장에서 일하며 살아가는 인물입니다. 영달 역시 공사판을 떠도는 노동자지요. 또 한 명의 인물은 술집 작부(酌婦, 술집에서 손님을 접대하고 술 시중을 드는 여자)인 백화예요. 이들은 모두

〈신동아(新東亞)〉
동아일보사에서 발행하는 월간 종합 잡지로, 1931년 11월에 창간되었다. 사진은 1973년 9월 호로 「삼포 가는 길」이 수록되어 있다.

농촌을 떠나 도시에서 힘겹게 살아가는 인물들이지요. 세 사람은 어떻게 만났고 어디로 가려는 것일까요?

영달은 공사가 중단되자 그동안 밀린 밥값을 떼어먹고 밥집에서 도망칩니다. 그러다가 고향인 삼포로 가는 정 씨를 만나게 되지요. 두 사람은 삼포로 가는 기차를 타기 위해 감천으로 가던 중 술집에서 도망친 백화를 만나게 됩니다. 하루하루 힘겹게 살아가는 떠돌이 노동자인 정 씨와 영달, 그리고 술집을 전전하는 백화는 어느 한 곳에 정착하지 못한 채 떠돌아다녀야 하는 인생을 상징하지요.

1970년대에는 산업화로 말미암아 계층 간의 빈부 격차가 커지고, 도시와 농촌 간의 소득 격차도 심해졌어요. 수출품의 가격 경쟁력을 높인다는 이유로 노동자의 임금을 낮추는 저임금 정책이 추진되었고, 이를 유지하기 위해 곡물 가격도 낮게 정해졌지요. 이 때문에 농촌 경제가 어려워져서 많은 농촌 사람이 도시로 몰려들 수밖에 없었어요. 도시 인구가 갑자기 늘어나다 보니 도시에 노동력이 너무 많아져서 저임금이 계속되는 악순환이 되풀이되었지요.

상황이 이렇다 보니 정 씨와 영달, 백화처럼 도시 빈민으로 전락한 소외 계층이 생겨났습니다. 이러한 소외 계층이 힘든 현실에서 벗어나 정신적인 안정을 누릴 수 있는 곳은 바로 고향이었을 거예요. 그래서 정 씨가 고향인 삼포로 돌아가려 한 것이지요. 아마도 정 씨는 고기를 잡고 감자를 캐더라도 고향에서의 생활이 도시에서의 생활보다 편할 것이라고 생각했을 거예요.

이렇듯 '길' 위에서 우연히 만난 세 사람은 대화를 나누면서 점점 서로를 이해하고, 서로의 아픔을 어루만져 줍니다. 사실 영달과 백화는 처음 만났을 때 사이가 좋은 편이 아니었어요. 영달은 사랑에 실패한 경험이 있어서 여자에 대한 경계심을 가지고 있었고, 백화는 작부 생활을 하면서 남자를 쉽게 믿지 못하게 되었기 때문이지요. 하지만 두 사람은 여정이 계속되면서 서로의 참모습을 파악하고, 점점 마음의 문을 열게 됩니다.

백화는 무뚝뚝해 보이지만 마음은 따뜻한 영달에게 호감을 느껴 함께 고향에 가자고 제안해요. 하지만 영달은 거절하고, 자신의 돈을 털어 백화에게 기차표와 먹을거리를 사 주지요. 결국 혼자 기차에 오른 백화는 "내 이름 백화가 아니에요. 본명은요…… 이점례예요."라고 본명을 밝힘으로써 자신의 마음을 진솔하게 표현합니다. 사실 영달은 백화를 따라가고픈 마음이 컸을지도 몰라요. 하지만 영달은 가진 것이 없이 떠도는 신세였습니다. 그래서 백화를 따라가지 않고 그냥 보내는 것이 그녀를 진정 위하는 길이라고 생각한 것은 아니었을까요?

다시 둘이 된 정 씨와 영달은 대합실에서 삼포행 기차를 기다리다가 한 노인을 만나게 됩니다. 그 노인은 두 사람이 전혀 예상하지 못했던 놀라운 사실을 말해 주지요.

"발두 받우. 거긴 지금 육지야. 바다에 방둑(방축. 물이 밀려들어 오는 것을 막기 위해 쌓은 둑)을 쌓아 놓구, 트럭이 수십 대씩 흙을 실어 나른다구."

"뭣 땜에요?"

"낸들 아나. 뭐 관광 호텔을 여러 채 짓는다던지. 복잡하기가 말할 수 없네."

"동네는 그대루 있을까요?"

"그대루가 뭐요. 맨 천지에 공사판 사람들에다 장까지 들어섰는걸."

"그럼 나룻배두 없어졌겠네요."

"바다 위로 신작로(新作路. 새로 만든 길이라는 뜻으로, 자동차가 다닐 수 있을 정도로 넓게 새로 낸 길)가 났는데, 나룻배는 뭐에 쓰오. 허허, 사람이 많아지니 변고(變故. 갑작스러운 재앙이나 사고)지, 사람이 많아지면 하늘을 잊는 법이거든."

-황석영, 「삼포 가는 길」 부분

10년 만에 고향으로 가던 정 씨는 아직도 삼포를 고기잡이나 하고 감자를 캐는 곳으로 생각합니다. 정 씨가 기억하는 고향은 소박하고 조용한 마을이었지요. 하지만 아들이 삼포에 있다는 노인이 들려준 삼포의 모습은 정 씨의 기억 속의 모습과 매우 달라요.

윗글을 통해 삼포에서도 산업화가 이루어져 지역의 많은 부분이 파괴되었음을 알 수 있습니다. 산업화로 말미암아 갈 곳을 잃고 떠돌던 정 씨가 산업화 때문에 파괴된 고향의 현실을 마주하게 된 것이지요. 고향을 포근한 안식처로 생각했던 정 씨는 이 이야기를 듣고 얼마나 허탈했을까요?

정 씨의 허탈한 심정과 상황은 「삼포 가는 길」의 마지막 문장에 잘 나타나 있습니다. "기차는 눈발이 날리는 어두운 들판을 향해서 달려갔다." 이 문장은 정 씨와 영달의 앞날이 암담할 것임을 나타내요. 마음의 안식처를 잃은 정 씨의 내면 상태를 상징하기도 하고요.

만주 장춘에서 태어난 황석영은 어린 시절부터 방랑 생활을 했습니다. 국내의 남도 방랑을 시작으로 평양, 서울, 베트남, 해남, 광주, 독일, 미국,

〈삼포 가는 길〉(1975)
황석영의 「삼포 가는 길」을 원작으로 제작한 영화로, 영화감독 이만희의 유작이기도 하다. 백일섭, 김진규, 문숙 등이 출연했다.

제천, 일산 등을 오가며 떠돌이 생활을 했지요. 방랑 생활의 원인은 고향의 상실이었어요. 이러한 작가의 경험은 「삼포 가는 길」과 같은 소설을 낳았지요.

황석영은 도시에서 소외된 사람들의 삶을 사실적으로 드러내기 위해 건조체와 간결체를 사용했어요. 이와 관련해 황석영은 "될 수만 있으면 주관적인 작가의 의식을 애써 배제하려 한다. 아울러 형용사를 되도록이면 사용하지 않으려고 한다. …… 감정을 절제하노라면 자연히 문장은 삭막하고 건조하게 된다."라고 말했답니다.

1970년대 사회에 관한 문학적 보고서
- 조세희의 『난쟁이가 쏘아 올린 작은 공』

"좋은 작품을 쓸 자신이 없어 작가가 되는 것을 포기했다가 우리 땅에 독재자가 얼마나 못되게 국민을 옥죄는지 그 독재자와 독재자의 시대와 싸워야 하는데 내가 잘할 수 있는 것은 그래도 글 쓰는 것밖에 없어서 『난쟁이가 쏘아 올린 작은 공』을 집필하게 되었다."

1965년 〈경향신문〉 신춘문예로 등단한 조세희는 10년 동안 글을 쓰지 않고 평범한 직장인으로 살았습니다. 그러던 그가 위와 같은 결심을 하게 된 구체적인 이유는 무엇일까요? 다시 펜을 들게 한 "독재자와 독재자의 시대"는 어떤 모습이었을까요?

박정희 정부는 평화 통일을 대비하고 어려운 경제 상황을 극복해야 한다는 명분으로 1972년 '10월 유신'을 선포했어요. 지속적으로 경제가 성장하기 위해서는 강력하고 안정된 정부가 필요하다고 주장한 것이지요. 하지만 유신 체제를 통해 박정희 대통령이 노린 것은 장기 집권이었어요. 유신 체제는 대통령에게 강력한 통치권을 부여하는 체제였거든요. 이는 사실 개인의 자유와 민주주의 활동을 제약하는 독재 체제였지요.

국민들이 이러한 유신 체제에 반대하는 것은 너무 당연한 일이었습니다. 학생과 지식인들을 중심으로 유신 반대 운동이 벌어졌어요. 그러자 박정희 정부는 1974년 1월부터 긴급 조치를 발동해 시위를 진압하고, 시위에 참가한 사람들을 무차별적으로 연행했습니다. 미국과 일본에서조차 이러한 인권 탄압을 비난했을 정도였지요. 조세희가 바라본 "독재

유신 헌법 공포식
1972년 12월 27일, 국회에서 당시 국무총리였던 김종필이 유신 헌법을 공포하는 모습이다. 유신 헌법은 장기 독재 정권의 토대가 되었다.

자와 독재자의 시대"는 이러한 모습이었어요.

조세희가 『난쟁이가 쏘아 올린 작은 공』을 집필하게 된 결정적인 사건이 있었습니다. 조세희는 재개발 지역에 사는 한 세입자 가족과 그 집에서의 마지막 식사를 함께하고 있었어요. 그때 갑자기 철거반이 대문과 담을 부수면서 들어왔습니다. 조세희는 세입자 가족과 함께 철거반을 상대로 싸우고 또 싸웠어요. 그렇게 이기지 못할 싸움을 하고 집으로 가는 길에 조세희는 작은 노트 한 권을 샀습니다. 그는 이 노트에 『난쟁이가 쏘아 올린 작은 공』을 쓰기 시작했지요. 그렇게 조세희는 일찍이 포기했던 소설을 한 편 한 편 다시 집필하기 시작했답니다.

〈난장이가 쏘아 올린 작은 공〉(1981)
조세희의 「난쟁이가 쏘아 올린 작은 공」을 원작으로 제작한 영화다. 이원세가 감독을 맡았으며 전양자, 안성기, 금보라 등이 출연했다.

『난쟁이가 쏘아 올린 작은 공』은 열두 편의 소설로 이루어진 연작 소설입니다. '연작(聯作) 소설'이란 말 그대로 연이어 지은 소설을 가리켜요. 한 명의 작가가 같은 주인공, 혹은 같은 배경의 소설을 여러 편 창작해 만든 소설이지요. 하나하나의 소설은 독립성을 지니면서도 주인공이나 장소 등의 공통점이 있어요.

조세희가 『난쟁이가 쏘아 올린 작은 공』을 연작 소설로 쓴 이유는 난쟁이 가족이라는 노동자 계층을 중심으로 중간 계층과 기득권 계층의 삶을 모두 엮기 위해서였습니다. 열두 편의 소설 가운데 「칼날」, 「기계 도시」 등에서는 중간 계층의 인물들이 등장해요. 「난쟁이가 쏘아 올린 작은 공」, 「은강 노동 가족의 생계비」 등에서는 노동자 계층의 이야기가 다루어지고 있습니다. 「내 그물로 오는 가시고기」에는 기득권 계층의 삶이 나타나 있고요.

여기에서 여러분이 헷갈리면 안 되는 것이 있습니다. '난쟁이가 쏘아 올린 작은 공'은 한 권의 책으로 묶인 연작 소설 전체를 나타내기도 하고, 열두 편의 소설 가운데 네 번째 작품인 「난쟁이가 쏘아 올린 작은 공」의 제목이기도 하답니다. 지금부터 열두 편의 소설 가운데 난쟁이 가족이 등장하는 「난쟁이가 쏘아 올린 작은 공」에 관해 살펴보기로 해요.

> 사람들은 아버지를 난쟁이라고 불렀다. 사람들은 옳게 보았다. 아버지는 난쟁이였다. 불행하게도 사람들은 아버지를 보는 것 하나만 옳았다. 그 밖의 것들은 하나도 옳지 않았다. 나는 아버지·어머니·영호·영희, 그리고 나를 포함한 다섯 식구의 모든 것을 걸고 그들이 옳지 않다는 것을 언제나 말할 수 있다. 나의 '모든 것'이라는 표현에는 '다섯 식구의 목숨'이 포함되어 있다. 천국에 사는 사람들은 지옥을 생각할 필요가 없다. 그러나 우리 다섯 식구는 지옥에 살면서 천국을 생각했다. 단 하루도 천국을 생각해 보지 않은 날이 없다. 하루하루의 생활이 지겨웠기 때문이다. 우리의 생활은 전쟁과 같았다. 우리는 그 전쟁에서 날마다 지기만 했다.
>
> -조세희, 「난쟁이가 쏘아 올린 작은 공」 부분

「난쟁이가 쏘아 올린 작은 공」은 3부로 구성됩니다. 윗글은 제1부이고, 서술자인 '나'는 난쟁이의 큰아들인 영수예요. 제2부의 서술자는 둘째 아들인 영호이고, 제3부의 서술자는 막내딸인 영희랍니다.

영수와 영호, 영희의 아버지인 난쟁이는 가족의 생계를 어렵게 꾸려 나갑니다. 앞에서 살펴본 「삼포 가는 길」의 정 씨와 영달, 백화처럼 도시 빈민으로 전락한 소외 계층이지요. 난쟁이 가족은 하루하루 전쟁 같은 생활

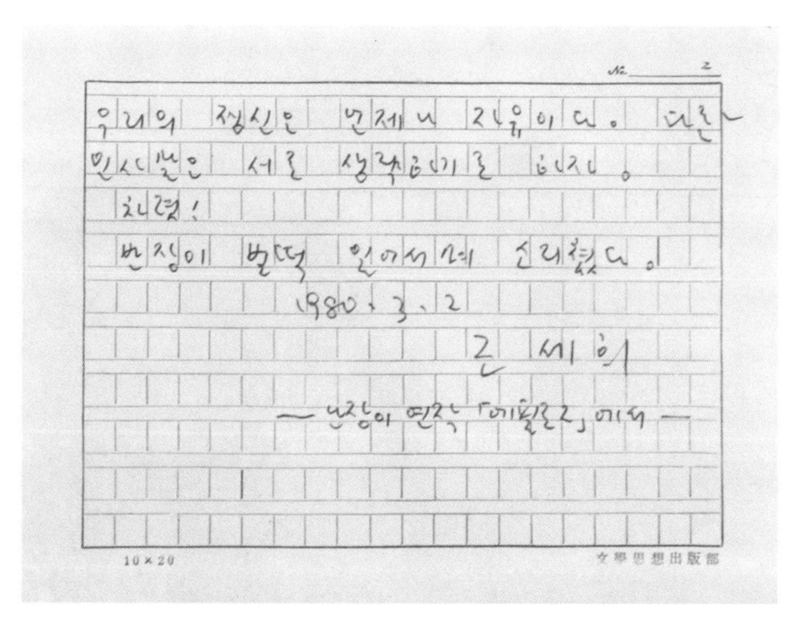

No. 2

우리의 정신은 언제나 자유이다. 다른 인간들은 서로 상처입히기를 원치 않는다.

친애!

난장이 벌떡 일어서며 소리쳤다.

1980. 3. 2

조세희

— 난장이 연작 「에필로그」에서 —

10×20 文學思想出版部

조세희의 육필 원고

『난쟁이가 쏘아 올린 작은 공』 연작의 에필로그 육필 원고다.

을 이어 가요. 그러던 어느 날, 난쟁이 가족은 통장으로부터 집을 자진 철거하라는 철거 계고장(戒告狀, 행정상의 의무 이행을 재촉하는 내용을 담은 문서)을 받게 됩니다.

1970년대에는 정부의 주도하에 경제 개발이라는 명목으로 강제 철거가 이루어졌어요. 특히 서울 변두리 지역에 있었던 무허가 주택들은 아파트 단지를 짓는다는 이유로 철거 대상이 되었지요. 이로 말미암아 많은 사람이 하루아침에 삶의 터전을 잃었어요. 난쟁이 가족도 이 강제 철거의 피해자였지요.

난쟁이 가족이 사는 동네 이름은 '낙원구 행복동'입니다. 난쟁이 가족이 처한 상황에서 보면 동네 이름이 부자연스럽게 느껴지지 않나요? '낙

원구 행복동'이라는 이름은 반어적 표현이에요. 이 이름은 난쟁이 가족의 비참한 삶을 더욱 부각시키는 역할을 해요.

「난쟁이가 쏘아 올린 작은 공」의 제2부에서 난쟁이 가족은 아파트에 입주할 돈이 없어 투기업자에게 헐값으로 입주권(入住權, 건물이 지어졌을 때 먼저 입주할 수 있는 권리)을 팔아요. 결국 이들은 집이 철거당한 뒤 거리로 나앉을 처지가 되지요.

제3부에서 영희는 아파트 입주권을 되찾기 위해 투기업자를 따라갔다가 투기업자에게 순결을 빼앗기고 말아요. 하지만 영희는 기회를 노려 투기업자에게 수면제를 먹이고 입주권을 빼앗아 와 입주 절차를 마치지요. 그때 영희는 아버지의 자살 소식을 듣게 됩니다. 열심히 일해도 전혀 나아지지 않는 삶에 절망한 난쟁이는 결국 공장 굴뚝으로 올라가 작은 쇠공을 쏘아 올리다 추락해 생을 마감하지요. 여기에서 '작은 쇠공'은 빈부 격차와 불평등에서 벗어나고자 하는 약자의 꿈을 상징합니다.

1970년대에는 정치적인 억압이 심해서 많은 사람이 경제 발전이나 정부 정책의 부정적인 측면을 쉽게 드러내지 못했습니다. 작가들 역시 이러한 소재를 쉽게 작품에 담을 수 없었지요. 하지만 조세희는 "독재자와 독재자의 시대"에 정면으로 부딪혀 『난쟁이가 쏘아 올린 작은 공』이라는 훌륭한 결실을 거두었어요. 그래서일까요? 당시에도 베스트셀러였던 이 연작소설은 1970년대의 가장 뛰어난 문학적 성과라는 평가를 받고 있답니다.

문학은 지식인들만이 했을까?

“지식이 권력이다.” 이런 말이 있습니다. 문학이 권력이었던 때가 있어요. 글을 읽고 쓸 수 있는 능력이 곧 힘인 시대였지요. 그때는 글을 아는 사람이 문학을 할 수 있는 사람이었어요. 물론 현대 이전 시대의 양반들 이야기랍니다. 양반들은 경서를 읽고, 시를 지을 줄 알아야만 했어요. 문학은 그들에게 일종의 교양이었습니다.

1920년대 말의 문맹률은 80%가 넘었습니다. 전체 인구의 20% 미만의 사람들만 읽고 쓸 수 있었다는 거지요. 그래서 문맹 퇴치 운동이 일어났습니다. 대표적인 예가 ‘브나로드’ 운동이었고, 여기서 가장 중요한 일이 바로 ‘문맹 퇴치’였습니다. 심훈의 소설 『상록수』의 배경이기도 하지요.

현대에 들어서자 문학은 글을 읽고 쓰는 능력을 가진 사람 중에서도 소수에게만 허락된 것으로 바뀌었어요. 한글 사용이 보편화되고 한문의 사용이 줄어들면서 글을 아는 사람이 이전보다는 많아졌습니다. 하지만 문학을 하는 사람은 점점 줄어들었지요. 문학은 자신만의 길을 걷기 시작하고, 문학을 전문으로 하는 사람들이 생겼습니다. 그리고 이들은 문단을 구성했어요.

문단이 한번 만들어지면 거기에는 울타리가 생깁니다. 그 울타리 안으로 들어가기 위해서는 반드시 시험을 통과해야 했습니다. ‘신춘문예’나 ‘신인 추천’이 바로 그 시험이었어요. 그래서 누구나 문학 작품을 읽고 쓸 수는 있었지만, 아무나 문인이 될 수는 없었답니다. 문학을 하는 사람이 되기 위해서 문학적 능력이 필요하게 된 것이지요. 문학적 능력을 키우기 위해서는 학습과 노력을 해야 했고, 그러다 보니 문학은 자연스럽게 지식인의 영역에 속하게 되었답니다.

그런데 1970년대 후반부터 조금 다른 양상이 나타나기 시작했습니다. 이제까지 문학 생산에서 배제되어 있던 문단 밖의 사람들이 ‘문학 비슷한 것’을 하기 시작한 것이지요. 지식인이 아닌 사람들이 자신의 삶을 표현하는 글들이 나타나기 시작했어요. 1977년에 〈대화〉에 연재된 유동우의 『어느 돌멩이의 외침』이나 1978년에 제작된 김민기의 음악극 〈공장의 불빛〉 등의 ‘노동자 수기’가 대표적입니다. 이 작품들은 노동자들의 삶을 그리고 있지요.

이 작품들이 중요한 이유로 여러 가지를 꼽을 수 있겠지만, 그중에서도 그때까지 목소리를 낼 방법이 없었던 노동자들이 자기 목소리로 자신의 이야기를 하기 시작했다는 점이 가장 중요합니다. 이전에 황석영의 「객지」나 조세희의 『난쟁이가 쏘아 올린 작은 공』 같은 작품도 있었지만, 노동자가 스스로 자신의 목소리를 낸 것이 아니라 지식인들이 내신 발언을 해 준 작품들이었지요.

이런 일이 일어나기 위해서는 매체가 있어야 합니다. 1970년대의 〈대화〉 같은 잡지는 노동자가 목소리를 낼 공간을 만들어 주었습니다. 문학 전문지 같은 기존의 매체는 노동자들의 글을 문학으로 인정해 주지 않았기 때문에 다른 매체가 필요했던 것입니다. 기존의 문학 양식과 관습 속에서 노동자를 비롯한 민중의 목소리는 문학이라 할 수 없었습니다.

물론 〈대화〉 등의 잡지에 글을 기고한 민중이 모두 문학을 염두에 두고 글을 썼던 것은 아닙니다. 사실 이들은 문학을 하려는 의도보다는 그저 자기표현을 하고 싶다는 욕구가 더 컸을 것입니다. 그럼에도 이들의 글은 문학으로 받아들여졌습니다.

1980년대에 들어서자 민중의 자기표현을 문학으로 수용하는 적극적인 움직임이 일어났습니다. "지식인 문학의 시대는 갔다."라는 말까지 나올 정도였으니까요. 그 성과가 박노해의 시집인 『노동의 새벽』이고, 정화진의 소설 「쇳물처럼」이었습니다.

이제는 더 이상 '지식인 문학'과 '민중 문학'이라는 구분은 의미가 없어요. 그만큼 권력으로서의 문학도 약해지고 있다고 보아야겠지요. 어쩌면 문학을 이야기하면서 권력을 말하지 않아도 될 때, 비로소 참다운 문학이 태어날지도 모르겠습니다.

'민중'이 중심에 우뚝 서다 | 1980년대

우리나라 역사에서 1980년대를 떠올리면 꼭 기억해야 할 두 사건이 있습니다. 하나는 5·18 민주화 운동이고, 또 하나는 6월 민주 항쟁이에요.

전두환과 노태우 등 신군부 세력이 정권을 장악하자, 광주의 학생들과 시민들은 강렬하게 저항했습니다. 그 과정에서 1980년 5·18 민주화 운동이 일어났지요. 이 운동은 신군부 세력의 진압으로 좌절되고 말았지만, 이후에 전개된 민주화 운동의 원동력이 되었어요. 5·18 민주화 운동을 진압하고 제11·12대 대통령으로 선출된 전두환은 이후 차기 대통령 선거를 간접 선거 방식으로 유지하고자 했습니다. 이에 반발한 전국의 학생들과 시민들은 1987년 6월 민주 항쟁을 전개했지요. 이 두 사건을 계기로 1960년대부터 이어져 오던 자유와 민주화에 대한 열망이 사회 전반으로 확대되었답니다.

정치적·사회적 변동에 따라 문학의 흐름도 달라졌습니다. 우선 5·18 민주화 운동의 영향으로 민중 문학이 눈에 띄게 성장했어요. 1980년대 우리나라 문학은 광주를 빼놓고는 설명하기 힘들 만큼 5·18 민주화 운동의 영향을 많이 받았답니다. 전두환이 대통령이 되었기 때문에 당시 5·18 민주화 운동을 다룬다는 것은 모험이었습니다. 1980년대 중반을 넘어서야 5·18 민주화 운동을 직접적으로 다룬 소설들이 발표될 수 있었지요.

급격하게 진행된 도시화·산업화를 비판하거나 산업화 정책에 대한 반성이 담긴 작품들도 창작되었습니다. 작가들은 소설을 통해 그늘에서 살아가는 어려운 이웃들을 감싸 안았어요. 양귀자, 이문열 등은 소시민의 삶과 정서를 담은 작품을 발표했답니다. 전통적인 삶의 방식이나 자연의 아름다움을 추구하는 작품도 발표되었지요. 대하소설도 1980년대 우리나라 소설의 중요한 흐름을 이루었어요. 조정래의 「태백산맥」 등 얼룩진 현대사에 대한 반성으로 역사를 되돌아보는 대하 장편 소설들이 창작되었지요.

막차, 그리고 희망을 기다리는 사람들
- 임철우의 「사평역」

1980년에 전남 대학교 영문학과 4학년인 한 남학생이 있었습니다. 이 남학생은 혼자 습작하며 작가가 되면 어떨까 고민했어요. 하지만 아직은 작가가 되어야겠다고 굳게 마음먹은 것도 아니고, 문학을 위해 평생을 바쳐야겠다고 결심한 것도 아니었지요.

그해 5월 18일, 전남 광주에서 5·18 민주화 운동이 일어났습니다. 5·18 민주화 운동은 왜 일어난 것일까요? 1979년 박정희 대통령이 암살되자, 국무총리였던 최규하가 대통령이 되었습니다. 하지만 전두환, 노태우 등 신군부 세력이 12·12 사태를 일으켜 정권을 장악했어요. 이에 반발한 학생들과 시민들은 1980년 5월 13일부터 15일까지 서울역 광장에서 민주화 운동을 전개했습니다.

하지만 신군부 세력은 시민들의 민주화 요구를 거부하고, 비상계엄을 전국으로 확대했습니다. 이러한 신군부의 억압에 광주의 학생들과 시민들이 가장 강하게 저항했어요. 그러자 신군부는 공수 부대를 투입했는데, 공수 부대원들이 전남 대학교 학생들의 시위를 과잉 진압해 시위가 광주 전체로 확산되었지요. 광주 시민들은 시민군을 조직해 공수 부대에 맞섰고, 신군부는 광주를 고립시킨 뒤에 시민군을 폭력적으로 진압했습니다. 진압 과정에서 많은 사람들이 목숨을 잃고 부상을 입었어요. 심지어 시위에 참여하지 않은 시민들까지도 무차별적인 폭력의 대상이 되었지요.

임철우(1954~)
전남 완도에서 태어난 임철우는 고등학교와 대학교를 광주에서 다녔다. 1981년 〈서울신문〉 신춘문예에 소설 「개도둑」이 당선되어 등단했다. 5·18 민주화 운동을 직접 체험했으며, 당시의 모습을 기록한 다큐멘터리 형식의 소설 「봄날」을 발표하기도 했다.

5·18 민주화 운동을 직접 겪은 남학생은 큰 충격을 받았습니다. 이 경험은 남학생의 인생관을 완전히 바꾸어 버렸어요. 이 경험이 없었더라면 남학생은 작가가 아닌 다른 직업을 선택했을지도 모르지요.

이 남학생이 바로 '1980년대의 대표 작가'로 꼽히는 임철우입니다. 임철우는 작품을 통해 주로 우리나라의 암울한 역사를 드러냈어요. 또한 산업화가 급속히 진행된 시대를 살면서 상처를 받은 민중의 삶이나 혼란스러운 사회상도 다루었지요. 대표적인 작품으로는 1983년 〈민족과문학〉에 발표한 「사평역」을 꼽을 수 있어요.

이 소설은 임철우의 친구인 시인 곽재구의 시 「사평역에서」를 바탕으로 한 작품입니다. 임철우는 「사평역에서」를 읽고 감동을 받아 「사평역」을 쓰게 되었어요. 그래서인지 두 작품의 제목도 비슷하지요? 「사평역」의 앞부분에는 「사평역에서」의 일부가 인용되어 있습니다. 그 내용은 다음과 같아요.

내면 깊숙이 할 말들은 가득해도

청색의 손바닥을 불빛 속에 적셔 두고

모두들 아무 말도 하지 않았다

-곽재구, 「사평역에서」 부분

「사평역」의 공간적 배경은 시골 간이역(簡易驛, 일반 역과는 달리 역무원이 없고 정차만 하는 역)인 사평역의 대합실입니다. '사평역'은 실제 있는 역이 아니라 작가가 만들어 낸 가상의 공간이에요. 이곳에는 요금이 비싼 급행열차(急行列車, 큰 역에만 정차하는, 운행 속도가 빠른 열차)는 서지 않고 완행열차(緩行列車, 빠르지 않은 속도로 달리며 각 역마다 멎는 열차)만 서지요. 대합실 한가운데에는 낡은 난로 하나가 놓여 있네요. 이 낡고 녹슨 난로는 막차를 기다리는 사람들에게 꼭 필요한 물건입니다. 눈이 내릴 정도로 몹시 추운 겨울이거든요.

어둡고 추운 겨울밤에 내리는 눈은 대합실에 모인 사람들의 고된 삶을 나타냅니다. 겨울밤의 찬 공기를 덥히기에는 어림없는 낡은 난로도요. 완행열차만 서는 사평역은 빈부 격차와 불평등을 암시하는 공간이기도 하지요.

대합실에는 어떤 사람들이 모여 있을까요? 눈 오는 날 병원에 가자는 아버지 때문에 짜증을 내면서도 죄스러워하는 농부, 그 농부의 아버지, 학생 운동을 하다가 퇴학당한 대학생, 옥살이를 하다가 출소한 중년 사내, 술집 여자인 춘심, 하루 종일 힘들게 장사하는 행상꾼 아낙네들, 식당 주인인 서울 여자, 그리고 이들과 떨어져 혼자 앉아 있는 미친 여자 등이 모여 있네요. 이들은 앞에서 제시한 「사평역에서」에서처럼 각각 사연을 간직하고 있어서 할 말들은 가득하지만, 아무 말도 하지 않은 채 난로의 불빛만 바라봅니다. 임철우는 이 내용을 어떻게 소설로 표현했을까요? 다음에 제시한 부분을 시와 비교해 보세요.

이 젊은 친구가 어쩌면 꿈을 꾸고 있는지도 모르겠군. 그러면서도 사내 역시 톱밥을 한 줌 집어낸다. 그리고는 대학생이 하듯 달아오른 난로에 톱밥을 뿌려 준다. 호르르르. 역시 삐비꽃('삘기꽃'의 호남 사투리) 같은 불꽃이 환히 피어오른다. 사내는 불빛 속에서 누군가의 얼굴을 얼핏 본 듯하다. 허 씨 같기도 하고 전혀 낯모르는 다른 사람인 것도 같은, 확실치 않은 얼굴이었다. 사내의 음울한 눈동자가 간절한 그리움으로 반짝 빛나기 시작한다. 사내는 다시 한 줌의 톱밥을 집어 불빛 속에 던져 넣고 있다.

어느새 농부도, 아낙네들도, 서울 여자와 춘심이도 이젠 모두 그 두 사람의 치기(稚氣, 어리고 유치한 기분이나 감정) 어린 장난을 지켜보고 있다. 누구도 입을 열지 않았다.

-임철우, 「사평역」 부분

시 「사평역에서」와 소설 「사평역」은 주제와 소재, 분위기, 상황 등이 상당히 비슷합니다. 두 작품 모두 '대합실', '눈', '막차', '톱밥' 등의 소재를 사용했고, 대합실에 모인 사람들이 난로 불빛을 바라보고 있다는 상황을 설정했어요. 서민들의 고된 현실과 삶에 대한 교감을 다룬 주제 역시 같지요.

양원역 대합실

1988년에 지어진 간이역인 양원역은 우리나라에서 가장 작은 역이다. 양원역은 우리나라 최초로 정부가 아닌 민간이 투자한 역이다. 교통이 불편해 곤란을 겪던 주민들이 직접 비용을 대고 자재를 가져와 지었다.

두 작품의 차이점은 무엇일까요? 가장 분명한 것은 시와 소설이라는 장르의 차이일 거예요. 「사평역」은 소설이기 때문에 등장인물의 생각이나 사연이 「사평역에서」보다 훨씬 구체적으로 제시되어 있습니다. 「사평역에서」에서 화자 역할을 했던 '나'는 「사평역」에서 대학생으로 바뀌었고요.

대학생은 중년 사내가 젊었을 때의 모습이라고 할 수도 있습니다. 중년 사내 역시 자신의 신념을 지키기 위해 저항하다가 옥살이를 했기 때문이에요.

대학생은 조금씩 자신의 신념이 흔들리는 것을 느낍니다. 바람직하다고 여긴 방향과는 반대로 세상의 질서가 돌아가고 있다고 생각했기 때문이지요. 5·18 민주화 운동이 일어났던 당시 많은 대학생이 이와 같은 혼란을 느꼈을 거예요. 임철우도 그 가운데 한 명이었지요.

앞글을 보면 대합실에 모인 사람들은 대학생과 중년 사내가 난로 안에 톱밥을 던져 넣는 모습을 지켜봅니다. 그러면서도 서로 대화를 나누지는 않지요. 하지만 이들은 난로의 불빛을 바라보면서 서로 교감하고, 이를 통해 위안을 받고 있어요. 이는 대학생이 하던 행동을 중년 사내가 그대로 따라하는 것을 통해서도 추측할 수 있습니다.

대합실에 모인 사람들은 삶을 무엇이라고 생각할까요? 이들은 난로의 불빛을 바라보면서 삶에 대한 각자의 생각에 빠집니다. 우선 중년 사내는 삶을 감옥처럼 갇힌 공간에서 언제 올지 모르는 희망을 기다리는 것이라고 생각해요. 농부는 삶을 일하고 걱정하다가 늙고 병들어 죽는 것이라고 생각하고요. 대학생은 삶을 세상과 구별할 수 없는 그 무엇이라고 생각하지만, 이러한 생각도 혼란스러울 뿐입니다. 서울 여자는 삶을 돈이라고 생각하고, 춘심은 삶에 큰 의미를 두지 않아요. 행상꾼 아낙네들에게는 삶이 허허(虛虛, 텅 비어 있음)한 길바닥 같아서 삶의 의미를 생각하는 것 자체를 사치스럽다고 느끼지요.

결국 막차는 예정된 시간보다 두 시간 정도 늦게 도착합니다. 대합실에 모여 있었던 사람들은 각자의 목적지를 향해 떠날 준비를 해요. 미친 여자만 빼고요. 갈 곳이 없는 미친 여자는 아직 삶의 의미를 찾지 못했기 때문이지요. 미친 여자를 제외한 다른 사람들은 기차를 타고 새로운 곳으로 이동할 수 있으므로 기차는 희망을 상징한다고 볼 수 있습니다. 두 시간 이상 늦게 도착한 막차처럼 희망이나 행복 역시 더디고 힘들게 올지도 모르지만요. 이처럼 「사평역」은 쓸쓸하고 고단한 정서와 함께 따뜻한 희망도 담고 있는 작품이랍니다.

생명보다 소중한 것이 있을까
- 박완서의 「해산 바가지」

여러분에게는 낯선 이야기겠지만 1980년대에는 초등학교 한 반의 인원수가 60명이 넘었어요. 60명이 넘는 학생들이 교실에 와글와글 모여 있는 장면이 상상되나요? 교실 앞뒤에 여유 공간이 거의 없을 정도로 많은 책상과 의자가 교실을 가득 채우고 있었답니다. 심지어 학교에 교실이 부족해 오전반과 오후반으로 나누어서 수업을 진행하기도 했어요.

이렇게 아이들이 많았던 1980년대에는 '하나만 낳아 잘 기르자'라는 말이 유행했습니다. 정부가 인구 억제 정책을 내세웠거든요. 그래서인지 한 집에서 낳는 아이 수가 1960년대에는 6명, 1970년대에는 4명이었다가 1980년대에 이르러 2명 정도로 크게 줄어들었어요. 하지만 여전히 바뀌지 않는 문제가 있었습니다. 그것은 유교 문화의 영향으로 조선 시대 때부터 이어져 온 남아 선호 사상이었지요. 남아 선호 사상이란 자녀를 낳을 때 딸보다 아들을 선호하는 생각이에요. 이 사상에 사로잡힌 사람들은 임신한 아이의 성별을 확인하고 딸이면 낙태하기도 했어요.

남아 선호 사상 때문에 남자아이 수는 점점 많아졌습니다. 1990년에 태어난 아기를 보면 남자아이가 여자아이보다 5만 명가량 많았어요. 이러한 성비 불균형은 1980년대와 1990년대의 중요한 사회 문제였답니다.

박완서는 남아 선호 사상과 같은 사회 문제를 소설 속에 담았습니다. 1985년 〈세계의문학〉에 발표된 「해산 바가지」는 남아 선호 사상뿐만 아

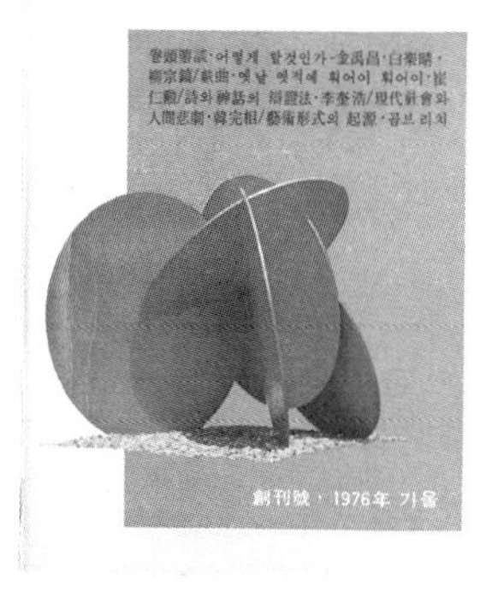

〈세계의문학(世界-文學)〉
1976년에 창간된 계간 문예 잡지다. 국내는 물론 국외의 문학 작품과 인문 과학 분야의 논문, 서평 등을 실었다. 2015년 겨울호를 끝으로 폐간되었다.

니라 생명 존중 의식까지 다룬 소설이에요. 이 소설에 등장하는 시어머니는 남아 선호가 당연시되는 1980년대 한국 사회에 살면서도 성별을 가리지 않고 모든 생명을 존중하지요.

나는 두 살 터울(한 어머니의 먼저 낳은 아이와 다음에 낳은 아이와의 나이 차이)로 아이를 다섯씩이나 낳았지만 젖만 먹였다뿐 기른 건 시어머님이셨다. 그때만 해도 식모가 흔할 때여서 우리도 식모를 두고 살았지만 그분은 식모에게 절대로 기저귀를 빨리거나 아이를 업히는 법이 없었다. 왜 내 천금 같은 손자 똥을 남이 더러워하고 찡그리게 하느냐는 것이었다. 업히는 것도 질색이었다. 업고 갈 데 안 갈 데 가는 것도 싫지만 혹시 아기를 떨어뜨리거나 부딪혀도 안 그랬던 척 숙일지도 모른다는 거였다. 젖만 떨어지면 데리고 자는 것도 그분의 일이었다. 아이가 에미 에비하고 한 방 쓰면 아이에게도 부모에게도 이로울 게 하나도 없다는 게 그분의 생각이었다. 그분은 한글도 제대로 해독을 못 했다. 한때 언문은 깨쳤었지만 써먹을 데가 없다 보니 거의 다 잊어버리고 말았다는 것이었다. 깨친 글도 써먹을 바를 모를 만치 지적인 호기심이 결여된 분이었지만 자기 나름의 확고한 사랑법을 가지고 있었다.

–박완서, 「해산 바가지」 부분

윗글만 봐도 '나'의 시어머니가 어떤 사람인지 짐작할 수 있습니다. 시어머니는 배운 것이 많지는 않지만, 손자와 손녀에 대한 사랑이 지극하지요. 기저귀를 빨거나 아이를 업는 일까지 손수 다 했으니까요. 중요한 점은 네 명이 연달아 손녀였고 막내만 손자였는데도 남녀 구별 없이 모든 아기를 정성스럽게 돌보았다는 사실이에요. 이러한 시어머니의 사랑법은 '나'의 친구와는 완전히 다르답니다.

'나'는 친구와 함께 한 산모의 문병을 가게 됩니다. 이 산모는 친구의 외며느리지요. '나'의 친구는 외며느리가 둘째도 딸을 낳아 속상해합니다.

박완서(1931~2011)
경기 개풍에서 태어난 박완서는 1938년 어머니와 함께 서울로 와 성장했다. 1970년 40세의 나이로 〈여성동아〉 소설 공모에 「나목」이 당선되어 등단했다. 전쟁, 분단, 물질 중심주의, 여성 문제 등 묵직한 주제를 담은 작품들을 창작했다. 예술성과 대중성을 모두 인정받으며 한국 현대 문학을 대표하는 작가로 꼽히고 있다.

친구는 외며느리가 대를 이을 수 있는 아들을 낳기를 바란 거예요. 전형적으로 남아 선호 사상에 사로잡혀 있는 인물이지요.

1980년대에 며느리를 볼 정도의 나이면 구세대에 속합니다. 이 세대는 대부분 아들을 낳으려 노력했고, 딸을 낳으면 죄인이라도 된 것처럼 생각했어요. 그래서 아들을 낳기 위해서는 낙태하는 것이 큰일이 아니라고 생각하기도 했지요. 생명을 너무 하찮게 여겼던 것은 아닐까요?

'나'는 산모를 문병 온 다른 사람들이 나누는 대화를 들으면서 남아 선호 사상과 성차별을 떠올립니다. 이에 혐오감을 느낀 '나'는 친구와 함께 병원 밖으로 나오지요. '나'는 병원 잔디밭에 앉아서 결혼할 당시의 과거를 떠올려요.

'나'의 시어머니는 결혼 전 '나'가 염려했던 것과는 다르게 인자한 분이었어요. 이미 앞글에서 살펴보았듯이 시어머니는 손자와 손녀를 가리지 않고 모두 정성껏 기르지요. 여기까지만 보면 마음이 따뜻해지는 이야기예요. 하지만 갈등은 시어머니가 치매에 걸리면서부터 시작되지요.

'나'는 다른 사람들의 시선이 의식되어서 효심이 지극한 며느리인 것처럼 시어머니를 대합니다. 하지만 이는 진심이 아니었어요. '나'는 점점 지쳐 갑니다. 마음에는 시어머니에 대한 분노와 미움이 가득 차 있지만 겉으로는 아닌 척을 하려니 많이 지칠 수밖에 없었겠지요. 설상가상으로 시어머니의 비정상적인 행동은 점점 심해져요. 결국 '나'는 정신과 치료를 받아야 할 만큼 상태가 나빠지지요.

결국 '나'는 시어머니를 요양원에 보내기로 합니다. '나'는 남편과 함께 절에서 운영한다는 요양원을 찾아 나서지요. 잠시 쉴 겸 들어간 구멍가게에서 남편이 막걸리를 마시는 동안 '나'는 구멍가게 뒤뜰에 있는 박을 보게 돼요. 탐스러운 그 박을 보면서 '나'는 시어머니의 해산 바가지를 떠올립니다.

이 소설의 제목이기도 한 '해산 바가지'는 무엇일까요? '나'의 시어머니는 '나'가 출산하기 전에 잘생기고 여물게 굳고 정한 데서 자란 햇바가지를 구해 오도록 합니다. 시어머니는 그 바가지를 신령한 물건인 것처럼 선반 위에 잘 모셔 놓지요. '나'가 낳은 첫아이는 딸이었지만, 시어머니는 해산 바가지에 미역을 빨고 쌀도 씻어서 정성껏 산모와 아기의 건강을 빌어요. 시어머니의 그런 모습을 보면서 '나'는 황홀한 기쁨을 느끼지요. 이렇게 본다면 이 작품에서 '해산 바가지'는 생명 존중 의식을 나타낸다고 할 수 있어요.

'나'는 그런 시어머니의 모습을 떠올리고는 그분의 남은 생애도 합당한 대우를 받아야 한다고 생각합니다. 현재는 치매에 걸린 나약한 노인이지만, 한때는 아름다운 정신을 가졌던 사람이라는 사실을 깨달은 것이지요. '나'는 시어머니를 요양원이 아닌 집에서 정성껏 모십니다. 시어머니는 3년 후 평화로운 표정으로 세상을 떠나지요.

박완서가 「해산 바가지」를 창작하게 된 배경은 작가의 생애와 밀접한 관련이 있습니다. 박완서는 어릴 때부터 조부모님의 사랑을 듬뿍 받으며 자랐어요. 박완서의 어머니는 아들과 딸을 구별하지 않고 똑같이 교육시켰지요. 그 덕분에 박완서는 대학까지 입학할 수 있었어요. 하지만 박완서는 결혼 후 남편과 시부모님을 대하면서 우리 사회에 깔려 있는 가부장적 사고를 깨닫게 됩니다. 이러한 경험과 인식이 「해산 바가지」에 반영된

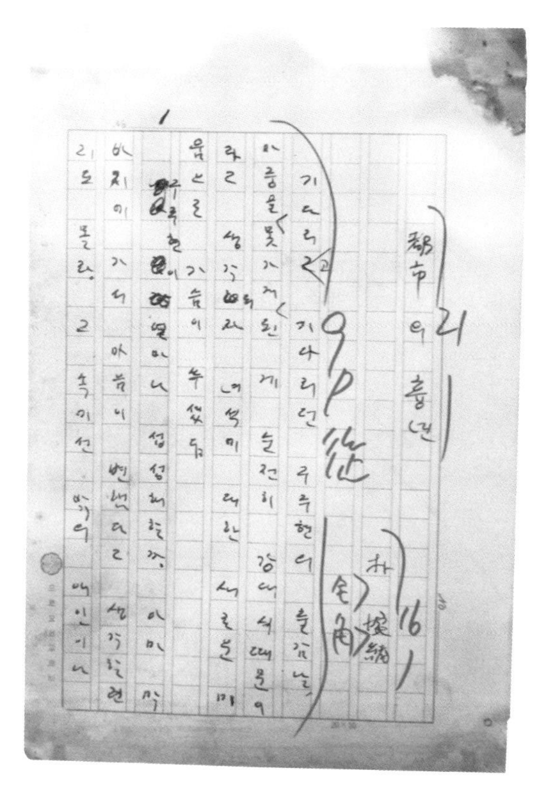

박완서의 육필 원고

박완서가 1979년 발표한 소설 「도시의 흉년」의 육필 원고다. 박완서는 이 소설에서 빠르게 도시화가 진행되어서 인간이 소외되고, 가족조차 남처럼 느끼는 당시 사회의 모습을 다루었다.

거예요.

지금까지도 우리 사회에서 남아 선호 사상은 완전히 사라지지 않았습니다. 심지어 젊은 세대가 조부모님이나 부모님의 영향을 받아 이 사상을 가지고 있는 경우도 많지요. 이는 소중한 생명을 가볍게 생각하는 생명 경시 현상으로 이어질 수 있어요. 「해산 바가지」에는 1980년대의 문제일 뿐만 아니라 현대 사회에서도 잊지 말아야 할 문제가 담겨 있습니다.

탄탄했던 '독재 왕국'은 왜 무너졌을까
- 이문열의 「우리들의 일그러진 영웅」

여러분은 '영웅' 하면 누가 떠오르나요? 홍길동이 생각날 수도 있고, 이순신 장군이나 안중근 의사가 떠오를 수도 있어요. 영화 속 영웅인 슈퍼맨이나 배트맨이 생각날 수도 있고요. '영웅'이라는 단어의 사전적 의미처럼 이들 모두는 지혜와 재능이 뛰어나고 용맹해 보통 사람이 하기 어려운 일을 해냈지요.

이렇게 유명하거나 비현실적인 영웅이 아니더라도 우리 주변에는 사회나 국가를 위해 헌신하는 '숨은 영웅'이 많습니다. 하지만 바람직한 영웅만 존재할까요? 권력이나 부를 이용해 영웅인 것처럼 행동하지만, 실제로는 그렇지 않은 '영웅 아닌 영웅'은 없을까요?

이문열이 1987년 〈세계의문학〉에 발표한 소설 「우리들의 일그러진 영웅」에는 제목처럼 '일그러진 영웅'이 등장합니다. 바로 초등학생인 엄석대지요. 급장(級長, '반장'의 전 용어)인 엄석대는 학급 아이들을 상대로

이문열(1948~)
서울에서 태어난 이문열은 1977년 〈대구매일신문〉 신춘문예에 소설 「나자레를 아십니까」가 당선되어 등단했다. 이후 〈대구매일신문〉 편집부 기자로 일하다가 1979년 〈동아일보〉 신춘문예에 「새하곡」이 당선되었다. 이때부터 활발히 작품 활동을 하기 시작했다.

엄청난 권력을 휘두릅니다. 단지 급장이었기 때문에 가능했던 일일까요? 담임 선생님은 이 사실을 알고 있었을까요, 모르고 있었을까요? 궁금증을 풀기 위해 소설 안으로 들어가 보도록 해요.

「우리들의 일그러진 영웅」의 시간적 배경은 작품이 발표된 1980년대가 아닌 1960년대입니다. '나'인 한병태는 서울의 고급 공무원이었던 아버지가 시골로 좌천되는 바람에 서울의 명문 초등학교에서 시골의 작은 초등학교로 전학을 가게 돼요. 서울에서 시골로 가게 된 것이니 '나'는 조금이나마 시골 아이들 앞에서 우쭐하고 싶은 마음이 있었겠지요? 하지만 '나'는 전학 간 첫날부터 학급 아이들의 환영을 받기는커녕 아이들과 갈등을 겪게 됩니다. 학급 아이들은 엄석대의 명령에 고분고분 따랐지만 '나'는 그러지 않아도 된다고 생각했기 때문이지요. 왜 이 시골 학교 아이들은 엄석대에게 복종하게 된 것일까요?

엄석대는 확실히 놀라운 아이였다. 그는 잠깐 동안에 내가 그에게 억지로 끌려갔다는 느낌을 깨끗이 씻어 주었을 뿐만 아니라 내가 담임 선생님에게 품었던 야속함까지도 풀어 주었다.

"서울 무슨 국민학교랬지? 얼마나 커? 물론 우리 학교와는 댈 수 없을 만큼 좋겠지?"

먼저 그렇게 물어 주어 3학년은 20반도 넘고 60년 가까운 전통이 있으며 그해 입시에서는 경기 중학교만도 90명이나 들어간 서울의 학교를 자랑할 수 있게 해 주었다. (중략) 그것만도 아니었다. 마치 내 마음속을 읽었기나 한 듯 석대는 내 아버지의 직업과 우리 집안의 살림살이도 물어 주었다. 그 덕분에 나는 또한 특별히 내세운다는 느낌을 아이들에게 주지 않고도 군청에 서 군수 다음가는 자리에 있는 내 아버지와, 라디오가 있고 시계는 기둥 시계까지 셋이나 되는 우리 집의 넉넉함을 아이들 앞에 드러낼 수 있었다.

-이문열, 「우리들의 일그러진 영웅」 부분

엄석대는 다른 아이들보다 덩치도 크고 눈빛도 강렬합니다. 또한 엄석대는 윗글에서 알 수 있듯이 상대방의 심리를 적절하게 이용하는 능력이 뛰어나요. 이러한 카리스마가 학급 아이들을 휘어잡은 것이겠지요. '나'는 엄석대가 권력을 휘두르는 것이 바람직하지 않다고 생각하고는 이에 저항하려고 합니다. 하지만 윗글의 분위기를 보니 그리 오래가지는 못하겠지요? 결국 '나'는 담임 선생님이 정해 준 자리가 아닌, 엄석대가 정해 준 자리에 앉게 돼요.

여기까지만 보면 사람을 휘어잡는 힘이 있는 엄석대가 급장이라는 것이 그리 이상하지는 않습니다. 급장 자격이 있다고 생각할 수도 있어요. 하지만 문제는 엄석대가 급장이라는 권력을 이용해 학급 아이들을 괴롭힌다는 것입니다. 물건이나 돈을 빼앗는 것은 물론이고, 공부 잘하는 아이들에게 시험지에 이름을 바꾸어 쓰게 해 항상 전교 1등을 유지하지요.

더 큰 문제는 담임 선생님의 태도입니다. 담임 선생님은 엄석대의 잘못을 고발하는 '나'에게 "나는 반 아이들 모두의 지지를 받고 있는 석대를 지지할 수밖에 없다."라고 말해요. 담임 선생님은 자신의 모든 권위를 엄석대에게 넘긴 것처럼 행동하지요. 결국 엄석대가 권력을 마음껏 휘두를 수 있게 도와준 인물은 담임 선생님이었던 거예요. 상황이 이렇다 보니 엄석대를 '존중'하는 아이까지 생기지요.

'나'의 아버지까지도 엄석대의 편을 듭니다. '나'의 아버지는 엄석대에 관한 이야기를 듣더니 '대단한 아이'라고 말하면서 나중에 큰 인물이 되겠다고 감탄하지요. 도움을 주리라 믿었던 담임 선생님과 아버지에게 이러한 이야기를 들은 '나'의 심정은 어땠을까요? '나'는 더 이상 엄석대에게 저항하지 못하고, 점점 엄석대에게 복종하게 됩니다. 이후 '나'는 엄석대가 주는 특혜를 받으며 편안하게 학교생활을 하지요.

이문열은 학급 아이들이 급장에게 복종하는 시골 학교 교실을 통해 독자에게 무엇을 전달하고자 한 것일까요? 교실은 국민의 자유가 억압당하고 민주주의가 아직 자리 잡지 못했던 당시 우리나라를 상징합니다. 엄석대는 당시 독재자를 나타내고, '나'는 독재에 저항하지만 결국 굴복하고 마는 나약한 지식인을 상징해요. 학급 아이들은 독재자에게 복종하는 군중

〈우리들의 일그러진 영웅〉(1992)
소설 「우리들의 일그러진 영웅」을 원작으로 제작된 영화다. 박종원이 감독을 맡았고 홍경인, 최민식 등이 출연했다.

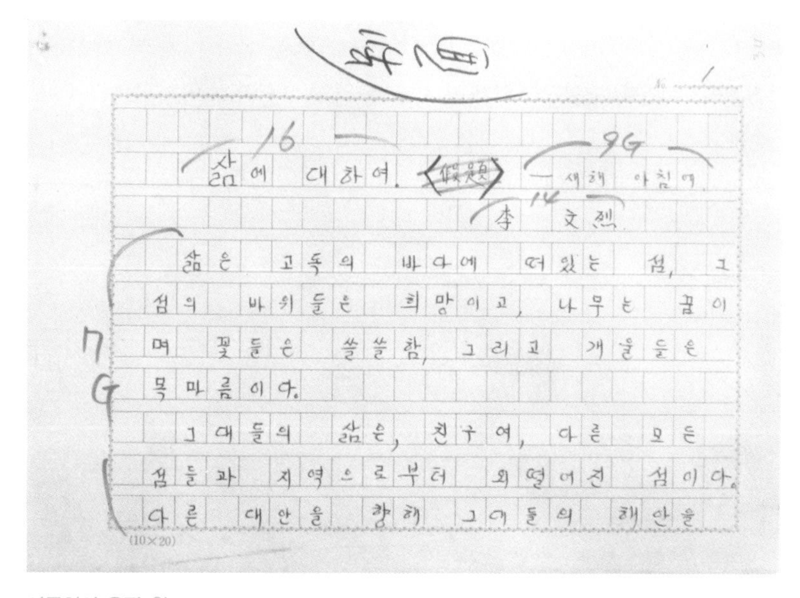
삶에 대하여. — 새해 아침에.

李文烈

삶은 고독의 바다에 떠있는 섬, 그 섬의 바위들은 희망이고, 나무는 꿈이며 꽃들은 쓸쓸함, 그리고 개울들은 목마름이다.

그대들의 삶은, 친구여, 다른 모든 섬들과 지역으로부터 외떨어진 섬이다. 다른 대안을 향해 그대들의 해안을

(10×20)

이문열의 육필 원고
유난히 가지런한 글씨가 눈에 띈다. 서울 종로에 있는 영인 문학관에 소장되어 있다.

을, 담임 선생님과 '나'의 아버지는 기존 세력의 무기력함을 나타내고요.

작품의 시간적 배경을 고려한다면 소설 속의 독재자는 이승만 정권이나 박정희 정권에 해당한다고 볼 수 있지만, 꼭 어떤 한 시대로 한정 지어서 해석할 필요는 없답니다.

'엄석대 왕국'은 무너지지 않고 계속 이어질 것처럼 보입니다. 하지만 6학년이 되고 담임 선생님이 바뀌면서 반전이 일어나게 돼요. 새로운 담임 선생님은 기존 담임 선생님과는 다르게 젊고 유능하며 예민한 인물입니다. 그는 곧 엄석대 왕국의 실체를 파악하지요. 담임 선생님은 학급 아이들에게 "너희들은 당연히 너희 몫을 빼앗기고도 분한 줄 몰랐고, 불의한 힘 앞에 굴복하고도 부끄러운 줄 몰랐다."라고 말합니다. 그러고는 모

든 아이가 보는 앞에서 엄석대를 체벌하지요. 담임 선생님이 엄석대보다 더 힘이 강하다는 사실을 파악한 아이들은 그동안 엄석대가 자신들에게 어떤 짓을 저질렀는지 하나하나 다 말합니다. 엄석대가 권력을 쥐고 있었을 때는 상상조차 못했던 일이지요. 이러한 아이들의 태도는 권력자가 바뀌는 것에 따라 행동을 달리하는 군중의 속성을 잘 보여 줍니다.

엄석대는 학급 아이들의 비난을 받으면서 교실을 뛰쳐나가고 그 길로 사라집니다. 세월이 흘러 어른이 된 '나'는 가족들과 함께 휴가를 간 곳에서 우연히 엄석대를 만나게 돼요. 엄석대는 과거에 권력을 휘둘렀던 영웅의 모습이 아니라 경찰에게 체포되는 범죄자의 모습이었지요. 이렇게 해서 엄석대라는 영웅은 비극적인 결말을 맞이합니다.

이문열은 학교라는 작은 공간을 배경으로 삼아 사회라는 큰 집단을 날카롭게 비판했습니다. 학급 아이들처럼 강한 권력에 빌붙어 살아남기를 바라는 인물들 역시 비판의 대상이었지요. 이러한 점에서 「우리들의 일그러진 영웅」은 현재에도 시사하는 바가 큰 작품이랍니다.

소외된 소시민의 삶을 들여다보다
- 양귀자의 「일용할 양식」

온갖 꽃들이 활짝 피는 봄, 여러분은 어떤 꽃을 구경하고 싶나요? 서울이나 서울 근교에서 진달래가 보고 싶다면 이곳에 가면 좋을 거예요. 이곳이 어디냐고요? 서울과 인천의 중간쯤에 있는 경기도 부천이랍니다.

부천에는 진달래로 유명한 원미산이 있어요. 이곳에서는 해마다 진달래 축제가 열리지요. 원미산의 진달래동산 기념 표석(標石, 어떤 것을 표지하기 위해 세우는 돌)에는 양귀자의 소설 『원미동 사람들』 중 「한계령」의 구절이 새겨져 있어요. 그 구절은 다음과 같아요.

"진달래가 흐드러지게 피었더라고, 연초록 잎사귀들이 얼마나 보기 좋은지 가만히 있어도 연초록 물이 들 것 같더라고, 남편은 원미산을 다녀와서 한껏 봄소식을 전하는 중이었다. 원미동 어디에서나 쳐다볼 수 있는 기다란 능선들 모두가 원미산이었다. 창으로 내다보아도 얼룩진 붉은 꽃무더기가 금방 눈에 띄었다."

양귀자는 1982년부터 약 10년 동안 경기도 부천시 원미동에서 살았어요. 『원미동 사람들』은 단순히 원미동을 공간적 배경으로 삼은 소설이 아니라 작가가 원미동에서 직접 살면서 체험하고 느낀 이야기를 담은 소설입니다. 또한 『원미동 사람들』은 조세희의 『난쟁이가 쏘아 올린 작은 공』처럼 여러 단편 소설을 묶은 연작 소설이에요. 앞에서 소개한 「한계령」을 비롯해 「멀고 아름다운 동네」, 「불씨」, 「일용할 양식」 등 1986년부터 1987년에 걸쳐 발표된 11편의 단편 소설로 구성되어 있지요.

원미산 진달래동산 기념 표석(경기 부천)
매년 4월 경기 부천의 원미산에서는 진달래꽃 축제가 열린다. 기념 표석에는 양귀자의 「한계령」 중 진달래꽃이 가득 핀 원미산의 풍경을 묘사한 구절이 새겨져 있다.

지금부터 살펴볼 작품은 『원미동 사람들』에 수록된 11편의 단편 소설 가운데 「일용할 양식」입니다. 이 소설의 공간적 배경 역시 부천시 원미동이에요. 좀 더 정확히 말하자면 '원미동 23통 5반'이지요. 1980년대는 부천을 비롯한 수도권 개발이 한창 진행되던 때였어요. 불과 10여 년 사이에 부천의 논밭에는 연립 주택들과 상가 주택들이 마구 들어섰답니다. 서울에 정착하고자 했지만 여러 가지 어려움 때문에 변두리로 밀려난 사람들이 이곳에 하나둘씩 모여들기 시작했어요.

원미동 23통 5반에 사는 대부분 사람은 소시민입니다. 소시민이란 노동자와 자본가의 중간 계급에 속하는 소상인, 수공업자, 하급 봉급생활자, 하급 공무원 등을 가리켜요. 다른 사람에 대한 배려와 봉사, 사회의 정의와 진실 등이 중요하다고 생각하면서도 일상의 무게 때문에 실천으로 옮기지 못하는 우유부단한 인물들을 의미하기도 하지요. 소시민들에게 현실은 무거운 짐과 같아요. 그래서 이들은 하루하루를 힘겹게 버티면서 생존을 위해 몸부림칩니다.

「일용할 양식」에는 제목처럼 매일 필요한 양식을 얻기 위해, 즉 생계를 위해 애쓰는 소시민들이 등장합니다. 주요 등장인물은 다음과 같아요. 경호 아버지와 경호 어머니는 김포슈퍼를 운영하는 부부입니다. 원미동 23통 5반의 반장 직책을 맡고 있는 김 반장은 형제슈퍼의 주인이고요. 시내 엄마는 전파상(전자 기기 제품을 팔거나 수리하는 가게)을 운영하고, 고흥댁은 복덕방(집이나 땅 같은 부동산을 매매하거나 임대를 중개하는 곳)을 하고 있지요.

경호네가 운영하는 김포슈퍼는 원래 쌀과 연탄만 팔던 김포쌀상회였습니다. 억척스럽고 성실한 부부가 열심히 돈을 모아 비어 있는 옆 칸을 헐어 김포슈퍼를 차린 것이지요. 이제 김포슈퍼에서는 쌀과 연탄뿐만 아니라 각종 생필품과 부식, 과일까지 팔게 돼요. 원미동 거리에서는 보기 힘든 사업 확장이라 많은 동네 사람이 김포슈퍼 개업을 축하해 주었답니다.

하지만 모든 동네 사람이 김포슈퍼의 개업을 축하하고 반기는 것은 아니었습니다. 김포슈퍼와 100m도 떨어지지 않은 거리에서 형제슈퍼를 운영하는 김 반장은 울상일 수밖에 없었어요. 김 반장에게는 부양해야 하는 가족이 많았고, 차 사고 때문에 빚까지 있는 상황이었거든요. 고민 끝에 김 반장은 이전에는 팔지 않았던 쌀과 연탄을 팔기 시작합니다. 이렇게 해서 김포슈퍼와 형제슈퍼가 본격적으로 경쟁하기 시작해요.

슈퍼 간의 가장 치열한 경쟁이라면 가격 인하 경쟁이겠지요? 김포슈퍼와 형제슈퍼의 가격 경쟁은 점점 심해집니다. 예상치 못한 상황에 맞닥뜨린 동네 사람들은 어떤 반응을 보였을까요?

고흥댁은 여간 억울하지 않았다. 아까 콩나물만 해도 그랬다. 김포 콩나물이 엄청 양이 많더라고 오전에 이미 소문을 들었던 터라 경호네한테 가서 200원어치를 한 봉투 받아 왔었다. 역시나 흡족할 만큼 많이 뽑아 주어서 내심 기분이 좋았는데 잠시 후에 보니 소라 엄마는 김 반장네에서 훨씬 많은 콩나물 봉투를 들고 오는 게 아닌가. 그래서 괜히 자기만 손해 보았다고 지물포 여자한테 하소연을 좀 했더니 단박에 머퉁이('핀잔', '무지람'의 방언)만 돌아오고 말았다.

"아이구 아줌마도. 손해는 무슨 손해요? 김포에서 받은 것도 200원어치 곱절은 됐을 텐데. 안 그래요?"

말을 듣고 보니 맞는 소리였다. 눈치를 잘 보아서 김 반장한테로 갔으면 더 이익은 봤을망정 손해는 아니었으니까.

"그나저나 고래 싸움에 새우 등 터진다는 옛말은 다 틀린 말여. 고래들이 싸우는 통에 우리 같은 새우들이 먹잘 게 좀 많은가 말여."

-양귀자, 「일용할 양식」 부분

앞글에 나온 "고래들이 싸우는 통에 우리 같은 새우들이 먹잘 게 좀 많은가 말여."라는 말이 동네 사람들의 상황을 나타내고 있습니다. 김포슈퍼와 형제슈퍼라는 '고래'들이 너무 치열하게 싸우는 바람에 '새우'인 동네 사람들이 이익을 보고 있는 것이지요. 고흥댁은 이미 이익을 얻고 있는데도 더 많은 이익을 얻지 못해 아쉬워하네요. 이처럼 동네 사람들은 두 슈퍼의 경쟁에 난처해하면서도 물건 가격이 계속 떨어져서 기뻐하지요.

경호네와 김 반장이 경쟁 때문에 지쳐갈 무렵, 다른 지역에서 온 사람이 싱싱청과물상회라는 가게를 엽니다. 김포슈퍼와 형제슈퍼의 새로운 경쟁 상대가 생긴 것이지요. 그러자 경호네와 김 반장은 가격 경쟁을 끝내고 동맹을 맺고는 싱싱청과물상회의 영업을 방해하기 시작해요. 이 과정에서 김 반장은 싱싱청과물상회 주인과 몸싸움을 벌이기도 하지요. 결국 싱싱청과물상회는 얼마 장사를 하지도 못하고 문을 닫습니다.

다들 먹고살기 힘든 처지라고 해도 너무한 일 같다고요? 상황이 이렇게까지 된 것은 누구 때문일까요? 싱싱청과물상회의 영업을 방해한 경호네와 김 반장 때문일까요? 눈치 없이 장사를 시작한 싱싱청과물상회 주인 때문일까요? 아니면 비슷한 품목을 팔 것을 알면서도 가게 계약을 하게 했던 복덕방 고흥댁 때문일까요? 그것도 아니면 이 모든 상황을 지켜보면서 자신의 이익을 챙기기에 바빴던 동네 사람들 때문일까요?

동네 사람들은 싱싱청과물상회의 주인을 동정하면서 김 반장을 비난하기도 하고, 다들 먹고살기 어려워서 이런 일이 벌어졌다고 말하기도 합니다. 그렇다면 싱싱청과물상회 자리에는 또 어떤 가게가 들어오게 될까요? 이번에는 전파상인 써니전자를 운영하는 시내 엄마가 울상을 짓습니다. 고흥댁을 통해 그 자리에 전파상이 들어온다는 소식을 들었거든요. 김 반장을 비난하던 시내 엄마가 김 반장과 비슷한 처지가 된 것이지요.

원미동 사람들의 모습을 통해서 짐작할 수 있듯이 1980년대에 우리나라는 급속한 경제 발전을 이루었지만, 소시민들은 여전히 빈곤과 억압에 시달렸습니다. 자본주의 사회는 개인 간의 경쟁을 더욱 부추기고, 인간 소외 현상까지 생겨나게 했지요. 양귀자는 이런 시대를 살아가는 소시민들의 삶을 가까이에서 관찰해 『원미동 사람들』에 담아냈어요.

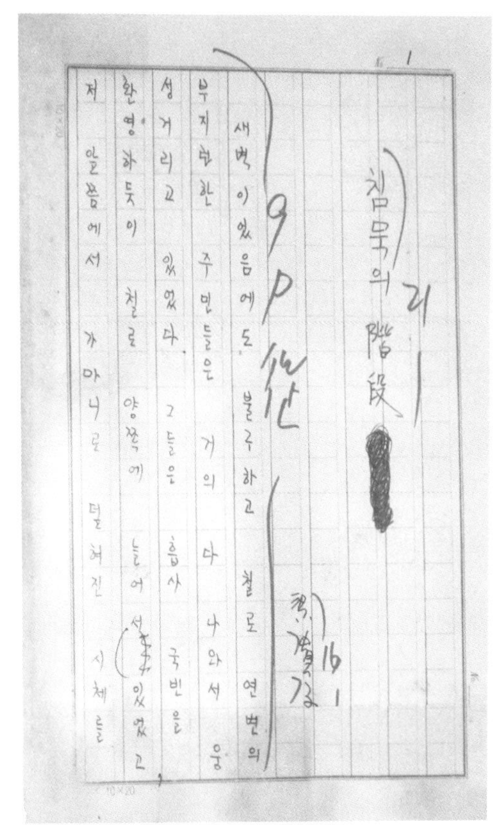
침묵의 階段

새벽이 있음에도 불구하고 철로 연변의
부지런한 주민들은 거의 다 나와서 웅
성거리고 있었다. 그들은 흡사 국빈을
환영하듯이 철로 양쪽에 늘어서 있었고
저 앞쪽에서 가마니로 덮여진 시체를

양귀자의 육필 원고

양귀자의 「침묵의 계단」 육필 원고다. 「침묵의 계단」은 1979년 〈문학사상〉에 발표한 단편 소설이다.

「일용할 양식」의 내용만 보면 원미동 23통 5반 사람들에게는 갈등과 폭력, 그리고 불안정한 미래만 있는 것처럼 느낄 수도 있습니다. 하지만 이들에게 희망이 없는 것은 아니에요.

사실 원미동은 우리 사회의 모습과 다르지 않고, 원미동 사람들은 현재 우리라고 해도 과언이 아닙니다. 양귀자는 원미동 사람들의 고달픈 삶을 구체적으로 전달하면서도 이 공동체에 대한 따스한 시선을 유지했어요. 이를 통해 독자들에게 작지만 큰 위로를 건넨 것이지요.

문학은 혁명을 꿈꾸는 것일까?

문학은 꿈을 꿉니다. 꿈이 현실이 아니듯, 문학도 현실 그 자체는 아니에요. 정신 분석학의 아버지라고 불리는 프로이트는 꿈을 소망의 충족이라고 말했어요. 현실에서 이루지 못한 소망이나 욕망이 무의식에 쌓여 있다가 잠을 자는 동안 꿈으로 나타난다는 것이지요.

하지만 꿈속에도 검열이 있어서 욕망이 있는 그대로 드러날 수 없다고 해요. 문학의 꿈도 이와 비슷합니다. 문학도 현실에서 이루고 싶지만 그러지 못한 것들을 꿈꿔요. 하지만 꿈과 다르게 문학에서는 욕망을 충족하지 못해요.

문학은 이루고 싶은 욕망과 그렇지 못한 현실을 모두 이야기하지요. 대부분의 문학은, 그리고 좋은 문학은 이루어져야 할 현실을 바탕으로 하고 그 안에 그렇지 못한 현실을 담습니다. 문학에서 욕망은 이야기의 바탕에 있기 때문에 때때로 너무나 자연스럽게 느껴지기도 해요. 그래서 내가 읽고 있는 이 작품이 욕망을 이야기하고 있다는 것 자체를 알아채기 어려울 때도 있지요.

욕망을 가지려면 자신이 살고 있는 세상을 인식하고 있어야 하는데, 그 방식이나 형태는 무척 다양해요. 이런 욕망과 세상에 대한 인식을 이데올로기라고 부릅니다. 우리 모두 저마다의 욕망과 이데올로기를 가지고 있어요.

문학 역시 욕망을 이루고자 꿈을 꾸는 것이므로 저마다의 이데올로기를 가지고 있지요. 이 이데올로기에 기반해 문학은 우리가 무심코 지나치는 것들에 대해 질문을 던져요. 자연스러워 보이는 것들을 부정하고, 그것들을 자연스럽지 않은 것으로 보여 주지요. "그런데, 진짜 그런 게 맞아?" 하고 말이에요.

이런 문학의 질문과 맞닥뜨린 사람들은 불편함을 느껴요. 그리고 당연히 맞다고 생각했던 일상적인 삶을 되돌아보지요. 이렇게 문학은 현실을 바꾸기를 꿈꾸고 사람들로 하여금 새로운 생각을 하게 만들어요. 그래서 문학은 정치적이고 혁명적이랍니다.

1980년대는 현실을 바꾸려는 움직임과 새로운 세계를 꿈꾸는 문학이 만난 시대였습니다. 문학이 아주 정치적이었던 시기지요. 1980년대의 문학은 새로운 가치를 전면에 드러내고, 그것을 현실 속에서 실현하고자 했어요. 그 결과 민족 문학, 민중 문학, 민주주의 민족 문학, 노동 문학 등의 다양한 문학 이념들이 등장했고요. 이 시기의 문학은 기꺼이 도구가 되어 현실을 바꾸려고 한 거예요.

문학이 도구가 되는 것을 부정적으로 바라보는 사람들도 있어요. 문학이 무언가를 이루기 위한 도구가 된다면 예술로서 문학이 지니는 고유한 가치가 훼손된다는 것이지요.

하지만 문학이 도구성을 띠지 않았던 적이 있었을까요? 문학은 독자에게 읽히는 것을 전제로 창작됩니다. 그리고 독자에게 변화를 요구하지요. 그런 면에서 문학은 언제나 도구적이에요. 다만 작품 안에 그 의도를 얼마나 드러내느냐의 차이는 있겠지요.

1980년대의 민중 문학, 노동 문학 등은 현실 세계를 완전히 바꾸고자 했고, 그 의도를 감추지 않았습니다. 그뿐만 아니라 새로운 세계를 만들기 위해 실현 가능한 방안들을 찾아 나서기도 했어요. 문학이 혁명을 꿈꾼 거예요.

그렇다면 1990년대 이후의 문학은 어떨까요? 확실히 1980년대 문학이 보여주는 격정적이고 저항적인 움직임은 크게 약화됩니다. 문학이 더 이상 혁명을 꿈꾸지 않게 되어서가 아니라, 사회가 변했기 때문이에요.

1980년대는 자유와 정의를 외치던 시대였어요. 1990년대 이후에는 그보다는 조금 더 개인적인 화제에 사회의 관심이 쏠립니다. 일상 속에서 경험하는 억압이나 폭력, 개인의 내적 갈등 등이 중요하게 다루어지기 시작했지요.

문학이 꿈꾸는 세상의 모습이 달라졌을 뿐, 지금 이 순간에도 문학은 꿈꾸기를 멈추지 않고 있습니다. 그리고 문학이 꿈꾸기를 계속하는 한, 문학은 혁명적일 수밖에 없답니다.

다양성을 보듬어 안다 | 1990년대 이후

1989년 11월 9일, 동독과 서독을 가로막고 있던 베를린 장벽이 무너졌습니다. 냉전의 상징이었던 동독과 서독은 분단된 지 41년 만에 통일을 이루었지요. 1989년 12월에는 미국과 소련이 정상 회담을 한 뒤 냉전이 끝났다고 선언했어요. 이로 말미암아 사회주의 국가였던 소련은 러시아를 비롯한 14개 공화국으로 나누어졌답니다.

냉전이 끝나고 사회주의가 몰락하자, 국제 사회에서는 자본주의가 막강한 힘을 가지게 되었어요. 그 결과 1990년대에는 무한 경쟁의 시대가 시작되었지요. 이러한 흐름은 우리나라에도 영향을 미쳤습니다. 경제가 급속도로 성장했고, 본격적인 정보화 시대가 열렸어요. 이에 따른 환경오염 문제나 개인주의 현상 등도 생겼고요. 국내외에서 일어난 변화는 우리나라 문학에도 고스란히 반영되었지요.

1980년대 우리나라 문학에는 역사나 현실에 대한 비판 정신이 주로 담겼어요. 민주화와 산업화로 사회 전체가 흔들리고 충돌하는 시기였기 때문이지요. 하지만 1990년대 이후 우리나라 문학에서는 문학 자체의 예술성이나 개인의 내면에 집중하는 모습이 두드러지게 나타났어요. 또한 대중문화의 영향력이 커지면서 새로운 형식을 실험하는 작품도 발표되었고요. 1990년대 중반에는 PC 통신이 발달하자 이를 활용한 인터넷 소설이 등장했습니다. 인터넷 소설은 2000년대에 인기를 끌어 영화로 제작되기도 했지요.

소재 역시 다문화, 자연, 여성 등 다양해졌습니다. 오늘날 우리나라 문학은 세계화 시대에 발맞추어 인류 보편의 가치를 추구하는 데 관심을 두고 있어요. 2000년대 중반 이후에는 다문화가 중요한 사회 현상으로 대두하면서 우리나라에 거주하는 외국인 문제를 다룬 소설이 발표되었습니다. 이외에 역사적 사건을 재해석하거나 여성의 자아 성찰을 다루는 등 다양한 주제의 소설이 지금 이 순간에도 활발하게 창작되고 있지요.

성인군자 못지않은 제 친구를 소개합니다
- 이문구의 「유자소전」

여러분에게는 좀 낯설겠지만 소설 종류 가운데 실명 소설이라는 것이 있습니다. '실명(實名)'이란 실제 이름을 뜻해요. 실명 소설은 실제 인물의 이름을 소설 속 등장인물의 이름으로 사용해 그 인물의 삶을 재구성한 소설이랍니다.

실명 소설은 이동주라는 작가가 개척한 분야예요. 이동주는 1967년부터 김영랑, 김소월, 유치환 등 다른 작가들의 삶을 소설로 재구성해 〈현대문학〉에 발표했습니다. 이처럼 실명 소설은 주로 작가나 정치인 등 유명한 사람의 삶을 소재로 삼아요.

하지만 소설가 이문구는 조금은 특별한 실명 소설을 썼습니다. 1991년 〈창작과비평〉에 발표한 「유자소전」은 이문구의 친구인 유재필의 일생을 다룬 소설이에요. 작품 제목에서 '유자'는 유재필을 가리키는 말입니다.

〈현대문학(現代文學)〉
〈현대문학〉 1967년 3월 호다. 이동주가 시인 김영랑의 삶을 주제로 쓴 실명 소설 「김영랑」이 실려 있다.

이문구는 유재필을 공자나 맹자 같은 성인군자처럼 생각해 유자라고 부른 것이지요.

또한 「유자소전」은 '전'의 형식을 빌려 온 소설이에요. '전(傳)'이란 어떤 사람의 일생을 요약해 서술하고, 교훈이나 비판을 덧붙인 글이랍니다. 이문구는 유재필을 기억할 만한 인물이라고 생각해서 '전'의 형식으로 기리고자 했지요. 유재필이란 사람이 어떤 삶을 살았는지 점점 궁금해지지 않나요?

유자, 즉 유재필은 어린 시절부터 그를 모르는 사람이 없을 정도로 지역의 명물이었어요. 그는 임기응변(臨機應變, 그때그때 처한 사태에 맞추어 즉각 그 자리에서 결정하거나 처리함)과 붙임성이 좋은 아이였지요.

유자는 학교를 졸업한 뒤 민주당 지구당 위원장의 유세 현장에서 확성기 줄을 이어 준 것이 인연이 되어 위원장의 운전기사가 됩니다. 위원장은 총선에서 승리하지만, 이후 부정 축재자(蓄財者, 재물을 모아 쌓아 둔 사람)로 몰려 잡혀가지요. 유자도 덩달아 끌려가지만, 지혜를 발휘해 풀려나게 돼요.

유자는 군대 제대 후 재벌 총수의 운전기사가 됩니다. 그는 총수의 신임을 받으며 안정적으로 생활하지요. 하지만 유자는 모든 사람이 부러워하는 그 자리를 벗어나고 싶어 해요. 그 이유는 무엇일까요?

"유 기사, 이제 그 고기들은 어떡했니?"

또 그를 지명하며 묻는 것이었다.

그는 아무렇지 않게 대답했다.

"한 마리가 황소 너댓 마리 값이나 나간다는디, 아까워서 그냥 내삔지기두(내버리기도) 거시기허구, 비싼 고기는 맛두 괜찮겄다 싶기두 허구……. 게비눌을 대강 긁어서 된장끼 좀 허구, 꼬치장두 좀 풀구, 마늘 두서너 통 다져 놓구, 멀국(국물)두 좀 있게 지져서 한 고뿌('컵'의 일본어)덜씩 했지유."

"뭣이 어쩌구 어째?"

"왜유?"

"왜애유? 이런 잔인무도한 것들 같으니……."

–이문구, 「유자소전」 부분

윗글은 총수와 유자의 대화 중 일부입니다. 총수는 값비싼 비단잉어의 떼죽음을 안타까워해요. 총수가 유자에게 비단잉어들이 죽은 원인을 묻자, 유자는 일부러 딴전을 부리면서 비단잉어들이 감기에 걸렸거나 피곤해서 죽었을 것이라고 대답하지요.

또 총수가 죽은 비단잉어들을 어떻게 했느냐고 묻자, 유자는 매운탕을 끓여서 먹었다고 말합니다. 이 말을 들은 총수는 비단잉어들을 잔디밭에 고이 묻어 주지 않고 먹어 버렸다면서 유자를 '독종' 취급하지요. 유자는 사람보다 물고기를 더 귀하게 생각하는 총수의 위선을 꼬집고 있어요. 나아가 총수처럼 물질을 우선시하는 현대 사회의 세태까지 풍자하고 있지요.

그러던 어느 날, 유자는 직장에서 쫓겨납니다. 총수가 아끼는 불상을 침으로 문질러 닦으려다가 총수에게 딱 걸렸거든요. 안 그래도 총수에게서 벗어나고자 했던 유자에게는 오히려 잘된 일이었어요.

이문구(1941~2003)
충남 보령 출신인 이문구는 1966년 소설 「백결」이 〈현대문학〉에 추천되어 등단했다. 산업화에서 소외된 사람들의 삶을 담은 작품을 주로 집필했다.

유자의 직업은 또 바뀝니다. 운수 회사 노선 상무가 된 유자는 교통사고를 처리하는 부서에 들어가게 돼요. 유자는 일 처리를 공정하게 해서 피해자와 가해자 모두에게 도움을 주고자 노력하지요. 말년에 유자는 종합 병원 원무 실장이 됩니다. 시위 현장에서 많은 사람이 다치자, 유자는 이 사람들을 병원에 입원시켜 치료하게 하지요. 이 사건으로 유자는 병원장과 다툰 후 사표를 내요. 이후 유자는 몸이 많이 약해집니다. 하지만 그런 상황에서도 유자는 주변 사람들과 가난한 사람들을 돕지요. 그러다가 결국 간암으로 세상을 떠나게 돼요.

왜 이문구가 유재필에게 '유자'라는 칭호를 붙여 주었는지 이해가 되나요? 유재필은 원칙을 중요하게 생각했지만, 누구보다 인간적인 사람이었습니다. 항상 최선을 다해서 일했고, 약한 사람들을 돕기 위해 노력했지요. 자신의 주머니를 털어서 가난한 사람들을 돕고, 많은 문인의 살림까지 맡아 처리하기도 했고요. 이러한 유재필의 성품에 감동한 이문구는

「유자소전」을 통해 그에게 감사의 마음을 전한 것이지요.

이문구가 유재필에게 감사해야 할 이유가 또 있습니다. 앞글을 통해서 알 수 있듯이 유자는 구수한 충청도 방언을 사용하고 있어요. 이러한 방언은 토속적인 분위기를 형성하고, 유자라는 인물에게 친근감을 느끼도록 해 주지요. 유자는 어휘 감각이 뛰어나기도 했지만, 충남 보령 지방의 방언을 제대로 구사했어요. 그래서 이문구가 소설을 창작하는 데 '방언사전' 역할을 톡톡히 해 주었답니다.

이문구는 전통적인 한국 문체를 고집한 작가였습니다. 이는 판소리 사설 같은 고전 소설의 문체를 말해요. 이문구는 우리나라 작가 대부분이 번역 문체를 사용하고 있는데, 이 문체는 진정한 한국 문체가 아니라고 생각했습니다. 그래서 그는 1990년대에도 김유정이나 채만식의 작품에서 볼 수 있는 해학적이고 풍자적인 서술 양식을 이어 나갔지요.

이문구의 고집과 언어 감각은 습작 시기부터 돋보였습니다. 이문구는 대학 시절부터 글을 쓸 때 입으로 읊으며 문장을 썼다 지우기를 반복했어요. 단어를 고를 때도 항상 사전을 참고했지요. 이러한 노력 덕분인지 이문구의 스승인 김동리는 소설 실기 시간에 이문구의 작품을 보고는 "우리나라 문단에 아주 희귀한 스타일리스트"가 되리라고 생각했어요. 결국 이문구는 김동리의 추천으로 문단에 들어섰고, 우리나라 문학사에 개성 있는 작가로 자리매김했답니다.

짜디짠, 지구에서 생존하기
- 박민규의 「그렇습니까? 기린입니다」

출근 시간이 되면 지하철 플랫폼은 많은 사람으로 붐빕니다. 특히 환승역과 같이 오가는 사람이 많은 역에서는 지하철을 제시간에 타지 못해 발을 동동 구르는 사람들이 있을 정도지요. 지하철이 꽉 차서 더 이상 발을 디딜 틈이 없어도 사람들을 밀치고 아슬아슬하게 지하철에 오르는 사람도 있고요. 이처럼 현대인들은 매일 아침 출근 전쟁을 치릅니다.

이런 상황을 해결하기 위해 1990년 무렵에 새롭게 생긴 직업이 있었어요. 바로 '푸시맨(push man)'이랍니다. 들어본 적이 있나요? 여러분에게는 생소한 직업이지요? '푸시맨'은 어떤 일을 하는 사람일까요? '푸시맨'의 정체는 1989년 12월 15일 〈한겨레〉에 실린 다음 기사를 읽어 보면 알 수 있어요.

최근 지하철이 대중교통 수단으로 자리 잡고 도로가 막히는 것을 피해 지하철을 찾는 사람들이 부쩍 늘어나면서 역마다 몰려드는 승객들로 대혼잡을 이루고 있다.

이 때문에 인천·수원 방면 수도권 전철 구간에는 '안전 요원'이 등장, 전동차에 승객을 밀어 넣거나 질서를 유도하고 있다. 주로 아르바이트 학생인 이들은 특히 승객들을 떠밀어 태워 준다는 일의 특성 때문에 '푸시맨(push man)'이라고 불리기도 한다.

일본의 푸시맨
우리나라와 마찬가지로 지하철로 출퇴근하는 사람이 많은 일본에는 지금도 푸시맨이 있다. 역무원들이 푸시맨 역할을 하며 지하철 안으로 승객들을 밀어 넣는다.

혼잡한 지하철을 타고 출근하는 사람들도 고되겠지만, 그런 사람들을 팔로 힘껏 밀어 지하철을 탈 수 있도록 해야 하는 푸시맨 역시 만만치는 않았을 거예요. 잠시 생겼다가 사라진 푸시맨이라는 직업은 박민규의 소설 「그렇습니까? 기린입니다」에 등장합니다. 2004년에 발표된 이 소설은 한 고등학생의 어려운 현실을 작가 특유의 재치로 유머러스하게 그려 낸 작품이에요. 이 소설에는 2000년대 우리 사회의 모습도 담겨 있답니다.

상업 고등학교에 다니는 '나'는 오후에는 주유소, 밤에는 편의점에서 아르바이트해요. 하지만 시급이 낮아 불만이 많지요. 그러던 중 '나'는 아는 형을 통해 푸시맨 아르바이트를 제안받게 됩니다. 이 아르바이트는 시급이 주유소 아르바이트의 두 배였어요. '나'는 기꺼이 이 제안을 받아들이지요.

공부에 집중하는 것만으로도 힘든 고등학생이 이토록 아르바이트에 열을 올리는 이유는 '나'의 가정 형편이 좋지 않기 때문입니다. '나'의 부모님이 일하며 생계를 이어가고 있지만, 늘 경제적으로 어려운 상황이지요. 게다가 '나'의 할머니는 건강이 좋지 않아요. 그런데 '나'가 처음부터 이렇게 아르바이트에 열심이었던 것은 아니었습니다. 사실 '나'는 '좀 노는' 학생이었어요. 그랬던 '나'가 달라진 결정적인 사건이 있었답니다.

'나'가 중학생일 때였습니다. '나'는 도시락 심부름 때문에 아버지 회사를 찾아가게 돼요. 그 회사는 "쥐들이 다닐 것 같은 어둑한 복도와, 형광등과, 칠이 벗겨진 목조의 문"이 있는 곳이었지요. '나'의 아버지는 그곳에서 가냘픈 표정으로 사무를 보고 있었어요. 그 이후 '나'는 달라지지요.

> 원래 좀 노는 편이었는데, 이상하게 그날 이후 나는 조용한 소년이 되어 버렸다. 뭐랄까, 그때는 몰랐지만 그 순간 마음속에 '나의 산수'와 같은 게 생겨났기 때문이었다. 아마도 그랬다고, 지금의 나는 생각한다. 그것은 슬픈 일도 기쁜 일도 아니었으며, 누구를 원망할 성질의 것은 더더욱 아니었다. 그저, 말 그대로 수(數)였던 것이다. 말수가 줄어든 대신, 나는 열심히 알바를 하고 돈을 모으기 시작했다. 야, 세상은 한 방이야. 어울리던 친구들이 안쓰럽단 투로 말했지만, 나는 알고 있었다. 결국 이들도, 같은 산수를 할 수밖에 없단 사실을. 넌 뭘 할 건데? 나? 글쎄 요샌 연예계가 어떨까 싶어.
>
> –박민규, 「그렇습니까? 기린입니다」 부분

아버지 회사를 다녀온 이후 '나'는 조용한 소년으로 바뀝니다. 돈을 벌어야 한다는 '나의 산수' 같은 것도 생기지요. 여기서 '나의 산수'는 돈이나 물질 그리고 세상에 관한 '나'의 가치관을 의미합니다. '나'가 세상을 살아가는 방식일 수도 있고요. 냉혹한 현실을 인식한 '나'와는 달리 친구들은 이 세상이 한 방이라고 생각합니다. 그러면서 한 방이 통하는 연예인이 되기를 꿈꾸지요. '나'의 생각처럼 이들은 아직 냉정한 현실을 깨닫지 못한 거예요.

앞글을 통해 알 수 있듯이 「그렇습니까? 기린입니다」에는 쉼표가 자주 등장하고, 큰따옴표 안에 들어가야 할 대화가 큰따옴표 없이 처리되어 있습니다. 이로 말미암아 말하는 듯이 자연스러운 느낌과 리듬감이 생겼어요. 이외에도 한 문장이 한 문단을 이루기도 하고, 짧은 문장이 연속해서 나열된 부분도 있답니다. 이러한 형식적인 특징은 소설을 읽는 재미를 더해 주지요.

'나'에게 푸시맨 아르바이트를 소개해 준 형은 지하철을 타려는 사람들을 사람이 아닌 화물로 생각하라고 말합니다. '나'는 지하철이 거대한 괴물처럼 플랫폼으로 기어 와서 구토물을 쏟아 내듯 사람들을 토해 낸다고 생각해요. 이 괴물의 먹이가 되지 않기 위해서는 어린이든 여자든 노인이든 가리지 않고 무작정 사람들을 지하철 안으로 밀어 넣을 수밖에 없어요.

그러던 어느 날, '나'의 어머니가 과로로 쓰러집니다. 아버지는 병원비를 마련하기 위해 점심까지 거르면서 일하지만, 상황은 나아지지 않아요. '아버지의 산수'는 더는 계산할 수 없게 되어 버리지요. 결국 아버지는 가

양복을 입은 기린
「그렇습니까? 기린입니다」에서는 '양복을 입은 기린으로 변한 아버지'라는 비현실적인 설정으로 자본주의 사회의 문제를 지적하고 있다.

출하고 말아요.

이후 어머니는 기적적으로 몸이 회복되어 퇴원하지만, 여전히 '나'의 삶은 고달픕니다. 이때 '나'에게 놀라운 일이 벌어져요. 이 사건은 현실적인 앞의 이야기와 대비되어 돌발적으로 느껴지기도 하지요. '나'는 지하철 플랫폼에서 양복을 입은 기린을 만나게 됩니다. '나'는 이 기린이 아버지라고 생각하지요. 이 기린은 '나'의 아버지가 맞을까요? 맞다면 아버지는 왜 기린으로 변한 것일까요?

아버지는 아무리 발버둥을 쳐도 자본주의의 굴레에서 벗어날 수 없었습니다. 아무리 멀리 도망간다고 해도 현대 사회에서 살아가려면 자본주의의 영향에서 완전히 벗어날 수는 없지요. 그래서 박민규는 환상과 변신의 방법을 써서 아버지를 자본주의 밖으로 옮긴 거예요. 이제 아버지는 기린이 되었기 때문에 산수를 계속하지 않아도 되고, 을씨년스러운 사무실에서 혼자 도시락을 먹지 않아도 되고, 출근하기 위해 지옥철을 타지 않아도 되지요.

'나'는 아버지에게 어머니가 건강해졌다고 말하면서 다시 돌아오라고 호소합니다. 하지만 아버지는 대답이 없지요. 아버지가 맞느냐는 '나'의 질문에 아버지는 이 소설의 제목이기도 한 "그렇습니까? 기린입니다."라는 모호한 대답만을 남겨요. 이 기린은 '나'의 아버지가 아닐 수도 있으므로 이 대답은 어떤 의미도 없습니다. 기린은 그냥 기린일 뿐이니까요.

'나'와 아버지의 이야기는 지금 우리의 모습과도 크게 다르지 않습니다. 우리는 물질을 중시하는 자본주의 사회에서 살고 있고, 노동 현실은 여전히 열악하기 때문이지요. 또한 대물림되는 가난은 많은 젊은이의 희망을 빼앗고 있어요. 무수저, 흙수저라는 말이 생길 정도지요. 경제적인 능력이 부족하다는 이유만으로 자식들 앞에서 당당할 수 없는 부모들도 많고요.

이토록 버거운 현실을 살아가고 있음에도 우리는 「그렇습니까? 기린입니다」에서 한 가지 희망을 발견할 수 있어요. 바로 '나'의 미래지요. 아버지, 혹은 아버지처럼 느껴진 기린을 만난 '나'는 이제까지와는 다른 새로운 길을 선택할 것입니다. 자본주의라는 벽이 너무 단단해서 허물지는 못하겠지만 '나'는 그 안에서 새롭게 성장할 거예요. 이 사회가 계속해서 산수를 강요해도요.

'나'에서 '우리'로 건너가다
- 김려령의 「완득이」

다음에 나열한 영화들의 공통점은 무엇일까요? 〈우리들의 행복한 시간〉, 〈위대한 개츠비〉, 〈우리들의 일그러진 영웅〉, 〈오만과 편견〉, 〈창문 넘어 도망친 100세 노인〉……. 너무 어려운 문제인가요? 〈해리포터〉와 〈반지의 제왕〉 시리즈를 더한다면 조금 감이 잡힐까요? 네, 맞습니다. 이 영화들의 공통점은 소설을 원작으로 만들었다는 거예요. 영상 매체가 발전하면서 많은 문학 작품이 영화나 드라마 등으로 재탄생하고 있지요.

2011년에 개봉해 흥행에 성공한 〈완득이〉 역시 소설이 원작인 영화입니다. 이 영화의 원작은 김려령의 소설 「완득이」예요. 2008년에 출간된 이 소설 역시 많은 독자의 관심을 받았답니다.

「완득이」에 등장하는 인물들은 개성이 뚜렷합니다. 우선 주인공이자 서술자인 완득이는 난쟁이인 아버지, 가짜 삼촌인 민구와 함께 좁은 옥탑

〈완득이〉(2011)
소설 「완득이」를 원작으로 한 영화로, 2011년 개봉했다. 이한이 감독을 맡았으며 김윤석, 유아인 등이 출연했다.

방에서 사는 고등학생이에요.

아버지와 함께 춤추러 다니는 민구는 완득이와 피가 섞인 삼촌이 아니어서 가짜 삼촌입니다. 완득이는 공부를 잘하지는 못하지만, 싸움은 누구에게도 지지 않아요.

완득이 아버지는 난쟁이라는 이유로 세상의 편견에 시달리는 인물입니다. 아들 완득이가 자신 때문에 다른 사람들의 손가락질을 받지는 않을까 항상 마음을 쓰며 살아가지요. 그래서일까요? 완득이 아버지는 형편이 어려워도 서울 도심 근처의 옥탑방으로 이사하고, 완득이가 대학에 가기를 바랍니다. 완득이 아버지는 춤추는 것을 너무 좋아하지만, 어려운 살림 때문에 춤을 포기하고 지하철에서 채칼 파는 일을 하지요.

완득이는 교회에 가서 담임 선생님인 동주를 하루빨리 죽여 달라고 기도합니다. 완득이는 왜 이런 맹랑한 내용의 기도를 하는 것일까요? 동주는 완득이네 맞은 편 옥탑방에 삽니다. 동주는 학교에서뿐만 아니라 집에서도 완득이를 수시로 괴롭히지요. 심지어 완득이의 음식을 빼앗아 먹기도 해요. 그래서 완득이는 동주가 빨리 죽었으면 좋겠다고 생각하지요.

그러던 어느 날, 완득이는 동주를 통해 베트남 출신인 어머니에 관한 이야기를 듣습니다. 아버지와 결혼해 완득이를 낳은 후 집을 나간 어머니는 동주의 도움으로 완득이와 만나게 되지요. 17년 만에 어머니를 만난 완득이는 어떤 심정이었을까요?

그분은 기어이 봉투를 내려놓고 방을 나갔다. 교회로 가는 걸까.

방에서 이상한 냄새가 나는 것 같다. 무슨 냄새인지는 모르겠다. 어쨌든

나 혼자 있을 때와는 다른 냄새다. 화장도 안 했던데 무슨 냄새일까. 이런 게 어머니 냄새라는 걸까. 그분이 먹었던 라면 그릇이 진짜 납작 보였다. 나는 그분이 두고 간 봉투를 뜯었다. 돈인 줄 알았는데 편지였다.

미안해요.

잊고 살지 않았어요. 많이 보고 싶었어요.

나는 나쁜 사람이에요. 정말 미안해요.

혹시 전화할 수 있으면 전화해 주세요.

[illegible]

안 해도 돼요.

옆에 있어 주지 못해서 미안해요.

그 흔한 아들이니 엄마니 하는 말은 없었다. 옆에 있어 본 적이 없어서, 어머니라고 불러 본 적이 없어서, 내가 어머니라는 말 대신 그분이라고 하는 것과 같은 걸지도 모른다. 다른 건 있다. 그분은 나를 보고 싶어 했다는 것이다.

- 김려령, 「완득이」 부분

윗글에 나오는 짧은 편지에는 완득이에 대한 어머니의 마음이 고스란히 담겨 있습니다. 하지만 어머니는 편지에서조차 '아들'이라는 단어나 아들의 이름을 쓰지 못해요. 완득이 역시 어머니를 '그분'이라고 부르고요. 지금까지 완득이와 어머니 사이에 있었던 세월의 거리감이 느껴지지요.

완득이는 어머니를 만났을 때도 시큰둥한 반응을 보입니다. 어머니를

영화 〈완득이〉 촬영지(경기 성남)
영화 〈완득이〉를 촬영한 곳이다. 왼쪽 사진에 보이는 건물 꼭대기의 옥탑방이 완득이와 아버지, 민구 삼촌이 살던 집이다. 오른쪽 사진은 완득이가 동주를 죽여 달라고 기도하던 교회다. 동주가 이주 노동자들을 위한 쉼터로 운영하던 곳이기도 하다.

처음 보았는데도 눈물 한 방울 흘리지 않지요. 하지만 어머니를 만난 후 완득이는 아버지에게 어머니와 이별한 이유를 묻습니다. 어머니가 편지에 담은 진심이 조금이나마 완득이에게 전해졌기 때문이겠지요. 아버지는 어머니가 자신이 춤추는 것을 이해하지 못했다고 대답합니다. 또한 숙소 사람들이 어머니를 팔려 온 하녀 취급하는 게 싫었다고 말하지요. 이러한 이유로 두 사람은 이별한 거예요.

한편, 완득이는 같은 반 우등생인 윤하와 가까워집니다. 윤하의 관심을 받게 된 완득이는 자신의 마음을 표현하는 방법을 조금씩 알게 되지요. 또한 완득이는 교회에서 알게 된 이주 노동자 핫산의 영향으로 킥복싱에 점점 빠져듭니다. 아들이 소설가가 되기를 바라는 아버지는 완득이가 킥복싱을 하는 것에 반대하지만 완득이는 킥복싱을 인생의 목표로 삼지요.

완득이의 삶이 점점 잘 풀리는 느낌이 든다고요? 이렇게 되기까지는 동주의 역할이 컸습니다. 사사건건 완득이를 괴롭히고 험한 말과 행동을 일삼던 동주가 무슨 역할을 했느냐고요? 사실 동주는 완득이에 대한 애정이 누구보다 큰 사람이었답니다.

동주는 허름한 교회를 사서 이주 노동자들을 위한 쉼터를 만들기도 하고, 앞에서 언급한 것처럼 완득이와 어머니가 만나는 데 큰 도움을 주기도 합니다. 나중에는 완득이 아버지와 민구가 댄스 교습소를 여는 데도 이바지하고요. 이러한 동주의 진심은 마침내 완득이에게도 전해지지요.

「완득이」의 마지막 부분에서 완득이는 "평범하지만 단단하고 꽉 찬 하루하루를 꿰어 훗날 근사한 인생 목걸이로 완성할 것이다."라는 긍정적인 다짐까지 하게 돼요.

지금까지 살펴본 「완득이」는 성장 소설입니다. 하지만 단지 성장 소설에만 그친 것이 아니라 다문화 가정 문제, 이주 노동자 문제 등 현재 우리 사회의 모습을 잘 보여 준 작품이기도 해요.

다문화 가정이란 한 가정 안에 다양한 민족이나 문화가 공존하는 것을 말합니다. 우리나라에서는 국제결혼이 늘어나면서 다문화 가정 역시 점점 늘어나고 있어요. 우리나라 경제가 지속적으로 발전하면서 개발 도상국의 많은 인력이 국내로 들어오고 있지요. 오늘날 우리나라에서 일하는 이주 노동자만 100만 명이 넘는답니다. 우리나라도 다문화 사회로 성큼성큼 나아가고 있는 거예요. 이제 우리도 다른 문화권의 사람들을 차별하지 않고 따뜻하게 받아들여야겠지요?

우리 문학에 노벨 문학상이 필요할까?

매년 10월 초, 노벨상의 계절이 돌아오면 한국 문단 안팎이 술렁여요. 평소 문학에 관심이 많지 않았던 사람도 노벨 문학상에는 흥미를 보이지요. 우리 문학의 가치를 세계적으로 인정받는 것이니, 우리도 노벨 문학상을 받으면 좋을 것 같기도 합니다.

하지만 노벨 문학상에 대한 사람들의 기대와 흥분이 마냥 좋게 느껴지지만은 않아요. 수상을 응원하는 동시에 '우리가 노벨 문학상을 꼭 받아야 하나?' 하는 생각이 듭니다. 시나 소설을 쓰는 것은 쓰고 싶어서, 또 써야 하니까 쓰는 거지 상을 받기 위한 게 아니니까요.

우리 문학의 특성상 노벨 문학상을 받기는 조금 어렵기도 합니다. 특히 언어의 문제가 크지요. 한국어를 쓰는 나라가 우리나라밖에 없기 때문이에요. 한국 문학 작품이 외국에 알려질 기회는 영어나 중국어, 스페인어로 창작된 문학 작품에 비해 무척 적어요. 단순히 노벨 문학상을 받기 위해서가 아니라 한국 문학을 세계에 알리는 데 있어 언어는 반드시 극복해야 할 숙제입니다.

언어 문제보다 더 큰 문제가 있습니다. 노벨상의 계절이 지나고 난 뒤 우리의 모습을 떠올려 보아요. 노벨 문학상 수상을 염원하며 한국 문학의 우수함에 대해 논하던 모습은 온데간데없고, 문학에 대한 관심은 이내 사그라들지요. 여전히 기초 학문에 대한 투자는 적고, 번역의 중요성은 인정받지 못합니다. 한국 문학을 읽는 사람은 점점 줄어들고 있어요. 학교에서조차 문학은 학생들이 가장 싫어하는 과목 중의 하나가 되어 버렸고요.

우리 스스로가 한국 문학을 등한시하면서 노벨 문학상을 받기를 바라는 것이 과연 올바른 것일까요? 우리가 노벨 문학상을 대할 때 '문학'보다도 '상'에 더 가치를 두고 있는 것은 아닌지 고민해 봐야 합니다.

왜 우리는 이토록 노벨 문학상에 연연하는 걸까요? 현대 사회로 발전하는 과정에서 우리나라는 꽤 오랜 시간 동안 서구의 현대화를 따라잡는 데 치중했어요.

우리는 미국의 경제학자인 로스토의 발전 단계 이론을 기준으로 삼아 우리나라의 발전 수준을 평가했고, 빨리 다음 단계로 도약하기를 원했지요.

문학도 마찬가지입니다. '문학'이라는 단어 자체가 영어 'Literature'의 번역어예요. 한국의 현대 문학이 형성될 때 우리는 서구의 문학을 보편적이고 모범적인 것으로 여겼어요. 하지만 서구의 문학을 기준으로 우리 문학의 가치를 이야기하려니 한계에 부딪힐 수밖에 없었지요. 혹시 우리가 노벨 문학상에 연연하는 것이 서구에서도 우리 문학의 가치를 인정받고자 하는 열등감과 욕구 때문은 아닐까요? 만약 그렇다면 이는 무척 안타까운 일입니다.

어떤 문인들은 한국 문학 작품이 노벨 문학상을 받으면 우리 사회에 더 큰 문제가 생길지 모른다고도 해요. 노벨 문학상을 수상하면 사람들은 한국 문학에 열광할 것입니다. 하지만 그 열광이 꾸준히 지속될 것이라고는 장담할 수 없어요. 지금은 노벨 문학상을 열망하며 주기적으로 한국 문학에 흥미를 갖지만, 노벨 문학상을 받고 난 뒤에는 그만큼의 관심도 갖지 않을 수 있다는 거예요. 이렇다 보니 노벨 문학상을 받는 것이 좋은 것인지, 받지 않는 것이 좋은 것인지 헷갈리기까지 합니다.

영국에는 '맨부커상'이라는 문학상이 있습니다. 노벨 문학상과 함께 세계 3대 문학상으로 손꼽히는 상이지요. 2016년에 한강의 『채식주의자』가 맨부커상을 수상하며 화제가 되었어요. 영국의 한 번역가가 『채식주의자』를 흥미롭게 읽은 뒤 직접 번역했고, 그 결과 수상까지 하게 되었지요.

맨부커상 수상은 우리가 상을 받기 위해 노력한 끝에 받은 것이 아니라는 점에서 큰 의미를 가집니다. 우리가 노벨 문학상을 받기 위해 노력하는 모습과 『채식주의자』가 맨부커상을 받은 과정의 차이를 이해했나요? 상을 받는 것보다 중요한 것은 좋은 작품을 쓰는 것과 그 작품을 쓸 수 있는 좋은 환경이 마련되는 것이랍니다.

사진으로 보는
문학의 현장

탁월한 재능을 지녔기에 더욱 안타까운 이광수의 작품들

1909년, 일본 메이지 학원 중학부에 다니던 이광수는 메이지 학원의 동창회보인 〈백금학보〉에 일본어로 쓴 소설 「사랑인가」를 발표하며 본격적인 작품 활동을 시작했다. 귀국한 후 소설 「무정」, 「마의태자」, 「단종애사」 등을 발표하며 호평받았다. 소설뿐만 아니라 시, 논설, 번역 등 다양한 분야에서 저술 활동을 했다. 하지만 창씨개명과 징병제를 지지하는 등 친일 작품을 남기기도 했다.

▶27쪽 자유연애와 계몽을 소설에 담다 – 이광수의 「무정」

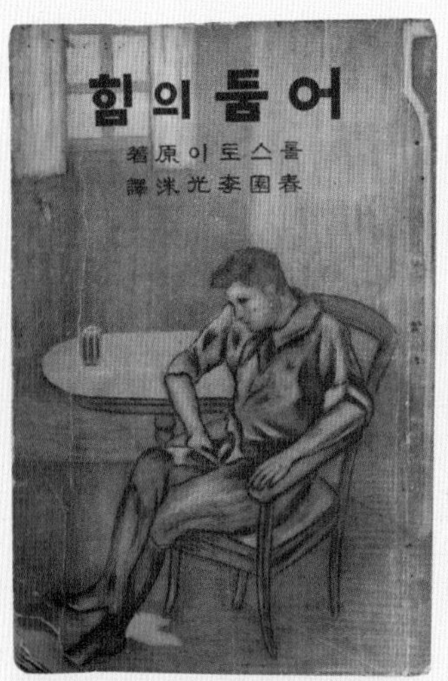

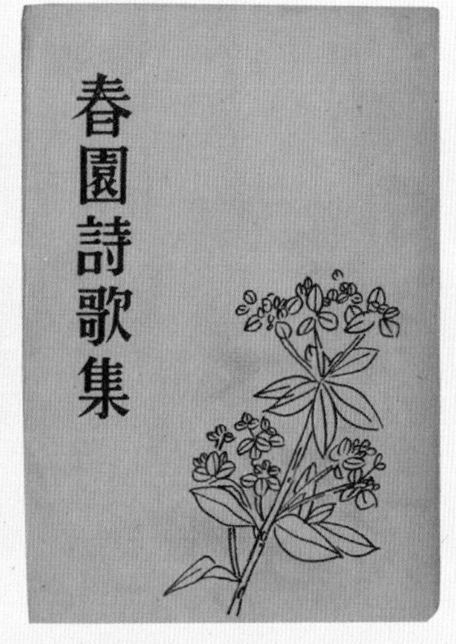

◐◑ 『어둠의 힘』
러시아 작가 레프 니콜라예비치 톨스토이(Lev Nikolayevich Tolstoy, 1828~1910)가 1888년에 쓴 희곡 「어둠의 힘」을 이광수가 번역한 것이다. 1923년 중앙서림에서 간행했다.

◑ 『춘원시가집』
이광수의 시와 시가를 묶어 펴낸 것으로, 1940년 박문서관에서 간행했다. 총 149편의 시가 수록되어 있다. '춘원'은 이광수의 호(본이름 외에 편하게 부를 수 있도록 지은 이름)다.

◑ 『나의 고백』
광복 후인 1949년에 출간된 이광수의 자서전이다. 이 책에서 이광수는 일제 강점기 때 자신의 행적에 대해 설명했다. 하지만 친일 행동에 대한 변명으로 평가되어 비판받았다.

이광수의 육필 원고

이광수가 직접 쓴 산문 원고다. "내가 이 나라 이 백성이 가장 좋은 백성이 되어지라 하는 내 원력(부처에게 빌어 원하는 바를 이루려는 마음의 힘)도 불멸입니다."라는 문구가 눈에 띈다.

나는 또 힘의 불멸을 믿습니다. 내가 몸으로 입으로 마음으로 짓는 일(업)을 하나도 소멸됨이 없고 반드시 그 만한 결과로 갚아진다는 이치를 부처님께서 배워서 믿습니다. 또 물리학과 화학에서 배워서 믿습니다.

내가 하는 일은 말할 것도 없고 말 한 마디 생각 하나도 불멸입니다. 그런으로 내가 이 나라 이 백성이 가장 좋은 나라 가장 좋은 백성이 되어지라 하는 내 원력(願力)도 불멸입니다. 그런으로 비록 내 머리카락 한 올만 한 힘 밖에 못 되는 내 원력이라도 백생 천생에 쌓이고 쌓이면 반다시 그대로 실현될 것을 나는 굳게 굳게 진실로 진실로 믿습니다.

그것을 믿길래로 나는 희망을 잃지 아니합니다. 나는 이 나라 이 백성이 반드시 가장 좋은 나라

『문장독본』

이광수가 본보기로 삼을 만한 좋은 문장이나 문학 작품을 모아 엮은 책이다. 1953년 청록사에서 간행했다.

마지막까지 일제와 타협하기를 거부한 현진건

일본과 중국에서 유학하며 학문과 선진 문물을 익힌 현진건은 당대의 지식인이었다. 현진건은 1920년 등단한 이후 「빈처」, 「술 권하는 사회」, 「운수 좋은 날」 등 한국 문학사에서 주요한 작품을 남겼다. 1921년 〈조선일보〉에 입사하며 언론계에 첫발을 디딘 뒤 1936년 〈동아일보〉 사회부장을 지낼 정도로 유능한 언론인이기도 했다. 당시 많은 지식인이 현실의 어려움을 변명 삼아 친일 행동을 한 것과 달리, 현진건은 가난으로 고통을 겪으면서도 마지막까지 일제와 타협하지 않았다.

▶44쪽 유학파 지식인들은 왜 점점 무기력해졌을까 – 현진건의 「술 권하는 사회」

세이조 중학교
일본 도쿄에 있는 중학교로, 현진건이 다녔던 학교다. 현진건은 1917년 일본에 건너가 세이조 중학교 3학년에 편입학했으며, 4학년 때 중퇴했다.

후장 대학교
20세기 초 중국 상하이에 있던 종합 대학이다. 현진건은 세이조 중학교를 중퇴한 뒤 상하이로 건너가 후장 대학교에서 독일어를 전공했다.

문인들의 안식처, 망우 묘지공원

서울 중랑구와 경기 구리시에 걸쳐져 있는 망우산에는 오래된 공동묘지가 있다. 오늘날 망우 묘지공원으로 불리는 이 공동묘지는 1933년부터 조성되기 시작했다. 최서해, 한용운을 비롯한 문인들과 안창호, 지석영, 조봉암 등 역사적 인물들이 이곳에 잠들어 있다.

▶52쪽 "우리는 여태까지 속아 살았다." – 최서해의 「탈출기」

⬆⬅ 최서해의 묘와 문학비

1932년 사망한 최서해의 묘다. 본래 서울 강북구의 미아리 공동묘지에 묻혔으나 1959년 시인 김광섭 등이 망우 묘지로 이장했다. 묘 앞에는 최서해의 문학과 생애를 기리는 문학비가 세워져 있다.

⬇ 한용운(1879~1944)의 묘

시인이자 독립운동가, 승려인 한용운의 묘다. 광복을 눈앞에 두고 서울 성북구의 자택 심우장에서 세상을 뜬 한용운은 망우 묘지공원에 안장되었다.

김상용(1902~1951)의 묘

시인이자 영문학자인 김상용의 묘다. 김상용은 6·25 전쟁 중이던 1951년 피란을 위해 머물던 부산에서 사망했다. 생전에는 주로 서정시를 발표했다.

방정환(1899~1931)의 묘

일제 강점기에 활동한 아동 문학가 방정환의 묘다. 방정환은 '어린이'라는 말을 만들고 '어린이날'을 제정하는 등 어린이 운동에 앞장섰다. 과로로 병을 얻어 만 31세에 사망했다.

박인환(1926~1956)의 묘

시인 박인환의 묘다. 강원 인제에서 태어난 박인환은 서울 종로에서 서점을 운영하며 시인들과 교류했다. 그 영향으로 1946년부터 시를 쓰기 시작했고 「목마와 숙녀」, 「세월이 가면」 등의 시를 남겼다.

계용묵(1904~1961)의 묘

소설가 계용묵의 묘다. 평남 선천에서 태어난 계용묵은 1927년 〈조선문단〉에 소설 「최 서방」을 발표하며 본격적인 작품 활동을 시작했다. 1935년 대표작 「백치 아다다」를 발표해 많은 주목을 받았다.

망우 공원 입구

망우 묘지공원이 있는 망우산에는 시민들이 산책을 즐길 수 있는 망우 공원도 조성되어 있다. 망우 공원으로 들어서는 입구에는 망우 묘지공원에 안장된 유명인들의 사진과 정보가 전시되어 있다.

이태준이 생애 가장 행복한 시간을 보낸 성북동 옛집

일찍이 부모를 잃은 어린 시절은 물론, 학창 시절과 일본 유학 시절까지 이태준의 삶은 무척 불우했다. 이태준은 1930년 결혼한 뒤 비로소 안정을 찾기 시작했고, 1933년에는 서울 성북구 성북동에 집을 마련했다. 이 집에서 살던 시기에 이태준은 행복하고 단란한 가정을 꾸렸으며, 작가로서도 전성기를 맞이했다.

▶68쪽 소외된 인물을 가만히 쓰다듬다 – 이태준의 「달밤」
▶73쪽 "이 다리에는 우리 가족의 역사가 담겨 있단다." – 이태준의 「돌다리」

이태준 고택

이태준이 1933년부터 1946년까지 가족들과 살던 집이다. 이 집에서 살던 시기에 이태준은 「달밤」, 「돌다리」, 「복덕방」, 「사상의 월야」 등 많은 작품을 집필했다. 현재는 이태준의 외종 손녀가 이곳에서 '수연산방'이라는 전통찻집을 운영하고 있다.

이태준 캐리커처

1946년 8월 〈신문학〉 13호에 실린 이태준의 캐리커처다. 이태준의 뒤쪽에 성북동 집이 그려져 있다.

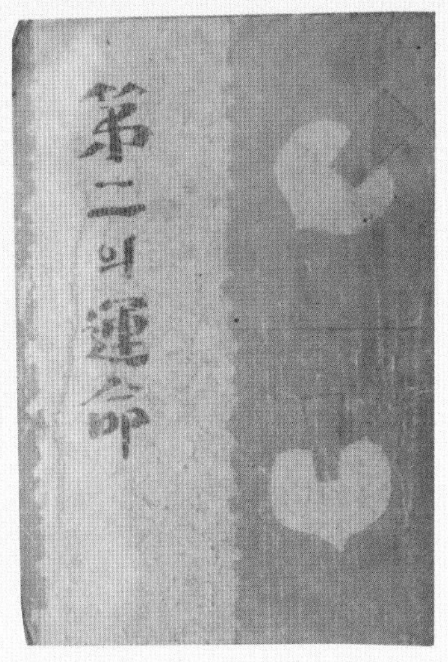

『제2의 운명』
이태준이 발표한 첫 번째 장편 소설이다. 1933년 8월 25일부터 〈조선중앙일보〉에 총 201회에 걸쳐 연재했다. 1948년 한성도서에서 단행본으로 간행했다.

『복덕방』
1947년 을유문화사에서 간행한 이태준의 단편집이다. 표제작 「복덕방」은 이태준의 대표작 중 하나로, 1937년 〈조광〉에 발표되었다.

『해방전후』
1947년 조선 문학사에서 발행한 이태준의 단편집이다. 표제작 「해방전후」는 1946년 8월 〈문학〉에 발표되었다.

『사상의 월야』
1941년 3월 4일부터 7월 5일까지 〈매일신보〉에 연재한 이태준의 장편 소설이다. 1946년 을유문화사에서 단행본으로 간행했는데, 신문 연재본과는 약간의 차이가 있다.

'구보 씨'가 활보했던 경성의 풍경

「소설가 구보 씨의 일일」의 주인공인 구보는 온종일 경성 이곳저곳을 돌아다니며 창작 소재를 찾는다. 그런 구보의 시선을 통해 박태원은 1930년대 경성의 풍경과 풍속을 묘사하고, 당시 지식인의 내면세계를 드러냈다.

▶77쪽 눈앞에서 벌어진 일을 그대로 노트에 적다 – 박태원의 「소설가 구보 씨의 일일」

경성 우편국 옆 거리

일제 강점기에 '남촌'으로 불리던 곳이다. 당시 경성은 청계천을 경계로 조선인이 사는 북촌과 일본인이 사는 남촌으로 나뉘었다.

경성 조선 호텔

1914년 서울 중구 소공동에 세워진 호텔이다. 「소설가 구보 씨의 일일」에는 구보가 조선 호텔 앞을 지나치는 장면이 나온다.

종로의 상점과 행인들

근대식 건물이 들어선 종로 거리의 모습이다. 말을 끌고 가는 사람과 자전거를 타는 사람, 한복을 입은 사람과 양복을 입은 사람이 뒤섞여 길을 지나는 풍경이 인상적이다. 「소설가 구보 씨의 일일」에서 구보는 종로 네거리를 지나 화신 백화점으로 향한다.

종로 시가지 풍경
위에서 내려다본 종로의 풍경이다. 사진 왼쪽에 있는 건물은 조선 식산 은행으로, 조선의 자원을 착취해 식민지 경제를 지배하고자 일제가 세운 금융 기관이다.

경성역
1900년 '경성역'으로 영업을 시작했다. 이후 '남대문역'으로 개칭되었다가 역사 신축이 논의되면서 다시 '경성역'이 되었다. 당시 일본 도쿄역과 함께 아시아에서 가장 큰 규모의 역사로 꼽혔다. 1946년 '서울역'으로 이름이 바뀌어 2003년까지 쓰였다. 현재 옛 역사는 '문화역 서울 284'라는 문화 공간으로 사용되고 있다.

아기자기한 추억을 쌓을 수 있는 기차역, 김유정역

김유정의 고향인 실레 마을 앞에 있던 신남역은 2004년에 김유정역으로 이름이 바뀌었다. 김유정역은 2010년에 새로 지은 역사로 이전했으며, 현재 사용되는 김유정역 근처에는 옛 역사가 남아 있다. 아기자기하게 꾸며진 역사는 여행객들의 마음을 설레게 한다. 멀지 않은 곳에 김유정 문학촌이 있어 함께 둘러보기에 좋다.

▶86쪽 내년 봄에도 장인님과 몸싸움을 하게 될까 – 김유정의 「봄·봄」
▶90쪽 가혹한 농촌 현실이 만들어 낸 '막된 사람들' – 김유정의 「만무방」

김유정 동상

김유정 문학촌에 있는 동상이다. 강원 춘천에서 태어난 김유정은 1933년 서울에 와서 본격적으로 소설을 창작하기 시작했다. 구인회에서 활동하던 1935년 〈조선일보〉 신춘문예에 「소낙비」가, 〈조선중앙일보〉 신춘문예에 「노다지」가 각각 당선되며 정식으로 등단했다.

김유정역

현재 이용되는 김유정역 역사이다. 2010년에 수도권 전철 경춘선이 개통되면서 새로운 장소로 옮겼다. 역사는 한옥 형태로 지었으며 역명판이 궁서체로 표기되어 있다.

김유정역 구역사 전경
1939년에 지어진 김유정역 구역사는 기차가 자주 서지 않는 간이역이었다. 오른쪽의 기차는 더 이상 운행하지 않는 경춘선 열차로, 내부에는 춘천 관광 안내 책자 등이 비치되어 있다.

김유정역 구역사 외부
건물 벽면에 벽화가 그려져 있다. 2018년부터 생태 공원과 야외 결혼 식장으로 활용되고 있다.

김유정역 구역사 내부
기차 시간표와 여객 운임표, 난로, 주전자 등 옛 기차역의 모습을 그대로 간직하고 있다.

김유정 문학이 살아 숨 쉬는 곳, 김유정 문학촌

강원 춘천 신동면에는 김유정 문학촌이 조성되어 있다. 이곳은 김유정의 고향인 실레 마을이 있던 곳이다. 김유정 문학촌에는 김유정 생가와 김유정 기념 전시관, 김유정 이야기집 등이 있어 김유정의 생애와 문학 작품을 관람하고 체험할 수 있다. 매년 5월에는 김유정 문학제가 열린다.

▶86쪽 내년 봄에도 장인님과 몸싸움을 하게 될까 – 김유정의 「봄·봄」
▶90쪽 가혹한 농촌 현실이 만들어 낸 '막된 사람들' – 김유정의 「만무방」

김유정 생가와 김유정 기념 전시관
사진 왼쪽의 초가집이 김유정 생가고, 오른쪽의 건물이 김유정 기념 전시관이다. 김유정 기념 전시관에는 김유정의 문학관과 생애를 엿볼 수 있는 다양한 자료가 전시되어 있다.

김유정 기념 전시관에 전시된 「봄·봄」
김유정 기념 전시관에 있는 대형 책 모형 전시물이다. 「봄·봄」의 도입부가 적혀 있다.

⇧ 김유정 생가
김유정이 태어난 옛집이다. 2002년 김유정 문학촌이 문을 열 때 함께 복원해 일반인에게 공개되었다.

⇧⇧ 『동백꽃』과 「동백꽃」 재현 동상
「동백꽃」은 김유정이 1936년 〈조광〉에 발표한 단편 소설이다. 오른쪽 사진은 1940년 세창서관에서 재간행한 단편집 『동백꽃』으로, 「동백꽃」, 「봄·봄」, 「만무방」, 「산골 나그네」 등이 수록되어 있다. 아래 사진은 「동백꽃」에서 '나'와 점순이 닭싸움하는 장면을 재현한 동상이다.

김유정 이야기집

김유정 이야기집에는 김유정의 생애와 작품에 대한 다양한 자료가 전시되어 있다. 「봄·봄」을 비롯해 다양한 작품들을 영상 미디어의 형태로 만나 볼 수 있다.

김유정 방

김유정 이야기집에는 김유정이 생애 마지막을 보냈던 방이 재현되어 있다. 폐결핵을 앓던 김유정은 매형인 유세준의 집에서 요양하며 지내다 1937년에 사망했다. 재현된 방은 세상을 뜨기 전 소설가 안회남에게 마지막으로 편지를 보낸 장소이기도 하다.

이상의 학창 시절과 「날개」의 배경이 된 백화점

이상은 어려운 가정 형편 때문에 큰아버지에게 입양되어 자랐다. 어릴 때부터 미술에 소질을 보였던 이상은 경성 고등 공업 학교 건축과에 진학했고, 1933년까지 건축가로 일했다. 친하게 지내던 박태원이 「소설가 구보 씨의 일일」을 연재할 때는 직접 삽화를 그려 주기도 했다.

▶98쪽 "한 번만 더 날아 보자꾸나!" – 이상의 「날개」

경성 고등 공업 학교 시절

보성 고등 보통학교를 다닐 때 여러 미술 대회에서 입상한 이상은 진로 문제로 고민했다. 이때 기술이 있어야 먹고살 수 있다는 큰아버지의 권유로 1926년 경성 고등 공업 학교 건축과에 입학했다.

신세계 백화점 본점(서울 중구)

미쓰코시 백화점은 우리나라 최초의 백화점으로 1906년 경성에 설립된 출장 대기소가 시초이다. 현재 신세계 백화점 본점은 미쓰코시 백화점으로 지어졌던 건물이다. 미쓰코시 백화점은 「날개」 마지막 장면의 배경이 되었다.

'메밀꽃 필 무렵'에 가면 더욱 멋진 이효석의 고향, 봉평

강원 평창군 봉평면은 이효석의 고향이자 「메밀꽃 필 무렵」의 배경이 된 지역이다. 2002년 이곳에 이효석의 문학과 삶을 기념하기 위한 이효석 문학관이 개관했다. 문학관 근처에는 「메밀꽃 필 무렵」에 등장하는 물레방앗간이 있고, 이효석 생가도 복원되어 있다.

▶102쪽 고향과 아버지에 대한 마음을 소설에 담다 – 이효석의 「메밀꽃 필 무렵」

봉평 메밀꽃밭

매년 9월 봉평 메밀밭에는 메밀꽃이 가득 피면 이효석 문학관과 주변 지역에서 효석 문화제가 열린다.

이효석 생가

이효석이 태어난 집은 여러 번 고쳐 옛 모습을 잃었다. 현재 복원된 이효석 생가는 지역 원로들의 고증에 따라 2007년 조성한 것이다.

⬆ 이효석의 집필실

이효석이 생전에 사용했던 집필실을 재현한 것으로, 이효석 문학관 내에 전시되어 있다.

⬇ 이효석 문학관 전경

이효석 문학관은 이효석의 생애와 작품을 한눈에 볼 수 있는 곳이다. 문학관 마당에는 책상 앞에 앉아 글을 쓰는 모습의 이효석 동상이 세워져 있다.

⊙ 물레방아와 물레방앗간

「메밀꽃 필 무렵」에 등장하는 물레방아와 물레방앗간을 재현한 것이다. 물레방앗간 앞에는 「메밀꽃 필 무렵」의 일부가 새겨진 기념비가 세워져 있다.

⊙ 물레방앗간 내부

물레방앗간 내부에는 물레방아 시설 일부가 재현되어 있고, 사진을 찍을 수 있는 포토존도 설치되어 있다.

한국 현대 문학을 대표하는 김동리의 작품들

1913년 경북 경주에서 태어난 김동리는 광복 이후의 한국 현대 문학을 대표하는 작가 가운데 한 명이다. 1934년 시 「백로」로 등단한 김동리는 이후 문단의 주목을 받으며 1990년 뇌졸중으로 병상에 누울 때까지 무수히 많은 작품을 창작했다.

▶119쪽 "전통적인 민족 정서가 섬진강처럼 흐르는 소설" – 김동리의 「역마」

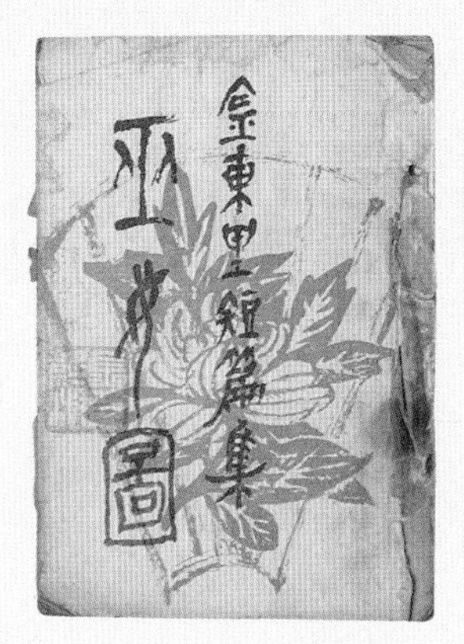

『무녀도』
1947년 을유문화사에서 간행한 김동리의 단편 소설집으로, 대표작인 「무녀도」는 토속 신앙과 기독교의 대립을 다룬다.

『귀환장정』
김동리가 부산에 피란을 가 있던 1951년 수교문화사에서 펴낸 단편 소설집이다. 전쟁으로 말미암은 혼란과 고통을 담았다.

『문학개론』
김동리가 1952년에 펴낸 문학 평론집이다. 김동리는 소설뿐만 아니라 시와 수필, 평론 등 다양한 글을 창작했다.

『패랭이꽃』
1983년 현대문학사에서 간행한 김동리의 두 번째 시집이다. 김동리는 시로 등단했을 만큼 뛰어난 시인이기도 했다.

섬진강을 따라 펼쳐진 「역마」의 현장, 화개 장터

지리산에서 시작된 화개천이 섬진강으로 흘러드는 지점, 이곳에서는 오래전부터 화개 장터가 열렸다. 「역마」의 배경이 되는 화개 장터는 영남과 호남의 경계에 있어 오랫동안 상업의 중심지 역할을 해 왔다. 각지에서 몰려드는 상인들로 북적거리던 옛 모습은 사라졌지만, 관광지로 명맥을 이어가고 있다.

▶119쪽 "전통적인 민족 정서가 섬진강처럼 흐르는 소설" – 김동리의 「역마」

쌍계사
경남 하동군에 있는 사찰이다. 신라 성덕왕 때 지어졌으며, 벚꽃길로 화개 장터와 이어져 있다. 「역마」에서는 옥화가 아들인 성기를 쌍계사에 보내서 역마살을 없애려 하는 장면이 나온다.

섬진강
전북 진안 팔공산에서 시작되어 지리산 기슭을 거쳐 남해로 흘러드는 강이다. 우리나라에서 네 번째로 긴 강이다. 강변에 하얀 모래밭이 있어 아름답고 독특한 풍광을 자랑한다.

⬆ 화개 장터

과거에 비해 규모는 작아졌지만, 오늘날에도 경남 하동군에서 화개 장이 열리고 있다. 화개 장터는 역사적 · 문화적 가치가 높아 많은 사람이 찾는 관광 명소다.

⬇ 화엄사

전남 구례군 지리산 자락에 있는 사찰이다. 화개 장터에서 섬진강의 큰 물줄기를 따라 올라가면 구례로 갈 수 있다. 「역마」의 주인공 성기는 계연이 떠난 구례 쪽 대신 하동 쪽 길로 내려간다.

황순원 문학촌, '소나기 마을'을 찾아서

경기 양평에는 황순원의 대표작 「소나기」의 배경이 된 마을이 있다. 현재 이 마을은 황순원을 기념하기 위한 문학촌인 '소나기 마을'로 조성되었다. 소나기 마을에는 황순원 문학관과 소설 체험장이 있어 소설 속 장면을 직접 재현해 볼 수 있다.

▶131쪽 6·25 전쟁 중에도 꺼지지 않은 휴머니즘 – 황순원의 「너와 나만의 시간」

황순원 문학관과 소나기 광장

소나기 마을 중앙에 있는 '소나기 광장'에는 「소나기」의 주제를 표현한 조형물들이 설치되어 있다. 사진 오른쪽의 건물은 황순원의 작품과 유품이 전시되어 있는 황순원 문학관이다.

「독 짓는 늙은이」 재현

「독 짓는 늙은이」는 1950년 4월 〈문예〉에 발표된 황순원의 단편 소설이다. 평생 독을 만드는 일을 한 송 영감이 늙고 병든 데다 조수가 아내와 함께 사라지자, 독을 굽는 가마로 들어가 죽음을 맞이한다는 비극적인 이야기다.

소나기 마을의 징검다리
소나기 마을에는 「소나기」의 주인공인 소년과 소녀가 자주 만나던 시냇물과 징검다리가 재현되어 있다. 이뿐만 아니라 소년과 소녀가 비를 피하던 원두막, 송아지를 타고 놀던 들판 등 소설 속 장면을 체험할 수 있는 곳이 마련되어 있다.

혼란 속에서도 휴머니즘을 잃지 않는 황순원의 작품들

황순원의 작품에는 비참한 시대에서도 존엄성을 잃지 않는 인간들의 모습이 담겨 있다. 또한 그의 소설은 문학적 아름다움을 서정적으로 표현해 낸다. 황순원 문학촌과 현대 문학관에서는 예전에 출간된 황순원의 책들을 만나 볼 수 있다.

▶131쪽 6·25 전쟁 중에도 꺼지지 않은 휴머니즘 – 황순원의 「너와 나만의 시간」

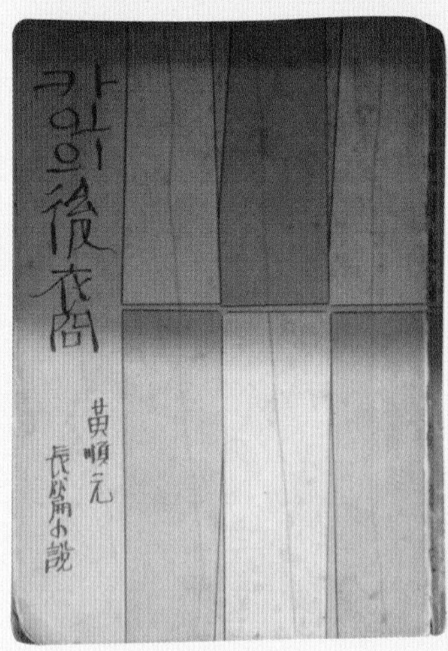

「학」

1956년 중앙문화사에서 간행한 황순원의 단편 소설집이다. 이 책에는 황순원의 대표 작품인 「학」, 「소나기」, 「매」 등이 수록되어 있다.

「나무들 비탈에 서다」

황순원이 1960년 〈사상계〉에 연재한 장편 소설이다. 같은 해 사상계사에서 단행본으로 펴냈다. 전쟁 이후 젊은이들이 겪는 혼란과 그로 말미암은 갈등을 다루었다.

「카인의 후예」

황순원의 두 번째 장편 소설로, 1953년 〈문예〉에 연재되다가 중간에 잡지가 폐간되고 1954년 단행본으로 출간되었다. 광복 후 토지 개혁이 진행되는 북한에서 일어나는 비극을 그렸다.

전쟁의 아픔을 되새기는 곳, 전쟁 기념관

서울 용산구에 있는 전쟁 기념관은 전쟁에 관한 자료를 모아 둔 박물관으로 교훈과 호국 정신을 전달하고 전사자들을 추모하는 것을 목적으로 세워졌다. 전쟁 무기와 사진을 비롯해 다양한 자료들이 전시되어 있으며, 전쟁의 참상을 느낄 수 있는 곳이다.

▶131쪽 6·25 전쟁 중에도 꺼지지 않은 휴머니즘 – 황순원의 「너와 나만의 시간」

⊙ 형제의 상
전쟁 기념관에 설치된 지름 18m, 높이 11m의 조형물이다. 6·25 전쟁 당시 각각 국군과 인민군으로 참전한 형제가 강원 원주에서 전투를 벌이던 중 극적으로 만나게 된 이야기를 바탕으로 만들었다. 형제가 서 있는 돔은 중앙이 갈라져 있는데, 이는 한국의 분단을 상징하는 동시에 통일에 대한 염원을 의미한다.

⊙ 전쟁 기념관의 전사자 명비
전쟁 기념관 복도와 회랑에는 6·25 전쟁, 베트남 전쟁 등에서 전사한 사람들의 이름이 새겨져 있다.

순천만에서 만나는 문학, 순천 문학관과 김승옥

전남 순천의 순천만은 세계 5대 연안 습지로 꼽히는 곳으로, 아름다운 풍경과 생태적 가치로 유명하다. 순천만 일대에는 생태계를 보호하기 위한 '순천만 국가 정원'이 조성되어 있다. 순천만 국가 정원 안의 순천 문학관에 가면 김승옥의 문학을 만날 수 있다.

▶146쪽 1960년대 한국 시민의 자화상 – 김승옥의 「서울, 1964년 겨울」

순천 문학관 김승옥관 전경

순천 문학관은 순천만과 조화를 이루는 초가 건물로 지어졌다. 순천을 대표하는 소설가 김승옥과 동화 작가 정채봉의 전시관이 있다. 사진은 김승옥의 작품과 생애 관련 자료를 모아 둔 김승옥관이다.

김승옥관 입구

김승옥관에서는 김승옥의 작품과 육필 원고, 사진 등을 전시한다. 입구의 디딤돌에 "누구나의 가슴에 무진은 있다."라는 문장이 붙어 있다.

○ 김승옥이 각색한 영화

김승옥의 소설 「무진기행」은 1967년 〈안개〉라는 제목의 영화로 제작되었다. 영화는 교차 편집과 같은 영상 기법을 통해 서울과 무진을 대조하며 주인공의 갈등을 표현했다. 김승옥은 이 작품의 각색을 맡은 것을 계기로 이후 영화계에서도 활발히 활동했으며 김동인의 소설을 영화화한 〈감자〉를 감독하기도 했다.

○ 김승옥과 배우 윤정희

영화 〈안개〉의 주연을 맡은 배우 윤정희와 함께 찍은 사진이다. 왼쪽에서 두 번째가 김승옥, 그 오른쪽이 윤정희다.

⬆ 순천만 전경

「무진기행」의 공간적 배경인 도시 '무진'은 실제 존재하는 곳이 아니다. 김승옥이 유년 시절을 보냈던 전남 순천을 바탕으로 재구성한 가상의 지역이다. 안개가 자욱한 순천만 일대를 거닐다 보면 마치 소설 속 '무진'으로 걸어 들어온 듯한 느낌이 들 것이다. 사진은 순천만에서 가장 유명한 'S자 물길'이다.

절강 습지

순천 문학관 바로 옆에 있는 습시로, 다양한 철새들의 서식지이기도 하다.

순천만 국가 정원의 모노레일

순천만 습지의 자연환경을 보호하기 위해 운행하는 소형 무인 궤도차 '스카이큐브'다. '스카이큐브'를 타면 순천 문학관에 쉽게 갈 수 있다. 사진 가운데에 있는 순천 문학관역의 오른쪽에 순천 문학관이 보인다.

순천 문학관 전경

2010년 문을 연 순천 문학관은 순천만 안에 지어져 있다. 초가 건물 아홉 채로 구성된 순천 문학관에서는 다른 문학관에서 느낄 수 없는 독특한 분위기를 경험할 수 있다. 사진 왼쪽이 정채봉관, 가운데가 김승옥관, 오른쪽이 관리 사무소다.

서로 다른 이야기를 지닌 세 곳의 박경리 문학관

한국 문학 역사상 문학관을 세 곳이나 가지고 있는 작가는 박경리가 유일하다. 「토지」의 배경인 경남 하동, 박경리가 나고 자란 경남 통영, 박경리가 삶의 마지막을 보낸 강원 원주에 각각 박경리를 기념하는 문학관이 있다. 각 문학관마다 서로 다른 특색을 지니고 있어 다양한 시각에서 박경리의 문학과 생애를 살펴볼 수 있다.

▶152쪽 수난의 현대사가 낳은 한국 대표 소설 – 박경리의 「토지」

박경리 문학관(경남 하동)

경남 하동에 있는 문학관으로 2016년에 개관했다. 박경리의 작품과 유품을 전시하는데, 특히 「토지」와 관련한 자료를 많이 소장하고 있다. 박경리 문학관은 본래 '평사리 문학관'이었는데, 2016년 이름을 바꾸고 위치도 이전했다.

○○ 상평 마을 최 참판 댁

「토지」 속 최 참판 댁 가옥을 재현한 집이다. 사랑채, 안채, 별당, 행랑채, 정원, 우물 등이 소설 속에 등장하는 구조 그대로 재현되어 있다. 오른쪽은 서희가 기거하던 별당이고, 아래는 서희의 어머니 윤씨 부인의 거처인 안채다.

○ 「토지」 재현 마을(경남 하동)

경남 하동의 평사리 상평 마을에는 「토지」에 등장하는 마을 모습이 재현되어 있다. 상평 마을은 2001년에 자연 생태 우수 마을로 지정되었으며, 2004년과 2005년에 걸쳐 SBS에서 방영한 드라마 〈토지〉의 촬영지이기도 하다.

박경리 기념관(경남 통영)
경남 통영에 있는 박경리 기념관으로, 박경리의 작품과 유품을 전시한다. 기념관 주변에는 박경리의 동상과 문학비가 조성되어 있다. 조용하고 한적한 분위기가 인상적이다.

박경리의 묘소(경남 통영)
박경리 기념관 뒷산에 있는 박경리의 묘소다. 박경리의 고향인 통영의 바닷가가 내려다보인다.

○ 박경리의 서재(경남 통영)

박경리가 생애 마지막 18년 동안 머물면서 「토지」를 쓴 강원 원주 자택의 서재를 박경리 기념관에 재현해 놓았다. 박경리 기념관의 전시실 입구에서는 실제 서재에서 집필 중인 박경리의 사진을 볼 수 있다.

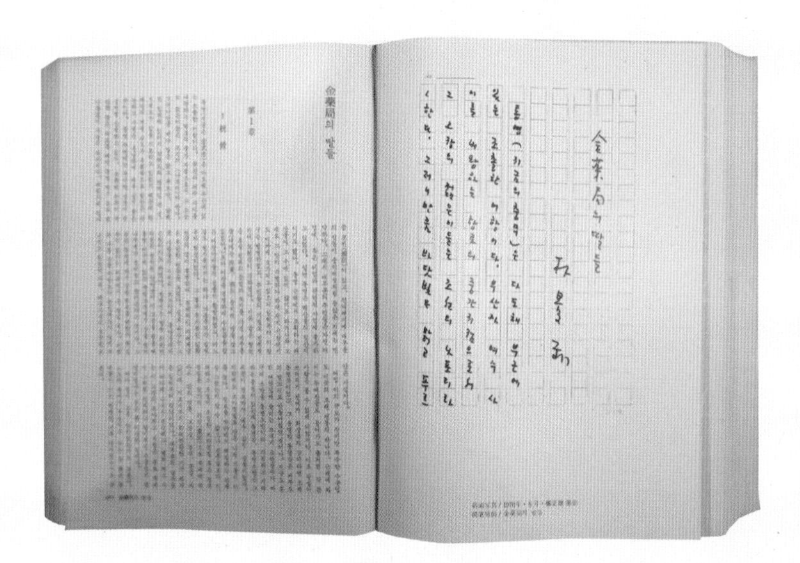

金藥局의 딸들

○ 『김약국의 딸들』

박경리의 또 다른 대표작으로, 1962년 을유문화사에서 간행했다. 통영을 배경으로 삼은 이 소설은 격동하는 사회의 흐름 속에서 몰락해 가는 한 집안의 이야기를 다루었다.

박경리 문학의 집(강원 원주)
박경리의 문학 세계와 생애를 기리기 위해 2010년 개관했다. 박경리의 작품과 육필 원고, 유품을 전시하며, 「토지」의 이해를 돕는 다양한 영상 자료를 제공하고 있다.

박경리의 유품
박경리 문학의 집에 전시된 박경리의 유품들이다. 박경리가 작품을 집필할 때 사용했던 필기구와 안경뿐만 아니라 텃밭을 가꿀 때 사용했던 농기구, 밀짚모자 등도 함께 전시되어 있어 박경리의 삶을 보다 생생하게 만날 수 있다.

박경리의 자택(강원 원주)
박경리가 1980년부터 생을 마감할 때까지 살았던 강원 원주의 집이다. 박경리는 이곳에서 「토지」의 대장정을 마무리했다. 자택 주변에 박경리 문학 공원이 조성되어 있다.

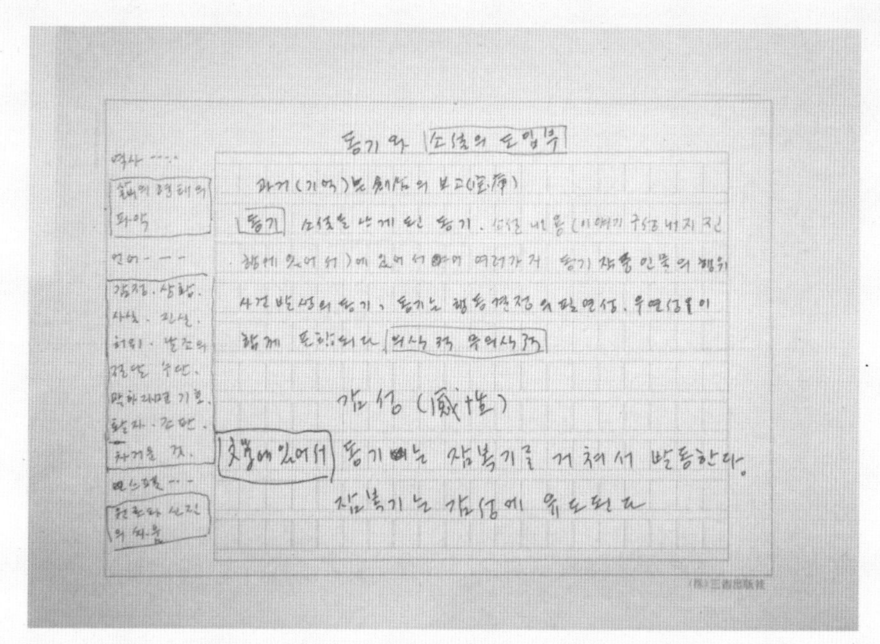
동기와 소설의 도입부

감성(感性)

文學에 있어서 동기는 잠복기를 거쳐서 발동한다.

잠복기는 감성에 유도된다

「토지」를 구상하며 적은 글

박경리가 「토지」를 구상하면서 쓴 글로, 작품 창작의 동기와 도입부 구성에 대한 내용을 적었다. 박경리 기념관에 전시되어 있다.

「토지」 육필 원고

박경리가 쓴 「토지」 원고다. 박경리가 사용했던 만년필, 돋보기 등과 함께 박경리 문학관에 전시되어 있다.

대하소설의 웅장함, 태백산맥 문학관과 아리랑 문학관

대하소설(大河小說)이란 큰 강줄기처럼 방대하게 이어지는 소설을 말한다. 박경리의 「토지」는 대표적인 대하소설이다. 한국 현대 문학사에서 대하소설을 다룰 때는 소설가 조정래의 「태백산맥」과 「아리랑」을 빼놓을 수 없다. 전남 보성에 있는 조정래 태백산맥 문학관과 전북 김제에 있는 조정래 아리랑 문학관에 가면 대한민국의 역사가 담긴 묵직하고 웅장한 문학을 만날 수 있다.

▶152쪽 수난의 현대사가 낳은 한국 대표 소설 – 박경리의 「토지」

조정래 태백산맥 문학관
소설 「태백산맥」의 주요 무대인 전남 보성 벌교읍에 세워진 문학관으로, 2008년에 개관했다.

조정래 태백산맥 문학관 내부
조정래 태백산맥 문학관에는 「태백산맥」의 육필 원고를 포함한 관련 자료들이 전시되어 있다. 실내 인테리어와 창밖의 벽 무늬가 아름답게 조화를 이룬다.

「태백산맥」 원고

6년간 집필한 「태백산맥」의 육필 원고로, 1만 6,000여 장에 이른다. 「태백산맥」은 1948년에 일어난 여수·순천 사건 이후부터 1953년 휴전 협정 직후까지의 이야기를 담고 있다. 혼란스러운 한국 사회에서 벌어지는 갈등과 폭력, 그리고 그 안에서 살아가는 사람들의 삶을 다룬 작품이다.

조정래의 옷과 신발

조정래가 「태백산맥」을 집필하기 위해 직접 각지를 돌아다니며 취재할 때 입었던 옷과 신었던 신발이다.

조정래 아리랑 문학관

소설 「아리랑」의 이야기가 시작되는 전북 김제에 세워진 문학관으로, 2003년에 개관했다. 취재 수첩 등 아리랑과 관련된 다양한 자료가 전시되어 있다.

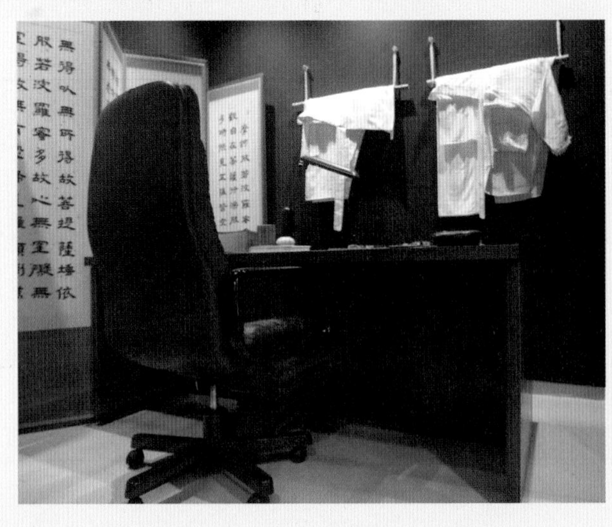

조정래의 집필실

「아리랑」 집필 당시 조정래가 사용하던 집필실을 재현해 놓은 모습이다.

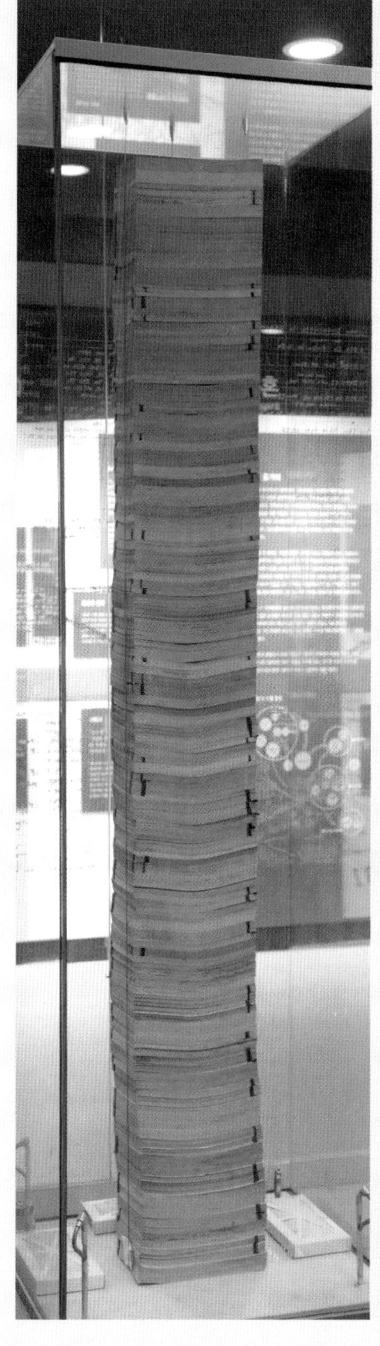

조정래의 펜과 안경

조정래 아리랑 문학관에는 조정래가 「아리랑」을 집필할 때 사용했던 펜과 착용했던 안경이 전시되어 있다.

「아리랑」 원고

5년간 집필한 「아리랑」의 육필 원고로, 2만여 장에 이른다. 「아리랑」은 구한말부터 광복 직후까지의 이야기를 담고 있다. 일제 강점기를 살아가며 우리 민중이 겪어야 했던 수난과 역경이 잘 나타난다.

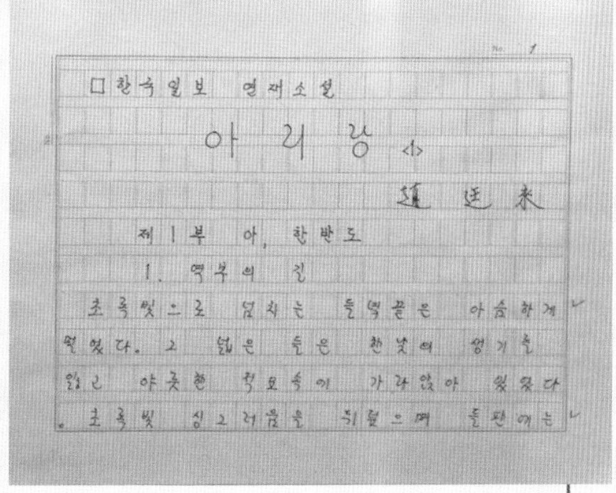

□한국일보 연재소설

아리랑 <1>

趙廷來

제1부 아, 한반도

1. 역부의 길

초록빛으로 넘치는 들녘끝은 아슴하게 멀었다. 그 넓은 들은 한낮의 생기를 잃고 야릇한 적요속에 가라앉아 있었다. 초록빛 싱그러움을 뒤덮으며 들판에는

『난쟁이가 쏘아 올린 작은 공』의 배경이 된 재개발 지역

서울 중구 중림동의 재개발 지역은 『난쟁이가 쏘아 올린 작은 공』의 배경이 된 곳이다. 이곳에는 1970년대 무허가 주택 마을의 흔적이 여전히 남아 있다. 재개발을 앞두고 지역의 정체성과 역사적 가치를 유지하면서 마을을 활성화시키려는 방안을 모색 중이다.

▶168쪽 1970년대 사회에 관한 문학적 보고서 – 조세희의 『난쟁이가 쏘아올린 작은 공』

중림동 주택 내부
무허가 주택의 모습을 통해 「난쟁이가 쏘아 올린 작은 공」의 장면을 상상해 볼 수 있다.

중림동 골목
재개발을 앞둔 중림동의 골목길 풍경이다.

시대의 아픔을 간직한 5·18 민주화 운동의 현장들

박정희 대통령이 암살되고 또다시 군부 세력이 권력을 잡자 전국에서 민주화 운동이 일어났다. 1980년 5월 17일 비상계엄령이 선포되고 군대가 광주를 장악하자 다음 날부터 광주 곳곳에서 시민과 학생들이 강하게 저항했다. 5·18 민주화 운동을 직접 겪은 임철우 작가의 작품에서는 당시의 시대적 아픔을 느낄 수 있다.

▶178쪽 막차, 그리고 희망을 기다리는 사람들 - 임철우의 「사평역」

옛 전남도청 별관

전남도청은 5·18 민주화 운동 당시 시민군이 신군부의 공수 부대와 마지막까지 맞서 싸운 곳이다. 전남도청은 1986년 광주가 전라도에서 분리된 후 2005년 전남 무안으로 이전했다. 현재 옛 전남도청을 복원하기 위한 작업이 진행되고 있다.

국립 5·18 민주 묘지

5·18 민주화 운동의 의미를 되새기고 희생자들을 추모하기 위해 조성된 국립묘지로, 1997년 완공되었다. 1980년 당시 광주 망월동의 묘지에 묻혔던 희생자 800여 명의 유해를 이곳으로 이장했다. 사진 중앙의 5·18 민주화 운동 추모탑 뒤로 희생자 묘역이 있다.

고즈넉한 멋이 있는 이문열의 옛집, 석간고택

경북 영양에 있는 두들 마을은 앞쪽에는 화매천이 흐르고 뒤쪽에는 두들산이 있어 멋진 풍경을 자랑하는 곳이다. '두들'은 '언덕'을 뜻하는 순우리말이다. 이 마을은 소설가 이문열의 고향이기도 하다. 이문열은 이곳에서 유년 시절을 보냈다.

▶190쪽 탄탄했던 '독재 왕국'은 왜 무너졌을까 – 이문열의 「우리들의 일그러진 영웅」

석간고택
이문열이 유년 시절을 보낸 집이다. 이문열은 「선택」, 「그해 겨울」, 「황제를 위하여」 등 여러 소설에서 자신의 고향 마을을 주요 배경으로 삼았다.

석간고택 전경
석간고택의 일부는 현대식으로 변형되었지만, 대부분 공간은 옛 모습이 잘 보존되어 있다. 서재를 별채로 지어 사용한 것이 특징이다.

광산 문학 연구소

이문열이 문학을 연구하고 집필 공간으로 사용하기 위해 세운 곳이다. 이문열이 고향에 큰 애착을 가지고 있음을 알 수 있는 공간이다.

원미동에서 '원미동 사람들'을 만나다

양귀자의 『원미동 사람들』이 문학적으로 높은 평가를 받고 대중에게도 인정받자, 경기 부천 원미동에 이를 기념하기 위한 '원미동 사람들 거리'가 조성되었다. 좁은 골목길 곳곳에서 소설을 상징하는 조형물을 발견할 수 있고, 소설 속 등장인물들의 동상도 만날 수 있다.

▶196쪽 소외된 소시민의 삶을 들여다보다 – 양귀자의 「일용할 양식」

김 반장 동상

『원미동 사람들』 중 「일용할 양식」에 등장하는 형제슈퍼 주인 '김 반장'의 동상이다. '라면'이라고 적힌 상자를 들고 있다.

원미동 사람들 거리 풍경

'원미동 사람들 거리'는 원미구청 앞마당과 담장을 따라 아기자기하게 조성되어 있다. 거리 곳곳에 『원미동 사람들』을 기념하는 조형물들이 설치되어 있다. 거리에 있는 건물 간판에서도 '원미동 사람들'이라는 이름을 종종 발견할 수 있다.

🔾「원미동 사람들」 기념 분수

소설『원미동 사람들』을 기념하기 위해 조성된 분수다. 분수 주변에는 소설 속 등장인물들의 동상이 세워져 있다.

🔾 강 노인 동상

『원미동 사람들』 중 「마지막 땅」에 등장하는 '강 노인'의 동상이다. 강 노인은 원미동의 마을 지주로, 원미동 가운데에 있는 텃밭도 강 노인의 소유다. 이 텃밭 때문에 강 노인과 마을 주민들은 갈등을 겪는다.

🔾 몽달 씨 동상

『원미동 사람들』 중 「원미동 시인」에 등장하는 순수한 시인 '몽달 씨'의 동상이다. '몽달 씨'는 몽달귀신을 닮았다고 해서 마을 사람들이 붙인 별명이다.

사진 제공처

20쪽 『금수회의록』 / 국립한글박물관

40쪽 염상섭 동상 / 대한민국역사박물관

50쪽 부시쌈지 / 국립민속박물관

82쪽 〈조광(朝光)〉 / 국립한글박물관

84쪽 1930년대 청계천 빨래터 / 국립민속박물관

91쪽 〈조선일보〉에 실린 「만무방」 / 〈조선일보〉

97쪽 〈사랑방 손님과 어머니〉(1961) / 영화 〈사랑방 손님과 어머니〉

122쪽 〈역마〉(1967) 영화 〈역마〉

135쪽 〈동광(東光)〉 / 국립중앙박물관

158쪽 〈문학과지성(文學—知性)〉 / 국립한글박물관

159쪽 윤흥길 / ⓒLTI Korea

167쪽 〈삼포 가는 길〉(1975) / 영화 〈삼포 가는 길〉

170쪽 〈난장이가 쏘아 올린 작은 공〉(1981) / 영화 〈난장이가 쏘아 올린 작은 공〉

179쪽 임철우 / ⓒLim Chul-woo

185쪽 〈세계의문학(世界-文學)〉 / 국립한글박물관

186쪽 박완서 / ⓒLTI Korea

190쪽 이문열 / 연합뉴스 헬로포토

193쪽 〈우리들의 일그러진 영웅〉(1992) / 영화 〈우리들의 일그러진 영웅〉

209쪽 이문구 / 연합뉴스 헬로포토

217쪽 〈완득이〉(2011) / 영화 〈완득이〉

226쪽 상우 『춘원시가집』 / 국립한글박물관

226쪽 하 『나의 고백』 / 국립한글박물관

227쪽 하 『문장독본』 / 국립한글박물관

233쪽 하우 『사상의 월야』 / 국립한글박물관

234쪽 상좌 경성우편국 옆 거리 / 국립민속박물관

234쪽 상우 경성 조선 호텔 / 국립민속박물관

234쪽 하 종로의 상점과 행인들 / 국립민속박물관

235쪽 상 종로 시가지 풍경 / 국립민속박물관

235쪽 하 경성역 / 국립민속박물관

238쪽 김유정 기념 전시관에 전시된 「봄 · 봄」 / 한국문화관광연구원

242쪽 상 봉평 메밀꽃밭 / ⓒJE Jin

245쪽 상좌 『무녀도』 / 국립한글박물관

245쪽 하좌 『문학개론』 / 국립한글박물관

245쪽 하우 『패랭이꽃』 / 국립한글박물관